Chris Ryan • Agent 22

© Sam Barker

DER AUTOR

Chris Ryan wurde 1961 in Newcastle, England, geboren. Zehn Jahre lang war er für die SAS, die britische Eliteeinsatztruppe, tätig. Er war an verschiedenen militärischen und verdeckten Operationen beteiligt und Leiter eines Antiterrorteams. In den letzten Jahren verfasste er mehrere Actionthriller, die sofort Einzug in die Bestsellerlisten hielten.

Von Chris Ryan ist bei cbt bereits erschienen:

Agent 21 – Im Zeichen des Todes (30835, Band 1)
Agent 21 – Reloaded (30836, Band 2)
Agent 21 – Codebreaker (30984, Band 3)
Agent 21 – Survival (31021, Band 4)

Chris Ryan

Agent 22

Undercover

Aus dem Englischen
von Tanja Ohlsen

cbt

Dieses Buch ist auch als E-Book erhältlich.

FSC www.fsc.org
MIX
Papier aus verantwortungsvollen Quellen
FSC® C014496

Verlagsgruppe Random House FSC® N001967

1. Auflage
Deutsche Erstausgabe Juli 2016

Die englische Originalausgabe erschien unter dem Titel »Under Cover« bei Red Fox, an imprint of Random House Children's Publishers UK.

Aus dem Englischen von Tanja Ohlsen
Lektorat: Luitgard Distel
Umschlaggestaltung: init | Kommunikationsdesign, Bad Oeynhausen
unter Verwendung des Originalumschlags
Cover artwork © Stephen Mulcahey, Photography © Jonny Ring
jb · Herstellung: AnG
Satz: Buch-Werkstatt GmbH, Bad Aibling
Druck und Bindung: GGP Media GmbH, Pößneck
ISBN: 978-3-570-31070-0
Printed in Germany

www.cbt-buecher.de

Inhalt:

Teil I

Trash-Kids

Trafalgar Square, London
Donnerstag, 11:30 Uhr

Polizisten!

Wie viele?

Zwei im Norden, drei im Süden.

Sind die ein Problem?

Hoffentlich nicht. Wir werden sie im Auge behalten. Wenn es aussieht, als würden sie Ärger machen, gehen wir woandershin.

Doch Ricky Mahoney wollte nirgendwo anders hin. Für das, was er vorhatte, war das hier der beste Platz in London.

Ricky war nicht wie andere vierzehnjährige Jungen. Er unterschied sich von ihnen nicht nur durch seine schäbige Kleidung und die Secondhand-Turnschuhe mit den Löchern. Es war auch nicht die Tatsache, dass er die letzten eineinhalb Jahre ohne Erwachsene allein in einem schäbigen Zimmer in einem überfüllten, verfallenen, alten viktorianischen Haus im Nordosten von London gelebt hatte. Auch nicht, dass er nach seiner eigenen Aussage ein Taschendieb und geschickter Einbrecher war.

Es war die Art, wie er mit sich selbst redete, die ihn zu der Ansicht brachte, dass er tatsächlich etwas sonderbar war. Den ganzen Tag besprach er alles mit einem imaginären Komplizen namens Ziggy. Völlig verrückt, aber Ricky war das egal. Denn wenn man keine wirklichen Freunde hatte, dann taten es manchmal auch die imaginären.

Ziggy widersprach gern. Im Augenblick kritisierte er eine von Rickys kleinen Lektionen über die Feinheiten der Kleinkriminalität.

Mann, diese Leute mit den Handys …, meinte Ricky. Er sprach nie laut mit Ziggy, ihre Gespräche fanden immer nur in seinem Kopf statt.

Wieso? Was ist denn mit denen?

Ricky hatte nie ein Handy dabei. Er brauchte keins. Doch wenn er es schaffte, ein vernünftiges Teil zu stehlen, dann kannte er einen Ort im East End, wo er es für bis zu fünfzig Pfund verkaufen konnte. Es kam ihm immer etwas seltsam vor, dass alle so davon besessen waren.

Na ja, wie viele Leute sehen wir hier? Fünfhundert? Und die Hälfte davon starrt auf ihren Bildschirm oder macht Selfies. Im Ernst, ich könnte jeden davon beklauen – das reinste Kinderspiel.

Und warum machst du es dann nicht? Morgen ist die Miete fällig und wir haben seit zwei Tagen nichts gegessen.

Das stimmte. Ricky knurrte der Magen. Er brauchte etwas zu essen.

Er lehnte an einem der steinernen Löwen auf dem Trafalgar Square. Schon vor Ewigkeiten hatte er herausgefunden, dass man dort praktisch unsichtbar war. Und genauso mochte er es. Unsichtbar war gut für einen Taschendieb.

Es waren viele andere junge Leute da. Einige planschten im Springbrunnen herum, andere jagten Tauben über den Platz. Wieder andere latschten hinter ihren Eltern her, als wäre es der langweiligste Tag der Welt. Niemand achtete auf einen weiteren Jungen, der sich bei den Löwen herumtrieb.

Außerdem hatte der Trafalgar Square noch einen weiteren Vorteil. Es gab dort immer Touristen. In Massen starrten sie die Nelsonsäule an und achteten kaum auf ihre Umgebung. Bei ihnen war Taschendiebstahl einfach. Sie waren wie Geldautomaten, an denen man nicht einmal eine Karte brauchte, um Geld abzuheben.

Moment mal! Wer ist das?

Wo?

Da drüben. Nordseite des Platzes. Ein paar Trash-Kids.

Trash-Kids nannte Ricky die obdachlosen Kinder, die sich auf den Straßen Londons herumtrieben. Sie waren überall, wenn man nur die Augen aufmachte und hinsah – was die meisten Menschen natürlich nicht taten. Nachts trafen sie sich an den schäbigeren Ecken von King's Cross oder unter den Themsebrücken. Die Trash-Kids waren ein gemeiner Haufen, die sich zuweilen zu aggressiven, gewalttätigen Gangs zusammentaten. Ricky hielt sich von ihnen lieber fern. Er war nur ein einziges Mal wirklich mit ihnen aneinandergeraten. Er sah auf sein linkes Handgelenk hinunter, von dem sich eine blasse weiße Narbe über seinen Arm zog und davon zeugte, wie schlecht diese Begegnung für ihn ausgegangen war.

Blinzelnd sah er über den Platz. Ein Mädchen in seinem Alter stand hinter einem Japaner, der seine Freundin fotografierte. Ein Junge kam rasch auf sie zu. In fünf Sekunden würde er sie erreicht haben. Sie sahen sich kurz an.

Pass auf. Der älteste Trick der Welt.

Das Mädchen streckte die linke Hand aus, schob sie in die Seitentasche des Leinenjacketts des Japaners, zog sie wieder heraus und hielt etwas fest. Eine Brieftasche. Sie war so schnell gewesen wie eine hervorschnellende Geckozunge.

Der Junge war jetzt direkt hinter ihr und ging weiter. Selbst Ricky konnte den Moment, in dem die Brieftasche weitergereicht wurde, nicht erkennen. Schon war der Junge wieder in der Menge verschwunden. Möglicherweise hatte er die Brieftasche bereits einem dritten Komplizen weitergegeben. Ein paar Sekunden später bat der Japaner das Mädchen, ein Foto von sich und seiner Freundin zu machen.

Ziemlich gut, gab Ricky widerwillig zu.

Du könntest bei den Trash-Kids mitmachen, wenn du wolltest. Du könntest mit einem Partner arbeiten. Das wäre sicherer.

Nein, das will ich nicht. Wenn wir einen Partner hätten, würde er uns verraten, sobald es schwierig wird. Und bevor wir's uns versehen, haben uns die Gutmenschen in den Krallen.

Und außerdem, dachte Ricky, war er kein Trash-Kid. Er war von zu Hause – wenn man das so nennen wollte – aus freien Stücken weggegangen. Und er war auch genau genommen nicht obdachlos. Er wohnte nicht in einem Hauseingang, in einer Pappschachtel oder unter einer Brücke, nicht einmal in einem Wohnheim. Er hatte eine Bleibe. In seiner Lage war das ein feiner Unterschied. Es war eine Frage des Stolzes – selbst wenn es bedeutete, jemanden wie Baxter als Vermieter zu haben.

Er beobachtete weiter die Menge und ignorierte das bohrende Hungergefühl in seinem Bauch. Ziggy hatte recht. Heute war Donnerstag. Er hatte seit Dienstagmittag nichts mehr gegessen. Es war nicht so, dass er untätig gewesen wäre. Ganz im Gegenteil. Er hatte seitdem drei Brieftaschen gestohlen. In der ersten waren vierzig Pfund gewesen, in der zweiten zwanzig und in der dritten fünfzig. Ein gutes Ergebnis, aber es reichte noch nicht, um die Monatsmiete an den alten Baxter zu zahlen. Rickys bösartiger Vermieter würde morgen Abend seine Miete eintreiben. Und das bedeutete, dass Ricky noch einen letzten guten Griff tun musste. Vor allem, wenn er auch noch etwas essen wollte.

Er hielt nach möglichen Opfern Ausschau. Dort schob eine Mutter ihr Kind in einem Buggy vor sich her. Junge

Mütter bestahl Ricky nie. Es kam ihm irgendwie nicht fair vor. Dann fiel sein Blick auf einen gestressten Lehrer mit einem Haufen Schulkinder. Auf keinen Fall. Der Lehrer war nicht das Problem, aber Ricky wusste, dass Kinder viel aufmerksamer waren als Erwachsene. Sie sahen alles.

Dann greif dir einen von den Idioten mit den Handys, schlug Ziggy vor, *wenn das bei denen so leicht ist.*

Nee. Das ist ja wie Fische im Aquarium angeln! Man muss seine Fähigkeiten trainieren …

Oh, komm schon, Ricky. Du musst doch schon mindestens zweihundert Brieftaschen gestohlen haben. Und du wurdest noch nie erwischt.

Weil ich meine Fähigkeiten trainiere.

Er beobachtete weiterhin die Menge. Ein paar Sekunden später heftete er seinen Blick auf einen Mann, der von der Nordwestecke des Platzes zur Nelsonsäule kam. Es war ein großer Schwarzer mit kahlem, glänzendem Schädel und einer blauen Regenjacke, obwohl keine Spur von Regen zu bemerken war. Er schien heftig zu schwitzen, denn beim Laufen tupfte er sich den kahlen Kopf mit einem Taschentuch ab. Und was noch wichtiger war, seine Regenjacke stand offen und die Reißverschlüsse der Außentaschen auch. In seiner Hosentasche konnte er einen U-Bahn-Fahrplan sehen.

Ein Tourist, dachte Ricky. Er bückte sich und zog seinen rechten Schnürsenkel auf. Dann sprang er vom Sockel des steinernen Löwen und lief schnell zwanzig Schritte nach Norden. Dann wandte er sich um neunzig Grad nach links. Nach schätzungsweise zehn Schritten würde er den Weg seines Opfers kreuzen. Aus dem Augenwinkel beobachtete er den Mann und konnte selbst aus dieser Entfernung erkennen, wo die Brieftasche war – die rechte Jackentasche hing leicht herunter, so als befinde sich etwas Schweres darin. Und was Ricky anging, so waren schwere Brieftaschen die besten. Außerdem sah er etwas, was er vom Sockel aus nicht bemerkt hatte. Der Mann trug einen kräftigen Gehstock in der rechten Hand und hinkte leicht.

Fünf Schritte.

»Los geht's!«

Etwa einen Meter vor dem Mann »stolperte« Ricky über seinen offenen Schnürsenkel. Es war, fand er, ein sehr gelungener Sturz – einer, den er hundert Mal geübt hatte, bis er ihn beherrschte, ohne sich selbst zu verletzen. Doch jetzt verzog er das Gesicht vor Schmerz und begann zu zittern, als er direkt vor den Füßen des Mannes auf dem Asphalt landete.

Der Mann blieb stehen und starrte den Jungen vor sich an. »Was soll das denn?«, fragte er. »Willst du dich für die Rolle von Coco dem Clown bewerben?«

Er klang, als habe er etwas im Mund, und Ricky sah, dass er ein Bonbon lutschte.

»Auuh!« Er wischte sich mit dem Handrücken eine imaginäre Träne aus dem Augenwinkel. Dann streckte er die Hand aus, damit ihm der andere aufhelfen konnte. Ein wenig amüsiert sah der Mann ihn an.

Tu es nicht, warnte Ziggy. *Beklau ihn nicht. Der ist nicht so blöd, wie er aussieht.*

Das geht schon gut.

Eine schwere Brieftasche war ein gewisses Risiko wert.

Ricky kam taumelnd auf die Füße und schob dabei die rechte Hand in die Regenjackentasche des Mannes. Tatsächlich lag darin eine fette Brieftasche.

Siehst du. Das reinste Kinder…

»Du solltest dir die Schuhe zubinden, Coco«, sagte der Mann.

»Ja«, erwiderte Ricky und sah ihm fest in die Augen, damit die nicht irgendwo anders hinwanderten.

Der Mann erwiderte seinen Blick mit einem merkwürdigen leisen Lächeln.

»Ist wohl besser.« Jetzt hatte er die Brieftasche in der Hand. Sie fühlte sich gut und schwer an. Schnell ließ er sie in seinen rechten Ärmel gleiten, wo er eine kleine Tasche eingenäht hatte.

Erledigt.

»Es sei denn, du hast vor, demnächst noch eine Bauchlandung zu machen.«

Ricky zögerte einen kurzen Moment.

Er weiß, dass du geschauspielert hast!

Nein, weiß er nicht. Er ist nur ein schräger Vogel, der ein bisschen plaudern möchte.

Doch ihm war ein wenig unbehaglich, als er sich bückte, um sich den Schnürsenkel zu binden.

Der Mann stand über ihm.

»Möchtest du ein Bonbon?«, fragte er. »Ich habe hier irgendwo welche.«

Mit der freien Hand klopfte er die Regenjacke ab.

»Nein, wirklich«, sagte Ricky, als die Hand des Mannes der Tasche, in der die Brieftasche gewesen war, gefährlich nahe kam. »Ich … ich esse keine Süßigkeiten.«

Der Mann blinzelte überrascht. »Seltsam«, murmelte er. »Na, wenn du dir sicher bist.«

»Ja, ganz sicher. Danke.«

»Okay, kein Bonbon. Da ist nur noch eine Sache.«

»Was?«

»Du solltest mir wohl meine Brieftasche wiedergeben.«

Ricky erstarrte. Sein Schnürsenkel war noch immer offen, als er aufstand. »Ich weiß nicht, was Sie …«

»Sie ist in deinem rechten Ärmel, für den Fall, dass du es vergessen haben solltest.« Als der Mann grinste, erblickte Ricky gelbe, faulige Zähne. »Passiert den Besten von uns.«

Ricky sah ihn abschätzend an. Er war groß und sah kräftig aus, doch er hatte diesen Krückstock, vom Humpeln ganz zu schweigen. Ricky andererseits war mager und schlaksig. Eigentlich eher ein Schwächling. Ein miserabler Kämpfer.

Aber schnell.

Und er wusste, dass man sich manchmal auf seine Stärken verlassen musste.

Sein Mund war trocken, sein Herz klopfte heftig.

Renn!, riet Ziggy ihm.

Ricky rannte los.

Die Chuckle-Brothers

Ricky war aufgefallen, dass Menschenmengen immer dichter zu werden schienen, wenn man versuchte, ihnen zu entkommen. Er spürte, wie ihm die losen Schnürsenkel um die Knöchel flogen, als er in Höchstgeschwindigkeit die Touristen umkurvte. Mit hämmerndem Puls erreichte er die Straße um den Trafalgar Square.

Pass auf, die Autos!, schrie Ziggy.

Die Straße war voller Busse, Taxen und anderer Fahrzeuge. Ein paar von ihnen hupten wütend, als er über die Straße in Richtung Strand Street rannte und dabei den fahrenden Wagen auswich.

Als er sicher auf der anderen Seite angekommen war, schwitzte er stark. Erst da erlaubte er sich einen Blick über die Schulter zurück.

Der Mann stand am Rand des Trafalgar Square. Er sah nicht aufgeregt aus, sondern lächelte immer noch leicht amüsiert, während er Ricky nachsah.

Der macht mich nervös.

Mich auch.

Du hast ihn nicht reinlegen können.

Danke, dass du mich daran erinnerst.

Vielleicht sind deine Fähigkeiten doch nicht so atemberaubend.

Halt die Klappe, Ziggy.

Ricky sah nach vorn und rannte weiter in östlicher Richtung die Strand entlang.

Er schätzte, ein möglicher Verfolger würde erwarten, dass er nach Norden lief und versuchte, in den Nebenstraßen von Covent Garden zu verschwinden. Doch es gab eine kleine Abkürzung – ein paar Stufen, die von der Strand hinunter zum Fluss führten. Oben blieb er stehen und sah sich noch einmal um. Von dem Mann war nichts zu sehen. Mit seinem Humpeln und dem Stock war er wahrscheinlich nicht so schnell – es sei denn, er konnte gut hüpfen. Ricky nahm immer zwei Stufen auf einmal. Unten blieb er erneut stehen und band seinen Schuh zu, den Rücken an eine Mauer gelehnt.

Entspann dich!

Ich versuch es ja …

Seine Hände zitterten. Beinahe wäre er geschnappt worden, und er wusste genau, was das bedeutete. Ab zur Polizei, und bevor er sich's versah, würde er wieder in einem Pflegeheim sitzen. Die Gutmenschen hätten ihn fest in ihren Klauen.

Was ist in der Brieftasche?

Immer noch in der Hocke zog Ricky die Brieftasche aus dem Ärmel und schlug sie auf. Er grinste. Sie war voller Geldscheine. Schätzungsweise mehrere Hundert

Pfund, außerdem neun oder zehn Kreditkarten. Ricky nahm ein paar Karten heraus und bemerkte sofort, dass verschiedene Namen darauf standen. R.F. Martin und Mr Jim Daniels. Er sah sich weitere Karten an. Dr. H. Newland. Mr Godfrey S. Davies. Außerdem fand er einen Führerschein und einen Bibliotheksausweis, beide mit dem Foto des Mannes mit dem kahl rasierten Schädel, aber mit unterschiedlichen Namen.

Wer war das? Eine Art Krimineller? Ein Trickbetrüger?

Du hast dich mit dem Falschen angelegt.

Ricky steckte die Karten wieder in die Brieftasche. Er würde keine davon benutzen. Wenn die Polizei hinter dem Mann her war, würden sie seine Karten überwachen und dann hätten sie eine Spur, die direkt zu Ricky führte. Aber mit dem Bargeld sah die Sache anders aus. Das konnte man nicht zurückverfolgen. Er steckte die Brieftasche ein und stellte sich vor, was er sich davon kaufen würde. Vielleicht einen Burger. Mit extra viel Pommes. Einen großen Milchshake …

»Bist du sicher, dass du kein Bonbon willst, Coco?«

Rick erstarrte, als ein Schatten über ihn fiel. Einen Meter entfernt bemerkte er zwei Füße und das untere Ende eines Krückstocks. Er sah auf.

Der Mann lächelte immer noch leise, doch in seinen Augen blitzte es hart.

Der Typ bringt Ärger. Diese ganzen falschen Ausweise, möglicherweise organisiertes Verbrechen. Damit willst du nichts zu tun haben. Gib ihm einfach die Brieftasche wieder und verschwinde!

Ricky stand vorsichtig auf. Dann nahm er die Brieftasche und gab sie dem Mann.

»Vielen Dank«, sagte der mit tiefer Stimme. »Ich frage mich, ob du vielleicht einen Blick hineingeworfen hast?«

Ricky schüttelte den Kopf.

»Namen«, fuhr der Mann fort, der ihm offensichtlich nicht glaubte. »Bei manchen Gelegenheiten ist einer besser als der andere. Wie ist übrigens deiner?«

»Billy«, log Ricky instinktiv.

Der Mann sah ihn erfreut an. »Siehst du, wie einfach das ist? Jetzt hast du drei Namen – Billy, Coco und deinen richtigen Namen.«

»Stimmt«, sagte Ricky. Dieser Tag wurde immer merkwürdiger. Genau wie dieser Kerl. »Äh, werden Sie mich anzeigen?«

»Bei der Polizei? Du lieber Himmel, nein! Die können gelegentlich ganz schön nerven.« Er nahm zwanzig Pfund aus der Brieftasche und fragte: »Hast du Hunger?«

Unwillkürlich nickte Ricky.

»Ich auch. Also, wie wäre es, wenn ich dir etwas zu essen kaufe und dir erzähle, was du falsch gemacht hast?«

Etwas zu Essen. Schon beim Gedanken daran lief Ricky das Wasser im Mund zusammen.

Sei nicht albern!, forderte Ziggy. *Der Kerl bedeutet Ärger. Lächle freundlich und verschwinde von hier!*

Ricky drückte sich an der Mauer entlang zur Treppe. Der Mann zuckte mit den Schultern und hielt ihm den Geldschein hin. Unsicher nahm Ricky ihn. Doch in dem Augenblick, als der Mann das Geld losließ, packte er Rickys Handgelenk. Es war ein fester Griff, unter dem Ricky zusammenzuckte.

»Jede Lüge braucht ein Körnchen Wahrheit, Coco«, erklärte der Mann. »Wenn du das nächste Mal die Bauchlandung machst, sorg dafür, dass man etwas Blut sieht. Am Knie, Ellbogen oder sonst wo. Nimm künstliches Blut, wenn du so etwas hast. Das ist ziemlich gut. Hätte ich das gesehen, hätte ich dir die Nummer vielleicht sogar abgekauft.«

»Lassen Sie mich los!«

»Und wenn du weißt, dass du schneller bist als jemand anders, dann renn in gerader Linie davon. Sonst trickst derjenige dich vielleicht aus, genau wie ich. Und du musst zugeben, dass es schon etwas peinlich ist, von jemandem mit nur einem Bein geschnappt zu werden.«

»Was?«

Der Mann ließ Ricky los und er taumelte zu den Stufen.

»Ich fürchte, so ist es«, sagte der Mann und klopfte mit dem Krückstock gegen seinen Unterschenkel, wobei ein dumpfes Geräusch erklang.

Tolle Fähigkeiten, meinte Ziggy sarkastisch. *Eingeholt von einem Einbeinigen …*

Halt die Klappe, Ziggy.

Jetzt wollte Ricky wirklich nur noch weg.

»Sag mir eines, Coco …«

»Was?«

Der Mann lächelte und zeigte dabei wieder die Zähne von jemandem, der mehr Süßigkeiten aß, als gut für ihn war.

»Willst du einen Job?«

Einen Job? Was für eine Art Job wird dir so jemand schon anbieten?

»Nein«, antwortete Ricky.

»Oh. Schade. Aber ich sag dir was. Steck den Zwanziger in deinen Schuh, das ist bei Weitem der sicherste Platz dafür.«

»Okay.«

Der Mann wandte sich zur Treppe.

»Ach, und … Coco?«

Ricky hielt inne und sah zu ihm auf. »Was?«

»Du kannst mich Felix nennen«, sagte der Mann. »Ein Name ist so gut wie der andere und vielleicht sehen wir uns ja mal wieder.«

Das hättest du wohl gern, dachte Ricky und eilte die Treppe hinauf, nur fort von dem Verrückten, der zwar keine Haare, aber dafür viele Namen hatte. *Träum weiter!*

Sein Zuhause, das war für Ricky ein Zimmer in einem heruntergekommenen Haus am Rand von Hackney. Die anderen Bewohner wechselten im Wochenrhythmus, doch Ricky hatte sich angewöhnt, sowieso nicht mit ihnen zu reden. Kein normaler Mensch blieb dort. Das ganze Haus stank nach verrottetem Holz und Schimmel, und Tag und Nacht ertönte das Rascheln von Nagetieren in der Decke. Im Zimmer selbst gab es nichts außer einem Bett und einem Waschbecken in einer Ecke, dessen Wasserhahn unaufhörlich tropfte. Die Toilette, die er sich mit mehreren anderen teilte, machte nie jemand sauber, daher war sie unbeschreiblich ekelhaft.

Es kostete ihn 150 Pfund pro Monat, dort zu wohnen. An jedem Ersten kam sein Vermieter, um die Miete zu kassieren. Baxter war ein furchterregender Mann – er hatte ein hageres Gesicht und fast keine Lippen. Wenn Ricky ihm sein Geld gab, zählte Baxter sorgfältig jeden einzelnen Schein. Er hatte ihn nie nach seinem Alter gefragt, und wenn es ihn kümmerte, dass ein Minderjähriger in einem derartigen Drecksloch hauste, dann zeigte er es jedenfalls nicht.

Ricky hatte gesehen, was passierte, wenn man nicht zahlen konnte. Baxter hatte ein paar Schläger, die am Zahltag immer im Auto warteten. Wenn jemand auch nur fünfzig Pence zu wenig zahlte, warfen ihn die Schläger aus dem Haus. Das ging nie ohne blaue Flecken ab und gelegentlich gab es auch aufgeplatzte Lippen.

Zumindest haben wir noch vierundzwanzig Stunden bis zum Zahltag, dachte Ricky, als er müde nach Hause trottete.

Und wieso steht dann Baxters Mercedes da?

Ricky blieb stehen und blinzelte. Der Mercedes stand fünfundzwanzig Meter von ihnen entfernt direkt vor dem Haus. Es gab keinen Zweifel, dass es Baxters Wagen war. In dieser Gegend fiel ein silberner Mercedes auf.

Was will der denn?

Ricky ging an dem Wagen vorbei. Er war leer. Das bedeutete, dass Baxters Schläger im Haus waren. Und das wiederum bedeutete Ärger.

Drinnen herrschte Aufruhr. Irgendetwas ging im ersten Stock vor sich, wo Rickys Zimmer lag. Nervös stieg er die Treppe hinauf. Und tatsächlich standen Baxter und zwei untersetzte Männer – kantige Kiefer, platte Nasen, vernarbte Gesichter – auf dem Treppenabsatz. Ricky nannte sie die Chuckle-Brothers. Es war nur ein Scherz, denn eigentlich waren sie nicht wirklich zum Lachen.

Was machen denn die Chuckle-Brothers vor unserem Zimmer?, wunderte sich Ziggy.

Die Schläger hatten sich neben seiner Zimmertür postiert, während Baxter ein paar Schritte weiter weg stand.

»Ah, da bist du ja, Junge«, sagte Baxter mit einer Stimme, die nach tausend Zigaretten klang. »Wir haben schon auf dich gewartet.«

»Aber Zahltag ist doch erst morgen, nicht heute«, protestierte Ricky. Er bemühte sich nicht, seinen Abscheu zu verbergen. Sein Vermieter war ein Mistkerl.

»Nicht für dich, Junge. Du bist hier raus.«

Ricky blieb oben an der Treppe stehen. »Was soll das heißen?«

»Bist du etwa so dämlich, wie du hässlich bist?«, fragte Baxter.

Die Chuckle-Brothers lachten fies, als eine Frau in der Tür zu Rickys Zimmer auftauchte. Sie hatte drei Kinder bei sich – hungrige, blasse Geschöpfe. Sofort verstand Ricky. Baxter hatte es geschafft, aus dieser Frau mehr Geld herauszupressen als aus Ricky.

»Ich kann aber nirgendwo anders hin«, sagte er matt.

»Oh, ich heul gleich!«, grinste Baxter und nickte Chuckle 1 zu, der eine Tasche aufhob und sie Ricky zuwarf.

»Deine Sachen«, erklärte Baxter. »Und du schuldest mir noch Geld.«

»Wofür?«

»Für die Schäden, die du im Zimmer angerichtet hast, du kleiner Dieb. Abgerissene Tapete, Zigarettenlöcher ...«

»Die waren schon da, als ich eingezogen bin – ich rauche nicht mal. Und außerdem habe ich kein Geld.«

»Seit wann ist das mein Problem?« Baxter sah über die Schulter zu Chuckle 1. »Los, dreh ihm die Taschen um.«

Du brauchst dieses Geld! Renn!

Doch Ricky rührte sich nicht. Er hielt den Blick auf die Tasche gerichtet. Es konnte nicht viel darin sein.

Ein paar Sachen zum Wechseln, ein paar Toilettenartikel. Aber sie enthielt wahrscheinlich die beiden einzigen Dinge, an denen ihm etwas lag: ein gerahmtes Bild von ihm mit seiner Mutter, seinem Vater und seiner Schwester vor dem Unfall. Und einen Brief, mittlerweile ziemlich zerfleddert, in der sauberen Handschrift seiner Schwester. Ohne diese Dinge würde er nicht gehen.

Die Tasche lag drei Meter entfernt. Baxters Schläger stand vier Meter dahinter.

Ich kann sie mir schnappen und die Treppe runterrennen, bevor er mich daran hindern kann.

Nein, kannst du nicht. Lass es und verschwinde von hier.

Doch das war keine Option. Nicht solange das Bild in der Tasche war. Ricky rannte hin und packte sie – sie war nicht schwer –, wirbelte herum und hetzte zur Treppe zurück. Doch gerade, als er die erste Stufe nehmen wollte, spürte er eine Faust in seinem Rücken. Er verlor das Gleichgewicht und stürzte. Sein Schienbein knallte gegen die Kante einer Stufe und sein Kopf schlug gegen das Geländer. Er schrie vor Schmerz auf, als er die Treppe hinunterfiel, die Tasche hinter sich her ziehend.

Als er unten aufkam, war Chuckle 1 schon über ihm. Er zog ihn hoch und schlug ihm in den Magen. Außer Atem klappte Ricky zusammen und spürte, wie ihn sein Angreifer an den Schultern hochzog. Er wusste, dass ein Schlag ins Gesicht folgen würde, aber er hatte nicht erwartet, dass er so heftig sein würde. Die Knöchel seines Gegners trafen seine Wange. Er spürte, wie ihm Blut aus der Nase schoss und ein scharfer Schmerz in seiner rechten Gesichtshälfte explodierte. Chuckle 1 klopfte ihn ab und fand im Nu das Geld in seiner hinteren Hosentasche. Damit winkte er Baxter zu, der oben an der Treppe stand.

»Wie viel?«, fragte Baxter.

Chuckle 1 zählte die Scheine. »Hundertfünf … nein -zehn.« Er schien Schwierigkeiten mit dem Rechnen zu haben.

Ricky japste immer noch nach Luft, doch in seinem Hinterkopf drängte Ziggy ihn: *Renn jetzt sofort los, solange er die Hände voller Geld hat. Die Eingangstür steht offen – du kannst den Luftzug von dort spüren. Wenn du hier mit nur einem Schlag in den Magen rauskommst, hast du Glück gehabt. Du weißt doch, was sie schon mit anderen gemacht haben …*

Das war wahr. Diesen Kerlen machte es nichts aus, jemandem ein paar Knochen zu brechen. Ricky packte seine Tasche fester, holte noch einmal tief Luft und rannte zur Haustür.

»Pack ihn!«, schrie Baxter, doch Ricky besann sich auf seine Schnelligkeit. Sekunden später hatte er die Tür erreicht und rannte die Straße hinunter.

Ich scheine heute ziemlich viel zu rennen.

Na, hör jetzt nicht auf, es sei denn, du willst noch eine Faust im Gesicht spüren.

Rickys Lungen brannten. Er sah über die Schulter. Zwanzig Meter hinter ihm stürmten Baxter und seine Männer aus der Tür. Baxter gestikulierte wild und befahl ihnen offenbar, in welche Richtung sie laufen sollten, um ihm den Weg abzuschneiden.

Denk daran, was der seltsame Mann gesagt hat: Wenn du weißt, dass du schneller bist als jemand anders, dann renn in gerader Linie davon. Sonst trickst derjenige dich vielleicht aus, genau wie ich.

Das war ein guter Rat. Ricky rannte bis zum Ende der Straße, über die Hauptstraße hinweg, die im rechten Winkel dazu verlief, und eine weitere Straße entlang, die in derselben Richtung verlief. Als er sich fünf Minuten später noch einmal umschaute, waren Baxter und seine Schläger nirgends mehr zu sehen.

Auf einem Kinderspielplatz in einem Park neben der Straße blieb er stehen. Er war verlassen, was kein Wunder war, da die Schaukeln mit Vorhängeschlössern gesichert und außer Betrieb waren, auf den Spielwänden Graffiti prangten und jede Menge Müll auf dem Boden lag. Er setzte sich unten auf die Rutsche und nahm sich einen Moment Zeit, zu Atem zu kommen.

Mit verschwitzten Händen öffnete er die Tasche und suchte darin nach dem kostbaren Foto und dem Brief. Sie lagen beide noch unten drin. Das Glas des Fotos war gesprungen, aber das machte nichts. Er konnte das Foto immer noch erkennen. Wie er und seine Eltern auf einer Parkbank saßen, zwischen ihnen seine ältere Schwester

Madeleine. Sie lachten alle über einen längst vergessenen Scherz. Und der Brief steckte noch sicher in seinem Umschlag.

Sorgfältig legte er seinen Schatz wieder in die Tasche zurück. Dann sah er sich um, ob ihn jemand beobachtete, und zog den rechten Turnschuh aus. Sorgfältig zusammengefaltet steckte der Zwanzigpfundschein darin.

Zum zweiten Mal innerhalb weniger Minuten verspürte er Dankbarkeit für die Ratschläge, die ihm der Spinner mit der Glatze und den schlechten Zähnen gegeben hatte. Das war jetzt das einzige Geld, das er noch hatte.

Und du hast nicht mal mehr einen Platz zum Schlafen.

Halt die Klappe. Mir fällt schon irgendwas ein.

Doch im Augenblick hatte er keine Ahnung, was dieses *irgendwas* sein sollte.

Fütterungszeit

Selbst ein Bed and Breakfast kam nicht infrage. Es war zu teuer, und auch wenn er sich das Geld dafür vorher stehlen würde, könnte ein Kind in seinem Alter nie ein Zimmer buchen, ohne dass jemand Fragen stellte.

Schnell verwarf er auch die Idee, sich den Trash-Kids anzuschließen. Er hatte genug von Schlägereien und Narben.

Er bedauerte den Verlust seines Zimmers sehr. Baxter war zwar ein Mistkerl, aber zumindest war es ihm egal gewesen, dass Ricky erst vierzehn war.

Und irgendwo musste er schlafen. Der Gedanke, die ganze Nacht allein auf der Straße zu verbringen, machte ihm Angst. Dort konnte alles Mögliche passieren.

Zuerst hatte er das Gefühl, nur ziellos umherzuwandern. Doch als es dämmerte, stellte er fest, dass er müde die Euston Road entlangtrottete und dass er die ganze Zeit über Richtung Innenstadt gelaufen war. Hier fühlte er sich ein wenig wohler, zumindest tagsüber. Das Treiben und der Lärm waren die einzige Gesellschaft, die er hatte. Außerdem schienen sich hier die Obdachlosen zu sammeln. Und er war ja jetzt einer von ihnen.

Wir müssen etwas essen, drängte Ziggy.

Das stimmte. Ricky war schon ganz schwach vor Hunger. Auf jeden Fall zu schwach, um jemanden zu bestehlen. Wenn man das tat, musste man bei der Sache sein, und er konnte im Moment nur an das bohrende Hungergefühl in seinem Bauch denken.

Sein Magen knurrte, als er an Pizzarestaurants und Steakhäusern vorbeiging. Als er durch die Fenster hineinschaute, starrte ihn sein Spiegelbild an – sein rechtes Auge war fast zugeschwollen. Vorsichtig berührte er es und zuckte zusammen. Ein paar Tage lang konnte er den Taschendiebstahl vergessen. Dazu musste man unsichtbar sein. Und mit so einem Gesicht war er alles andere als das.

Er fragte sich, wie viel von seinen zwanzig Pfund er wohl für einen vollen Bauch ausgeben musste. Schließlich entschied er, dass Schokoriegel am besten waren – billig und sättigend – also kaufte er sich zwei Snickers in einem Supermarkt und suchte nach einem Platz, wo er sich hinsetzen und sie essen konnte.

Er entschied sich für Bloomsbury Square. Der Platz zwischen den alten Universitätsgebäuden gefiel ihm. Dazwischen lag ein kleiner Garten mit mehreren kleinen Gebüschen und Bäumen. Der Garten war von einem hohen Zaun umgeben und es gab Bänke, auf denen er sitzen – und später vielleicht auch schlafen – konnte.

Er setzte sich zum Essen auf eine Bank an der Nordseite des Gartens. Er musste sich zurückhalten, die Schokoriegel nicht einfach hinunterzuschlingen.

Stattdessen versuchte er, jeden Bissen auszukosten. Aus Erfahrung wusste er, dass Essen in der nächsten Zeit Mangelware sein würde, daher musste er das, was er hatte, genießen.

Während er aß, sah er sich um. Er war nicht allein. Auf der gegenüberliegenden Seite tranken zwei Frauen und ein Mann Dosenbier. Ricky nahm an, dass auch sie obdachlos waren. Nach einer Weile wusste man das einfach – die alten Kleider, die langen, strähnigen Haare, die Hoffnungslosigkeit in ihrem Blick. Ein paar Teenagermädchen saßen auf einer anderen Bank, plauderten und hörten Musik auf ihren Handys. Ein Mann mittleren Alters ging mit seinem Hund spazieren. Ricky hielt den Kopf gesenkt und konzentrierte sich auf sein Essen.

Sie beobachten dich.

Ich weiß. Ich habe sie gesehen.

Das Obdachlosentrio mit dem Bier starrte ihn an. Zweifellos erkannten auch sie ihn als einen der Ihren. Doch Ricky erkannte noch etwas anderes in ihrem Blick.

Sie haben gesehen, dass du Essen hast. Essen bedeutet Geld. Sie denken, du bist nur ein Kind. Du solltest abhauen, bevor sie kommen.

Doch Ricky war zu erschöpft, um sich zu rühren. Er aß seine Schokolade, behielt aber das Trio, das so großes Interesse an ihm zeigte, im Auge.

Fünf Minuten vergingen. Mittlerweile war es vollständig dunkel. Ein weiterer Mann betrat den Garten.

Mit Blazer und Schirmmütze wirkte er offiziell. Er ging auf die Mädchen zu, die Musik hörten. Ricky konnte zwar nicht hören, was er sagte, doch er konnte es sich vorstellen. Er bat sie, zu gehen. Ricky sah zu dem großen Eisentor hinüber, durch das er gekommen war, und begriff, dass es nachts wohl verschlossen wurde. Offenbar wollte man nicht, dass sich hier nach Einbruch der Dunkelheit Obdachlose herumtrieben.

Die Mädchen schalteten die Musik aus und der Parkwächter ging zu dem Mann mit dem Hund weiter.

Die drei Obdachlosen ließen Ricky allerdings immer noch nicht aus den Augen. Als sie aufstanden, tat er das Gleiche. Eigentlich wollte er nicht gehen – der Garten war ein guter Ort zum Übernachten, denn wenn er hier eingeschlossen war, war er sicher. Doch es sah aus, als müsse er schon wieder weglaufen.

Der Mann mit dem Hund ging in Richtung Tor. Jetzt wandte sich der Parkwächter den Obdachlosen zu. Er stellte sich vor sie und versperrte ihnen die Sicht auf Ricky.

Versteck dich! Jetzt, wo niemand herschaut. Hier im Garten eingeschlossen bist du heute Nacht sicher und niemand kommt an dich heran …

Das nächste Gebüsch war fünf Meter entfernt. Ricky nahm seine Tasche und schlich darauf zu. Kurz darauf verbargen ihn die Blätter und niedrigen Zweige. Etwas kratzte über sein wundes Gesicht und er zuckte zusammen, aber er gab keinen Laut von sich.

Durch eine winzige Lücke im Laub konnte er hinaussehen. Die Obdachlosen gingen zum Tor, während sich der Parkwächter umsah, ob noch jemand da war. Er schien zufrieden, doch das konnte man von der einen Frau mit der Bierdose nicht sagen. Sie hatte ein furchtbar faltiges und pockennarbiges Gesicht. Seit er auf der Straße lebte, hatte Ricky genug gesehen, um eine Drogenabhängige zu erkennen, und genau das war sie.

Und anders als der Parkwächter schien sie direkt durch die Blätter dorthin zu blicken, wo Ricky saß.

Sie weiß, dass du hier bist.

Stimmt genau.

»Na los jetzt!«, rief der Parkwächter.

Die Frau schwankte leicht, doch dann folgte sie den anderen gehorsam zum Tor, das der Wächter hinter ihnen mit einem großen Schlüssel abschloss.

Ricky rührte sich nicht. Von seinem Versteck aus behielt er die furchterregende Frau im Auge. Ihre Silhouette in der Dunkelheit erinnerte ihn an die Hexe in einem Märchenbuch, aus dem seine Mutter ihm einmal vorgelesen hatte. Die Hexe sprach mit ihren Begleitern. Ricky hielt den Atem an und hoffte, dass sie verschwinden würden. Doch das taten sie nicht. Sie begannen, den Garten zu umkreisen.

Atemlos verfolgte er, wie die fürchterliche Frau am Zaun entlangstrich.

»Ich weiß, dass du da drin bist, Junge«, zischte sie nur ein paar Meter von seiner Position entfernt. »Gib uns lieber gleich dein Geld, wenn du nicht willst, dass wir morgen früh schon auf dich warten!«

Rühr dich nicht!

Die Hexe lachte rau und verschwand dann.

Es wurde noch dunkler. Das einzige Licht stammte von den Fahrzeugen um den Bloomsbury Square. Ricky begann zu frieren.

Zieh dir noch ein paar Sachen an!

Er zog einen zerschlissenen Pullover aus seiner Tasche. Das half ein wenig. Dann sah er wieder zum Zaun. Der war etwa zwei Meter hoch und hatte oben scharfe Spitzen. Hier kam heute Nacht niemand rein. Bis zum Morgen war er hier sicher.

Ricky lag auf dem kalten Boden und benutzte seine Tasche als Kopfkissen. Die Erde entzog seinem Körper alle Wärme, er fror und hatte Schmerzen. Sein geschwollenes Gesicht fühlte sich doppelt so dick an wie normal. Er versuchte zu schlafen, doch das wollte ihm nicht gelingen. Bald bekam er wieder Hunger und wünschte sich, er hätte einen seiner Schokoriegel aufgehoben.

Schließlich setzte er sich auf und holte den Brief seiner Schwester aus der Tasche. Seine Hände zitterten immer leicht, wenn er das Blatt Papier aus dem Umschlag nahm. Bevor er es auseinanderfaltete, roch er daran. Manchmal glaubte er, Madeleines Parfum riechen zu können, aber vielleicht spielte ihm auch nur seine Fantasie einen Streich. Er faltete es auf und begann zu lesen. Im Dunkeln konnte er die Buchstaben nur so eben erkennen.

Lieber Ricky,
ich weiß, dass Du nicht verstehen wirst, was ich tun werde, aber bitte glaube mir, wenn ich sage, dass es so am besten ist …

Ricky schloss die Augen und faltete das Blatt wieder zusammen. Er brachte es nicht fertig, den Brief heute Nacht weiterzulesen, also steckte er ihn sorgfältig wieder ein und versuchte, noch etwas zu schlafen.

Die Stunden vergingen nur langsam. Am frühen Morgen setzte er sich auf und spähte durch das Laub zum Zaun. Der Verkehr hatte nachgelassen und nur noch ein paar späte Fußgänger waren unterwegs. Er versuchte, ihre Gesichter zu erkennen, ob die Hexe unter ihnen war. Doch es war zu dunkel.

Vielleicht ist sie verschwunden, um jemand anders zu suchen, den sie bestehlen kann.

Ja. Vielleicht.

Vielleicht aber auch nicht.

Die Gedanken wirbelten in seinem Kopf herum, als er versuchte zu planen, was er als Nächstes tun sollte. Mit so einem Gesicht konnte er keine Taschendiebstähle begehen. Würde der Rest seiner zwanzig Pfund reichen, bis die Schwellungen zurückgegangen waren? Das würden sie wohl müssen …

Ricky hatte einmal gehört, dass die Stunde vor Sonnenaufgang die dunkelste sei. Er wusste nicht, ob das stimmte, aber sie war mit Sicherheit die kälteste. Sein Körper hatte aufgehört, zu zittern, als habe er nicht mehr genügend Energie dafür. Er fühlte sich taub und spürte seine Glieder kaum mehr. Er zwang sich, aufzustehen, um seinen Kreislauf wieder in Schwung zu bringen.

In diesem Moment sah er sie. Drei Silhouetten.

Wie gefährliche Tiere in einem Zoo strichen sie zu beiden Seiten des Tors am Zaun entlang. Gelegentlich blieben sie stehen, hielten sich an den Gitterstäben fest und sahen hinein. Aus der Entfernung konnte Ricky das Gesicht der Hexe erkennen. Es war hager und ausgezehrt und ihre Augen blickten hungrig – wie bei einem Raubtier, das wusste, dass eine leichte Beute in Reichweite war. Er musterte die anderen Gestalten. Eine Frau und ein Mann. Beide mager. Alle mit dem gleichen verzweifelten Blick.

Wahrscheinlich haben sie Messer. Wenn du nicht willst, dass sie damit auf dich losgehen, solltest du ihnen das Geld lieber jetzt gleich geben.

Auf keinen Fall. Dann habe ich gar nichts mehr. Ich werde verhungern …

Vielleicht solltest du den Rest des Geldes wieder in deinem Schuh verstecken …

Doch er hatte jetzt nur noch Münzen, und wenn er die in den Schuh steckte, würden sie ihn beim Laufen behindern. Nicht dass er glaubte, dass er in der Lage wäre, zu rennen, weil er so fror. Das würde hässlich enden.

Grau dämmerte der Morgen. Der Verkehr wurde dichter und die Geier lauerten weiter auf dem Platz. Und als eine Stunde nach Sonnenaufgang der Parkwächter kam, um das Tor aufzuschließen, drängten sie sich davor.

Fütterungszeit.

Die Hexe betrat als Erste den Park, gefolgt von dem Mann, der riesige Schneidezähne besaß und Tätowierungen am Hals hatte. Die andere Frau blieb am Tor stehen, offensichtlich um Ricky abzufangen, falls er zu fliehen versuchte.

Sie kommt auf dich zu.

Danke, habe ich bemerkt.

Was wirst du jetzt tun?

Ricky nahm seine Tasche und trat aus dem Gebüsch, in dem er die Nacht verbracht hatte.

Als sie ihn sah, kräuselten sich ihre Lippen.

»Sieht aus, als hätten wir einen Treffer gelandet«, zischte sie gehässig ihrem Begleiter zu. »Mach die Taschen leer, Süßer! Lass uns mal dein Geld sehen!«, knurrte sie. »Und die Schuhe. Ich will auch deine Schuhe …«

Ricky rührte sich nicht.

Die Frau sah ihn verärgert an. Sie trug eine schmutzige graue Trainingsjacke, deren Reißverschluss sie jetzt aufzog. Sie holte ein Klappmesser hervor, dessen Klinge auf ihren Daumendruck hin heraussprang.

»Hast du nicht gehört, was ich gesagt habe?«

Ricky wich zurück. Er konnte seinen Blick nicht von dem Messer wenden. Es sah dünn und scharf aus.

»Stich ihn ab!«, schrie der Mann. »Stich ihn einfach ab …«

Da drüben!

Rickys Blick sprang zum Tor. Er blinzelte. Die Komplizin der Hexe lag auf dem Boden und wand sich vor Schmerz. Und durch das Tor kam leicht humpelnd, die Krücke wie eine Waffe schwingend, eine vertraute Gestalt auf ihn zu.

Felix.

Und er sah aus, als meine er es ernst.

Die Hexe sprang auf Ricky zu. Sie war nur ein paar Meter von ihm entfernt. Stolpernd wich er weiter zurück, als sie das Messer hob, um zuzustechen. Er konnte ihre schiefen gelben Zähne erkennen und ihren stinkenden Atem riechen. Er sah auch Felix, der jetzt direkt hinter ihr stand. Seine Augen hatte er leicht zusammengekniffen und schaute ernst drein. Mit einer Hand stützte er sich auf seinen Krückstock. In der anderen hielt er eine kleine weiße Papiertüte.

»Möchte jemand ein Pfefferminz?«, fragte er ruhig.

Die Frau erstarrte. Dann warf sie einen Blick über

ihre Schulter. Als sie Felix mit seinem Gehstock und der Papiertüte sah, grinste sie höhnisch.

»Verschwinde hier, Opa«, knurrte sie, bevor sie sich wieder Ricky zuwandte.

Felix' Stock schwang so schnell herum, dass Ricky ihn kaum sehen konnte. Er krachte gegen das erhobene Handgelenk der Frau. Ein splitterndes Geräusch erklang und das Messer fiel zu Boden. Die Frau keuchte vor Schmerz auf und umklammerte mit der gesunden Hand das Gelenk, während ihr Kumpel zum Tor rannte. Aus dem Augenwinkel sah Ryan, dass die andere Frau ebenfalls aufgestanden war und weglief.

Die Hexe taumelte zurück und hielt immer noch ihre schmerzende Hand.

Felix steckte die Süßigkeiten weg und hob das Klappmesser auf, sicherte es, steckte es ein und ging auf Ricky zu.

»Es liegt natürlich ganz bei dir«, sagte er sanft, »aber ich schlage vor, dass du mit mir kommst.«

»Sie sind mir gefolgt«, stellte Ricky fest. Seine Stimme klang hoch, angespannt, fast aggressiv.

»Stimmt. War wohl ganz gut so. Sieh dir nur an, in welcher Lage du dich befindest. Sie hätte dich umgebracht.« Auf seiner Stirn stand Schweiß, obwohl die Morgenluft kühl war.

»Ich mag es nicht, wenn man mich verfolgt.«

»An deiner Stelle würde ich mich daran gewöhnen«, murmelte Felix.

»Wie meinen Sie das?«

Felix sah ihn direkt an. »Ich habe dir zwei Dinge zu sagen, Coco. Wirst du mir zuhören?«

Ricky betrachtete nervös Felix' Stock. »Okay …«

»Zum einen: Hierzubleiben war keine gute Idee. Du warst eingeschlossen. Lass dich nie irgendwo einschließen. Das bedeutet, dass du keinen Fluchtweg hast, und du brauchst immer einen Fluchtweg.«

»Gut. Vielen Dank für den Rat. Sehr nützlich.« Er sah sich nach rechts und links um, nur um sicher zu sein.

»Und zum Zweiten: Du brauchst eine warme Mahlzeit und etwas zu trinken. Ich kaufe dir was. Und während du isst, mache ich dir einen Vorschlag. Wenn du zustimmst, gut. Wenn nicht, wirst du mich nie wiedersehen. Abgemacht?«

Der einzige Teil, den Ricky wirklich verstanden hatte, war der mit dem Essen.

Nutz das aus, drängte Ziggy ihn. *Verschaff dir ein Frühstück und dann können wir ihn sitzen lassen.*

Genau.

Ricky schenkte Felix ein falsches Lächeln.

»Alles klar, Mister«, sagte er, »abgemacht.«

Der Deal

»Du musst eine Entscheidung treffen«, erklärte Felix.

Ricky starrte auf sein Essen. Im Moment bestand für ihn die einzige Entscheidung in der Frage, ob er mit den Würstchen oder mit dem Schinken anfangen sollte. Oder mit den Bohnen – die sahen echt lecker aus. Er schaufelte sich einen Bissen davon in den Mund und schloss genüsslich die Augen, obwohl er sich fast die Zunge dabei verbrannte. Nach einer Nacht auf dem kalten, harten Boden des Parks am Bloomsbury Square war ihm die Wärme dieses Cafés mit seinen beschlagenen Scheiben und dem heißen Tee so willkommen wie eine weiche Matratze und ein kuscheliges Steppbett.

Er schnitt ein großes Stück Wurst ab und steckte es in den Mund. Erst dann merkte er, dass Felix etwas gesagt hatte.

»Was?«

»Iss erst mal auf«, lächelte Felix, »wir reden danach.«

Er lehnte sich zurück und ließ seinen Blick durch den Raum wandern, lutschte an einem Pfefferminz und summte leise vor sich hin, während Ricky aß.

Dieser Typ war auf jeden Fall verrückt, aber er war ein Verrückter mit einer Brieftasche, und es hatte sich noch nie so gut angefühlt, satt zu sein. Als er den letzten Rest Fett und Ketchup mit der Gabel von seinem Teller kratzte, bemerkte er, dass ihn Felix mit dem gleichen leicht amüsierten Ausdruck ansah, den er so oft zur Schau zu stellen schien.

»Was ist?«, fragte Ricky.

»Das erspart wohl den Abwasch.«

Ricky ließ die Gabel sinken. »Vielen Dank für das Essen«, sagte er. Sein Blick wanderte zur Tür.

Du könntest einfach gehen.

Nein, draußen regnet es. Lass uns hören, was der Glatzkopf zu sagen hat. Dann gehen wir.

»Also, Coco ...«

»Ich heiße nicht Coco.«

»Ich weiß. Du heißt Ricky.«

Ricky starrte ihn entsetzt an.

Er muss von irgendeiner Behörde sein, dachte er plötzlich panisch.

Ist er gekommen, um dich zu den Gutmenschen zurückzuschleifen?

»Woher wissen Sie das?«, stammelte er schließlich.

»Ich weiß eine Menge.«

»Zum Beispiel?«

»Zum Beispiel, dass dein Vermieter heute einen extrem schlechten Tag hat. Baxter heißt er doch, oder? Vor zwei Stunden hat es bei ihm an die Tür geklopft. Wahrscheinlich sitzt er schon in Untersuchungshaft.«

»Was ist mit seinen Mietern?«

»Du solltest froh sein«, stellte Felix fest. »Baxter ist ein äußerst unangenehmer Zeitgenosse. Du brauchst dir nur ansehen, was er mit deinem Gesicht gemacht hat.«

»So einfach ist das nicht. Seine Mieter können nirgendwo hin. Es ist kompliziert.«

»Kompliziert?«, fragte Felix und seine Augen blitzten amüsiert. »Ja, das ist es, Coco. Ich bin froh, dass du das verstehst. Manchmal müssen wir alle komplizierte Dinge tun.«

»Hören Sie auf, mich Coco zu nennen!« Es entstand eine Pause, während der Ricky Felix böse anstarrte. »Haben Sie mich verfolgt?«

»Ja.«

»Ich habe Sie nicht bemerkt.«

»Ich bin auch sehr gut darin.«

»Woher kennen Sie meinen Namen?«

»Ich weiß auch, dass deine Eltern am dritten Februar letzten Jahres bei einem von einem betrunkenen Fahrer verursachten Unfall auf der M fünfundzwanzig ums Leben gekommen sind. Und dass deine Schwester Madeleine kurz danach Selbstmord begangen hat ...«

Ricky sah weg. Manche Dinge waren schwer zu ertragen, wenn sie laut ausgesprochen wurden.

Es entstand eine Pause. Als Felix fortfuhr, klang seine Stimme weicher. »Ich weiß außerdem, dass du von deinen Pflegeeltern in Northampton fortgelaufen bist, weil sie wollten, dass du ein Mitglied ihrer Kirche wirst.

Ein bisschen zu viel heile Welt für jemanden, der gerade seine Eltern verloren hat. Und seine Schwester natürlich …«

Ricky sah ihn finster an. Vielleicht war es das. Vielleicht war der Kerl kein Krimineller, sondern er war geschickt worden, um Ricky zu finden und ihn wieder ins Sozialsystem zurückzubefördern.

»Ich gehe auf keinen Fall zu diesen Gutmenschen zurück, falls das ihr Plan ist«, erklärte Ricky. »Und schon gar nicht zu diesem Haufen von Gottesfanatikern. Da lebe ich lieber auf der Straße.« Wieder sah er zur Tür. Wenn er schnell war, konnte er entkommen.

Felix neigte den Kopf. »Vielleicht können wir es arrangieren, dass du keins von beidem musst.«

Es hört auf zu regnen, bemerkte Ziggy, *wir könnten jetzt abhauen.*

Aber Ricky war noch nicht bereit, zu gehen. Er wollte mehr erfahren.

»Du hast mich beeindruckt«, erklärte Felix. »Mir gefällt es, dass du allein arbeitest, nicht wie die anderen Kids am Trafalgar Square. Und du bist sehr geschickt …«

»Aber Sie haben mich geschnappt«, gab Ricky zu bedenken.

Wieder lächelte Felix. »Natürlich, Coco. Ich könnte jeden schnappen.« Ein weiteres Lächeln. »Ich weiß, ich weiß, das erscheint dir unwahrscheinlich, nicht wahr? Aber ich kann sehen, dass du schnell lernst, und du hast auf jeden Fall Mut. Die meisten Ausreißer wären mittlerweile eingeknickt, aber du scheinst mir aus härterem Holz geschnitzt. In gewissen Berufszweigen ist das von einiger Bedeutung.«

Ricky sah ihn misstrauisch an. »Was sind Sie? Eine Art Fagin?«

»Ah, belesen bist du auch«, wich Felix der Frage aus.

Das war Ricky zwar eigentlich nicht, aber mit seiner Schwester hatte er mal das Musical *Oliver!* gesehen und erinnerte sich wehmütig daran, wie sie »Pick a pocket or two« mitgesungen hatten. Damals hatte er natürlich noch keine Ahnung gehabt, dass er selbst mal als Taschendieb arbeiten würde. Als eine Art moderner Dodger.

Nur ohne einen Fagin, der den Profit einstreicht, erinnerte Ziggy ihn.

»Das gefällt mir. Aus Büchern kann man eine Menge lernen!«, fuhr Felix fort. Er schob seine Hand in die Jackentasche und holte ein Blatt Papier heraus, das er Ricky reichte. »Sieh dir das mal an.«

Es sah aus wie die Maklerangaben für eine Wohnung. Eine ziemlich coole Dachgeschosswohnung. Sie lag mit Blick auf den Fluss, hatte große Zimmer und eine moderne Einrichtung. Ricky legte das Blatt auf den Tisch.

»Ich denke, die Miete wird für das Gehalt eines Taschendiebs ein wenig zu hoch sein.«

»Es gibt keine Miete«, sagte Felix. »Das ist deine neue Unterkunft, wenn du willst.«

In seinem Kopf schrillten die Alarmglocken.

Das ist einer von den Kerlen, vor denen sie dich immer gewarnt haben. Bloß schnell weg hier!

»Glaub mir, ich weiß genau, was du jetzt denkst«, sagte Felix ruhig. Er nahm das Messer, das er der Frau am Bloomsbury Square abgenommen hatte, und ließ es über den Tisch gleiten.

»Nimm das«, sagte er. »Wenn ich oder irgendjemand anders dir dumm kommt, kannst du dich damit verteidigen.«

Ricky nahm das Messer, doch es schauderte ihn dabei. Er hasste Messer.

»Wahrscheinlich fragst du dich, woher dieser plötzliche Anfall von Großzügigkeit kommt«, begann Felix.

»Ich frage mich«, entgegnete Ricky, »wo der Haken ist.«

Es fiel ihm auf, dass Felix nicht leugnete, dass es einen gab. Er fuhr nur einfach fort, als hätte Ricky nichts gesagt.

»Ich biete dir folgenden Deal: Du ziehst in diese Wohnung. Du bekommst hundert Pfund Taschengeld die Woche. Du hörst mit dem Taschendiebstal und den Einbrüchen auf. Du isst vernünftig, du schläfst genug und in deiner Freizeit wirst du Unterricht nehmen.«

»Was sind Sie? Eine Art Topsecret-Geografielehrer? Ich gehe nicht wieder in die Schule, verstanden?«

»Wir reden hier nicht von Schule, Coco. Und ganz sicher nicht von Geografie.«

Wovon redet er dann?

Denk drüber nach. Er hat dir schon einiges beigebracht. Nützliches. Die zwanzig Pfund, das Geradeauslaufen, den Fluchtweg …

Aber warum? Was will er von uns?

Vielleicht ist er ja doch eine Art Fagin und bildet Kids dazu aus, für ihn Verbrechen zu begehen?

Und was machen wir jetzt?

»Kein Druck«, erklärte Felix. »Du machst, was du willst. Es ist deine Entscheidung.« Er lehnte sich zurück, als habe er alles gesagt, was er zu sagen hatte.

»Und wenn ich Nein sage?«

Felix zuckte mit den Schultern. »Dann bleibt dir immer noch der Bloomsbury Square und viele andere Orte wie dieser. Aber ich muss sagen, Coco, so furchtbar gemütlich sah es da nicht aus. Andererseits sind da die »Gutmenschen« – so nanntest du sie doch? Die Leute vom Kinderschutzbund werden dich irgendwann schon aufgreifen, nehme ich an.«

»Auf keinen Fall. Ich werde nicht zurückgehen. Ich verstecke mich …«

»Sie werden dich finden, Coco. Irgendwann werden sie dich finden.«

Über den Tisch hinweg sahen sie einander an. Ricky hatte den Eindruck, dass er ausgetrickst wurde. Wieder nahm er das Blatt mit den Fotos. Es sah eindeutig schöner aus als Baxters grässliche Unterkunft.

Aber worauf ließ er sich da ein?

Ich schlage Folgendes vor. Wir ruhen uns in dieser

Wohnung aus. Wir nehmen sein Geld. Wir lernen, was wir können, wenn ihm das so wichtig ist. Wir werden auf jeden Fall herausfinden, wie er uns gefolgt ist. Und dann verschwinden wir wieder.

Während er nachdachte, rutschte Ricky unsicher auf seinem Stuhl herum. Felix sah ihn so durchdringend an, dass er das Gefühl hatte, der Mann wisse ganz genau, was er dachte.

»Okay«, sagte er schließlich leise.

Felix nickte stirnrunzelnd. Er zog einen Zehnpfundschein für Rickys Frühstück aus der Tasche und legte ihn auf den Tisch. »Gehen wir?«, fragte er.

Es hatte aufgehört, zu regnen, doch die Gehwege glänzten noch nass. Felix winkte ein Taxi heran, indem er seinen dicken Stock ausstreckte. Er gab dem Fahrer bereits Anweisungen, während Ricky noch einstieg. Gleich darauf fuhren sie auf der High Holborn in Richtung Stadt.

»Wohin fahren wir?«, fragte Ricky.

»Docklands. Es ist ein Penthouse. Große Wohnung, viel Glas. Ich denke, es wird dir gefallen.«

Ricky antwortete nicht.

»Ist auf jeden Fall besser als eine Parkbank«, meinte Felix.

Dreihundertfünfzig Meilen nordwestlich von London standen drei Männer auf einem Hügel über dem grauen, wolkenverhangenen Meer. Ein steifer Wind zerrte an ihren Haaren und den teuren Anzügen. Im Westen konnten sie in vielleicht fünf Meilen Entfernung durch die Nebelschwaden die Umrisse einer großen Schiffswerft erkennen. Hinter ihnen wartete auf der Hügelkuppe ein offiziell wirkender schwarzer Mercedes. Doch ihre Aufmerksamkeit war aufs offene Wasser gerichtet.

Zwei von ihnen waren breitschultrig, der Dritte war eher drahtig mit einem bösartig verkniffenen Gesicht. Er hielt ein Fernglas in der Hand, durch das er angestrengt hinaus aufs Meer starrte. Die Breitschultrigen schienen verärgert, dass sie im langen, nassen Gras stehen mussten, das ihre teuren Lederschuhe und die Hosenbeine durchnässte.

»Was soll das, Cole?«, fragte einer von ihnen mit stark russischem Akzent. Das und der tosende Wind machten es dem Drahtigen schwer, ihn zu verstehen. »Ist das ein Scherz?«

»Nein, Dmitri«, entgegnete Cole, ohne das Fernglas sinken zu lassen. »Suchen Sie einfach weiter.«

Die beiden Breitschultrigen spähten stirnrunzelnd weiter aufs Meer hinaus, das aufgewühlt und feindselig wirkte.

»Ich weiß nicht mal, wo wir hier sind«, stellte der zweite kräftige Mann fest. »Warum haben Sie uns an diesen unwirtlichen Ort gebracht?«

Endlich ließ Cole das Fernglas sinken und lächelte ihn mit offensichtlicher Mühe schmallippig an. »Das ist der Firth of Clyde, Gregoriev. Ich gebe zu, nicht ganz so idyllisch wie Ihre sibirische Küste.«

Die Männer runzelten die Stirn wegen des kleinen Seitenhiebs. Cole hob erneut das Fernglas und sah wieder aufs Meer.

»Sie werden es schon früh genug verstehen. Nur noch ein paar Minuten.«

»Es ist jetzt bereits eine halbe Stunde …« Gregoriev klang genervt.

Cole sah zu ihm hinüber und bemerkte, wie seine rechte Hand zu seiner Manteltasche glitt. Im letzten Augenblick packt Dmitri sein Handgelenk und sagte etwas auf Russisch zu ihm. Gregoriev ließ die Hand sinken, doch er klang nicht weniger verärgert, als er hinzufügte: »Ich denke, Sie geben nur vor, etwas zu wissen, was …«

»Ruhe!«, befahl Cole.

Die Männer verstummten. Der Wind heulte um sie herum.

Zehn Sekunden später zischte Cole: »Da!«

Die beiden Russen starrten aufs Meer hinaus.

»Was?«, fragte Dmitri. »Wo?«

Doch Cole war der Einzige, der etwas durch das starke Fernglas sehen konnte. Eine halbe Meile entfernt war gerade etwas an die Wasseroberfläche gekommen. Auf den ersten Blick sah es aus wie ein Walrücken, nur dunkler. Wasser lief von der gewölbten Oberfläche, als es höher stieg und mit jeder Sekunde größer wurde.

Doch das war erst der Turm des U-Boots. Sekunden später begann der Rumpf aufzutauchen. Er war schwarz und bedrohlich groß und brachte das sowieso schon aufgewühlte Wasser um sich herum zum Kochen.

Cole reichte Dmitri das Fernglas, der es begierig an sich nahm und aufs Meer sah.

»Ich kann immer noch nichts erkennen«, beschwerte er sich augenblicklich. »Was ist bloß los mit diesem blöden Ding? Ich kann …« Er brach ab, denn offensichtlich hatte er das Objekt entdeckt. Eine ganze Minute lang starrte er darauf, dann reichte er das Fernglas Gregoriev.

»Ein Atom-U-Boot der Vanguard-Klasse«, erklärte Cole, während der zweite Russe es in Augenschein nahm. »Eines von nur vier Exemplaren. Voll ausgerüstet mit Trident II D-5-Sprengköpfen.« Er wartete ab, bis auch Gregoriev das Fernglas sinken ließ, und lächelte die beiden Russen erneut dünn an. »Also, Gentlemen, ich kann Ihnen zeigen, wie man jedes britische Atom-U-Boot überall auf der Welt aufspüren kann. Das ist natürlich eine wertvolle Information. Reden wir jetzt übers Geld?«

Die beiden Russen grinsten sich an.

»Nicht hier«, erklärte Dmitri. »Gehen wir zum Wagen. Ein Hubschrauber wartet, um uns nach London zurückzubringen. Auf dem Weg dorthin können wir gern mit Ihnen darüber diskutieren, wie reich wir Sie machen werden, Mr Cole.«

Wortlos drehten die drei Männer dem Meer den Rücken zu und gingen den Hügel hinauf zu dem wartenden Wagen.

Felix hatte recht. Ricky gefiel sein neues Zuhause. Wie könnte es auch nicht?

Es hatte ein großes Schlafzimmer mit Blick über die Themse mit einem riesigen Doppelbett und einem Flachbildschirm an der Wand. In der Küche glitzerten Quarz und Stahl und der Kühlschrank war vollgepackt mit Lebensmitteln und Softdrinks. Im Bad gab es einen Whirlpool und eine Dusche mit vier verschiedenen Düsen. Es gab eine Videoüberwachung am Eingang, einen hochmodernen Computer und einen voll ausgerüsteten Fitnessraum.

Das ist der Wahnsinn! Und umsonst!

Nichts ist umsonst, Kumpel. Nichts ist umsonst.

»Fühl dich ganz wie zu Hause«, forderte Felix ihn auf, als Ricky im Wohnzimmer stand, seine Tasche umklammert hielt und die Augen aufriss, weil er gar nicht wusste, wohin er zuerst schauen sollte.

»Ist das ein Scherz?«, fragte er.

»Nein. Ich lasse dich allein, damit du dich eingewöhnen kannst. Ich werde morgen früh um neun Uhr wiederkommen.«

»Wozu?«

»Habe ich doch gesagt. Unterricht.«

Felix wandte Ricky den Rücken zu und humpelte zum Ausgang.

»He, Felix.«

Der seltsame Mann blieb stehen und drehte sich um.

»Was ist mit Ihrem Bein passiert?«

Felix' Gesicht zuckte. Offenbar war es eine schmerzhafte Erinnerung. »Jemand hat mich angeschossen. Die Kugel hat die Knochen in meinem Unterschenkel zerschmettert. Es musste amputiert werden.«

»Klingt schmerzhaft.«

»Ich hatte Glück, dass sie unterhalb des Knies amputiert haben und nicht darüber. Ohne Kniegelenk ist das Laufen viel schwieriger. Heißt es jedenfalls.«

Ricky dachte einen Moment nach. »Passiert so etwas häufiger, in Ihrem Berufszweig?«

»Amputationen?«

»Kugeln.«

Felix kratzte sich an der Nase. »Wir versuchen, es zu vermeiden.«

»Wer ist *wir*?«

Felix lächelte ihn gleichmütig an. »Das ist kompliziert«, sagte er ruhig. »Ach ja, das hätte ich fast vergessen. Du brauchst ja noch einen Wohnungsschlüssel.«

»Wer ist wir?«, wiederholte Ricky. »Die Guten oder die Bösen? Die Frage ist doch sicher nicht zu kompliziert für Sie, oder?«

»Mich überrascht, dass dich das interessiert – du hast doch gar nicht die Absicht, lang genug zu bleiben, um das herauszufinden.«

Ricky antwortete nicht, doch er spürte, wie er rot wurde.

»Habe ich recht?«

Schweigen.

»Habe ich recht?«

Immer noch Schweigen.

»Gut«, meinte Felix wie zu sich selbst. »Vielleicht haben wir ja schon etwas gelernt. Und was den Schlüssel angeht …«

»Ja«, sagte Ricky, »was den Schlüssel angeht …«

»Der ist hier irgendwo in der Wohnung. Deine Aufgabe ist es, ihn zu finden.«

»Was?«

»Such ihn, Coco. Benutz deine Augen. Zeig mir, wie gut du hinsehen kannst.«

Der ist doch bekloppt.

Merkst du das erst jetzt?

Felix humpelte zum Ausgang.

»He, Felix.«

»Ja, mein Junge.«

»Wer sind Sie wirklich?«

Es entstand eine Pause. Felix schob eine Hand in die Tasche, nahm ein Pfefferminzbonbon heraus und steckte es sich in den Mund.

»Betrachte mich doch einfach als deinen Schutzengel«, erwiderte er.

Hausaufgaben

Freitag, 14:30 Uhr

Der Schlüssel war nirgendwo. Ricky war sich sicher. Er hatte in den Küchenschubladen, in allen Schränken und sogar im Kühlschrank gesucht. Unter der Matratze in seinem Bett und in allen Kleiderschränken hatte er nachgesehen. Er hatte unter den Teppichen im Wohnzimmer und im Flur gesucht und sogar hinter dem Abfluss der Toilette herumgetastet, bevor er in die Küche zurückgegangen war, um ein weiteres Mal in alle Schubladen zu sehen.

Er war jetzt an einem Punkt angekommen, an dem er sich sagte, dass das alles verrückt war. Felix spielte irgendwelche komischen Spielchen mit ihm. Nun, vielleicht wollte Ricky nicht spielen.

Er nahm sich eine Cola aus dem Kühlschrank und setzte sich auf den Balkon über der Themse. Es war später Nachmittag, und er musste daran denken, wie krass sich sein Leben innerhalb der letzten vierundzwanzig Stunden verändert hatte. Er hatte alles, was er gestern nicht gehabt hatte – eine Bleibe und etwas zu essen.

Trotzdem war ihm ziemlich mulmig.

Wer war dieser Felix? Warum bemühte er sich so, ihm zu helfen? Ricky hatte genug von der Welt gesehen, um zu wissen, dass niemand jemandem half, ohne irgendetwas dafür zu erwarten.

Die Sonne begann unterzugehen und es wurde kühler. Ricky ging wieder hinein und machte sich mithilfe der reichhaltigen Vorräte im Kühlschrank ein riesiges Sandwich mit Majo und wanderte in der Wohnung herum, während er es aß. Er starrte die Wohnungstür an und dabei wurde ihm klar, dass er ohne den Schlüssel hier so gut wie eingesperrt war.

Doch der Schlüssel war nirgendwo.

Wut auf Felix stieg in ihm hoch, weil er ihm eine unmögliche Aufgabe gestellt hatte.

Ich sitze hier fest. Wenn ich die Wohnung verlasse, komme ich nicht wieder rein.

»Aber du kannst gehen, wenn du willst. Immerhin: Hier festzusitzen ist besser, als am Bloomsbury Square festzusitzen.«

Er trug seine Tasche ins Schlafzimmer. Auf dem Bettrand sitzend nahm er das Foto seiner Familie heraus und betrachtete es. Wie so oft dachte er an den Moment, als er die Nachricht vom Tod seiner Eltern erhalten hatte: die beiden Polizisten an der Tür, wie Madeleine die Hände vors Gesicht geschlagen hatte, wie er auf dem Sofa gesessen und ins Nichts gestarrt hatte, unfähig, das alles zu fassen …

Dann riss er sich zusammen und stellte das Foto auf

den Nachttisch. Er schaltete den Fernseher ein, legte sich aufs Bett und zappte durch die Kanäle.

Es gab nicht viel. Ein paar Minuten sah er ein paar Kids in seinem Alter zu, die bei *Britain's Got Talent* rappten. Dann erwischte er die letzten fünf Minuten der Simpsons. Und schließlich landete er bei einem Nachrichtenkanal. Vor der russischen Botschaft in London stand ein Reporter mit ernstem Gesicht und berichtete mit besorgter Stimme: »Die Spannungen zwischen Russland und dem Westen verschärfen sich angesichts der Lage im Nahen Osten. Die Gespräche zwischen dem britischen Außenminister und seinem russischen Kollegen wurden als …«

Doch Ricky fand nie heraus, wie diese Gespräche bezeichnet wurden. Das Bett war weich, das Zimmer warm. Er war bereits tief und fest eingeschlafen …

Nur fünf Meilen Luftlinie von der eleganten Wohnung entfernt, in der Ricky schlief, lag im Herzen von Mayfair ein noch eleganteres Wohnhaus, pompös als »Weißes Haus« bezeichnet. Im Feierabendverkehr hätte man allerdings mehrere Stunden gebraucht, um dorthin zu kommen.

Wenn man das geschafft hätte – und wenn man über die hohen Zäune um das Haus herum- und an den Überwachungskameras an der Eingangstür vorbeigekommen wäre, hätte man eine beeindruckende gewundene Marmortreppe hinaufsteigen und ein Zimmer im oberen Gang betreten können. Dort hätte man ein fünfzehnjähriges Mädchen namens Izzy Cole auf dem Bett sitzen und weinen sehen können.

Ihre vors Gesicht gepressten Handflächen waren tränennass, ihre Schultern zuckten. Sie versuchte, nicht zu weinen, sie bemühte sich wirklich. Doch obwohl sie es schaffte, für fünfzehn oder zwanzig Sekunden damit aufzuhören, schossen die Tränen immer wieder hervor, wenn sie daran dachte, was eben passiert war.

Sie hatte sich mit ihrem Vater über einen Ohrring gestritten. So ein kleines Ding – ein winziger goldener Knopf, der jetzt auf Izzys Nachttisch lag. Als er vor einer halben Stunde nach Hause gekommen war – ungewöhnlich windzerzaust –, war er in selten guter Stimmung gewesen. So gut, dass Izzy es gewagt hatte, mit dem Ohrring vor ihm aufzutauchen.

Schlechte Idee.

Als ihr Vater ihn erblickt hatte, hatte sich seine Laune schlagartig verändert. Izzy hatte seine Regel, sich nie, nie, *nie* die Ohren durchstechen zu lassen, solange sie unter seinem Dach wohnte, gebrochen. Sie war natürlich die Einzige ihrer Freundinnen, die keine Ohrlöcher hatte, aber trotzdem. Es war ihr so einfach vorgekommen, die Frau im Tattoo-Laden darum zu bitten, besonders, weil ihre beiden Freundinnen Becky und Caitlin behauptet hatten, achtzehn zu sein, und sich richtige Tattoos – identische Rosen – auf die Schultern hatten stechen lassen.

Ihr Vater war da anderer Meinung.

Sie hasste ihn. Sie *hasste* ihn. Sie wusste, dass sie verwöhnt klang. Sie wusste, dass sie in einem schicken Haus lebte, auf eine schicke Schule ging und dass es ihr nie wirklich an etwas fehlte. Aber all das war eine Lüge. Sie hasste es, ihren Vater im Fernsehen zu sehen, wenn er für die Kamera lächelte, der Ehrenwerte Parlamentsabgeordnete Jacob Cole, der immer so vernünftig klang und bei allen ja sooo beliebt war.

Aber sie wussten ja nicht, wie er wirklich war. Sie sahen nicht sein wahres Ich.

Izzy zog ein Taschentuch aus der Schachtel neben ihrem Bett. Sie putzte sich die Nase und zuckte dabei zusammen. Sie senkte das Taschentuch und bemerkte Blut darauf. Schnell ging sie zu ihrem Frisiertisch hinüber und betrachtete ihr Gesicht im Spiegel.

Sogar sie war überrascht über den Anblick. Ihre Oberlippe war vom Schlag ihres Vaters aufgeplatzt. Das linke Auge schwoll zu einem fetten Veilchen zu. Eine volle Minute starrte sie sich an, dann begann die Lippe wieder zu bluten und sie musste ein weiteres Taschentuch holen, um es abzutupfen.

Als die Lippe endlich aufgehört hatte, zu bluten, trat sie ans Fenster und sah nach draußen. Ihr Zimmer lag zum Garten hin, der durch eine hohe Mauer von der Straße getrennt war. Aus dem ersten Stock konnte sie nur den Gehweg auf der anderen Straßenseite sehen. Dort stand eine elegante Straßenlaterne und tauchte das Pflaster in gelbliches Licht. An dem Laternenpfahl lehnte jemand. Er trug einen schweren Mantel über breiten Schultern und sein Kopf war kahl und glänzte schwarz. In einer Hand hielt er einen Stock.

Izzy starrte ihn an.

Unvermittelt sah er auf. Izzy lief ein Schauer über den Rücken, als sich ihre Blicke trafen. Rasch senkte der Mann den Kopf, richtete seinen Blick auf den Gehweg und ging dann weiter. Izzy bemerkte ein leichtes Hinken.

Einen Moment später war er verschwunden. Genauso schnell hatte Izzy ihn vergessen. Durch ihren Kopf schossen rebellische Gedanken. Sie würde allen von ihrem Vater erzählen. Alle würden erkennen, wie er wirklich war. Es war nicht das erste Mal, dass er sie geschlagen hatte, würde sie erklären. Er war brutal, gewalttätig und …

Doch ihr Moment der Rebellion ging schnell vorüber. Es *allen* erzählen? Sie konnte ja nicht mal mit ihrer Mutter darüber reden, da sie immer auf der Seite ihres Vaters stand, weil sie noch mehr Angst vor ihm hatte als Izzy. Niemand würde einer albernen Fünfzehnjährigen glauben, die ihren Vater beschuldigte, den wichtigen Jacob Cole, MP. Man würde sie auslachen und behaupten, dass sie log.

Sie konnte sich nur so gut wie möglich zurechtmachen und sich eine Geschichte ausdenken, die die Verletzungen in ihrem Gesicht erklärte. Und in ihrem Zimmer bleiben, damit ihr Anblick ihren Dad nicht noch wütender machte.

Es war ein schönes Zimmer, geschmackvoll eingerichtet und mit gemütlichen Möbeln. Aber Izzy kam es manchmal vor wie ein Gefängnis.

Ricky erwachte schlagartig. Die grelle Türklingel ertönte mehrmals hintereinander und durch das Fenster schien die Morgensonne. Er sah auf die Uhr. 9:06 Uhr am Samstagmorgen. Er hatte wie ein Stein geschlafen.

Zum sechsten oder siebten Mal klingelte es.

»Das ist bestimmt Felix«, murmelte Ricky, sprang aus dem Bett, lief zur Tür und riss sie auf.

Da stand Felix mit der unvermeidlichen Papiertüte in der Hand und einem Rucksack über der Schulter.

»Gummibärchen?«, bot er Ricky an und streckte ihm die Tüte entgegen.

»Äh, ist es nicht ein bisschen früh dafür?«

»Blödsinn. Für Gummibärchen ist es nie zu früh. Besonders nicht für die roten.« Er nahm eines und steckte es sich in den Mund. »Hast du ihn gefunden?«

Ricky blinzelte. Sein Kopf war noch vernebelt, sein Mund trocken. Seine Kleidung war verknittert und nicht allzu sauber. Er schüttelte den Kopf, um den Schlaf zu vertreiben.

»Wen gefunden?«, fragte er trotzig.

Felix lächelte und trat dann ein, als sei er hier zu Hause.

Vielleicht wohnt er ja tatsächlich hier.

Dann muss er aber ziemlich reich sein.

Felix war gerade einen Meter weit gekommen, als er stehen blieb, als wäre er vor eine unsichtbare Wand gelaufen. Er verzog das Gesicht.

»Was ist?«, fragte Ricky.

»Du«, antwortete Felix.

Ricky sah an sich herunter. »Was ist mit mir?«

»Du stinkst, Coco«, erklärte Felix. »Wie eine tote Ratte. Würde es dir etwas ausmachen, dich zu duschen, bevor wir anfangen?«

»Bitte, nur keine Zurückhaltung«, erwiderte Ricky. Er spürte, wie er rot wurde. Er schätzte, dass Felix recht hatte. Er hatte sich seit achtundvierzig Stunden nicht mehr gewaschen und einige davon hatte er auf der blanken Erde geschlafen. Aber er mochte es trotzdem nicht, wenn man so mit ihm sprach. »Ist schon in Ordnung.«

Felix zuckte mit den Achseln, rümpfte die Nase und ging weiter in die Wohnung.

»Also, den Schlüssel habe ich nicht gefunden«, erklärte Ricky. »Sind Sie sicher, dass Sie mir einen dagelassen haben?«

»Ich bin sicher«, antwortete Felix und sah über die Schulter, während sie ins Wohnzimmer gingen. »Wo hast du denn gesucht?«

»Überall.«

»Unsinn«, erwiderte Felix und stellte den Rucksack

ab. »Wenn du überall gesucht hättest, hättest du ihn gefunden.«

»Na gut, aber niemand kann absolut überall suchen …« Ricky ging in Richtung Küche weiter.

»Natürlich kann man. Man muss nur wissen, wie. Soll ich es dir sagen?«

»Äh …«

»Ich werte das mal als ein Ja«, meinte Felix. »Wenn du schon nicht duschen willst, setz mal Wasser auf und mach mir einen Tee. Dir auch, wenn du willst, aber ich brauche ihn nötiger, denn ich werde jede Menge reden müssen und du wirst viel zuhören. Der Unterricht beginnt jetzt, Coco. Schalte dein Hirn ein und mach dich bereit, etwas zu lernen.«

Fünf Minuten später saßen sie mit dampfenden Teetassen in der Hand im Wohnzimmer.

»Als du den Schlüssel gesucht hast, hast du einfach drauflosgesucht, nicht wahr?«, fragte Felix. »Du hast dir überlegt, wo er sein könnte, hast dort nachgesehen und bist dann zum nächsten Ort gegangen, der dir eingefallen ist.«

Ricky sah ihn misstrauisch an. »Haben Sie mich wieder beobachtet?«

»Nein, aber du bist vorgegangen wie die meisten Menschen. Du hast völlig planlos gesucht. Aber das ist keine Suche. Das ist nur, sich ein wenig umsehen.«

Ricky machte den Mund auf, um zu widersprechen. Doch dann erinnerte er sich daran, wie er beliebige

Schränke in der Küche aufgemacht hatte, und stellte fest, dass Felix recht hatte.

»Das könnte stimmen«, musste er zugeben.

»Wie nett von dir, das zu sagen.« Felix sah sich im Zimmer um. »Also versuch es doch mal so: Wenn du ein Zimmer durchsuchst, dann teile es in kleinere Würfel auf – in deinem Kopf, meine ich. Suche jeden dieser Würfel sorgfältig ab, bevor du zum nächsten übergehst.«

Ricky runzelte die Stirn. »Aber einige davon werden nur Luft enthalten.«

»Dann dauert die Suche dort ja nicht lang.« Felix trank seinen Tee aus und stand auf. Als er das verwundete Bein belastete, zuckte er zusammen. »Hier endet die erste Lektion«, erklärte er. »Und jetzt such diesen Schlüssel!«

»Sie könnten mir auch einfach sagen, wo er ist«, schlug Ricky vor. Die ganze Sache mit dem Schlüssel fand er einfach albern.

»Das könnte ich natürlich. Aber wo bliebe dann der Spaß? Jetzt such ihn!«

»Und was machen *Sie* solange?«

»Wenn es dir nichts ausmacht, werde ich mir noch eine Tasse Tee machen – und mir noch ein Gummibärchen genehmigen.«

Während Felix in die Küche humpelte, stand Ricky auf und sah sich um.

»Das ist albern«, murmelte er trotzig. Doch im Geiste teilte er das Zimmer in unsichtbare Würfel auf. In einem stand eine niedrige Kommode, die er gründlich durchsuchte. Er nahm sogar die Schubladen heraus und überprüfte die Unterseite. Ein weiterer Würfel enthielt nur ein Bild an der Wand, das er abnahm und auf die Rückseite sah. Kein Schlüssel. Er blickte über die Schulter und bemerkte Felix in der Tür, der ihn mit einer zweiten Tasse Tee in der Hand aufmerksam beobachtete.

Das ist reine Zeitverschwendung.

Na und? Wenn es ihn glücklich macht und wir dann hierbleiben können …

Ricky lächelte kurz zu Felix hinüber und suchte weiter.

Zehn Minuten später hatte er den Schlüssel gefunden. Er war an die Abdeckung der Vorhangschiene geklebt gewesen. Überrascht stellt er fest, dass er ein leichtes Triumphgefühl verspürte, als er ihn hochhielt. »Der Schlüssel!«, verkündete er.

»Gut gemacht«, sagte Felix.

»Besonders beeindruckt sind Sie ja nicht.«

Zum ersten Mal, seit sie sich getroffen hatten, bemerkte Ricky einen Anflug von Verärgerung an Felix. »Was willst du, Coco? Eine Konfettiparade?«

Ricky spürte, wie er rot anlief.

»Ich hoffe sehr, dass du das nicht schwer fandst, junger Mann, denn du hast gerade erst angefangen. Wenn ich mit dir fertig bin, dann bist du …«

»… der bestausgebildete kleine Dieb auf den Straßen

von London?«, fiel Ricky ihm ins Wort. »Denn dafür brauchen Sie mich doch, oder? Niemand achtet auf ein Kind, niemand verdächtigt ein Kind. Also brauchen Sie ein Kind, das für Sie die Drecksarbeit erledigt, stiehlt und so. Habe ich recht?«

Felix sah ihn ausdruckslos an. »Das ist kompliziert.«

Ricky spürte einen irrationalen Zorn, weil sein Spruch gegen ihn verwendet wurde.

»Natürlich«, fuhr Felix fort, »haben Schlüssel lediglich ein recht eingeschränktes Anwendungsgebiet.«

»Hä?«

»Ich meine, ganz allgemein schließt ein Schlüssel nur eine einzige Tür auf. Es wäre wesentlich nützlicher, wenn man einen Schlüssel hätte, der einem jede Tür öffnet.«

»Das stimmt wohl.«

Felix lächelte, sah sich nach seinem Rucksack um und zog nach kurzem Suchen etwas daraus hervor, das wie ein großer Tacker mit einer langen, schmalen Klinge am Ende aussah.

»Was ist das?«, wollte Ricky wissen.

»Das ist eine Pickpistole«, erklärte Felix. »Unglaublich nützlich. Du kannst sie als Geschenk betrachten, wenn du willst.« Er warf sie Ricky zu, der sie gerade rechtzeitig auffing. »Ich habe hier noch etwas für dich«, fügte Felix hinzu und griff erneut in den Rucksack, aus dem er ein schweres Einsteckschloss holte. »An dem kannst du üben, wenn du willst. Du steckst die Pickpistole ins Schloss und drückst auf den Hebel, bis du Halt findest. Den Bogen solltest du schnell raushaben.«

Auch das Schloss warf er Ricky zu. Der fing es mit seiner freien Hand auf, zuckte aber zusammen, als es ihm die Finger nach hinten bog. Doch Felix konzentrierte sich bereits auf etwas anderes. Aus seiner Jackentasche holte er ein Buch – ein ziemlich zerlesenes Taschenbuch. Er warf es quer durch den Raum, und Ricky musste es mit der Armbeuge auffangen, weil er die Hände bereits voll hatte.

»Du magst doch Bücher«, bemerkte Felix. »Also lies!«

Ricky sah sich nicht einmal den Titel an, sondern ließ das Buch einfach auf den Couchtisch fallen und legte das Schloss und die Pickpistole daneben.

»Was nützen einem Dieb denn Bücher?«, fragte er.

Felix sah ihn ernst an. Dann humpelte er zu Ricky ans Fenster hinüber und deutete auf London.

»Sieh dir das an!«, verlangte er.

»Was?«

»Canary Wharf. Die Londoner Innenstadt. Und dahinter die Houses of Parliament. Dort gibt es genauso viele Diebe wie in jedem Gefängnis. Wer von ihnen, glaubst du, hat mehr Bücher gelesen. Die, die an der Macht sind, oder die, die im Gefängnis sitzen?«

Ricky schwieg.

»Lies das Buch, Coco«, sagte Felix und wandte sich

zum Gehen. »Und hör auf, dich als Dieb zu bezeichnen.«

»Warum?«, fragte Ricky. »Das bin ich doch, oder?«

»Oh, das weiß man nie so genau«, meinte Felix und fuhr sich mit der Hand über den kahlen Schädel. »Vielleicht überraschst du dich eines Tages noch selbst.«

Er ging zur Wohnungstür.

Ricky stand am Fenster und lauschte darauf, wie seine schräge neue Bekanntschaft die Wohnung verließ.

Kims Spiel

Als Ricky unter der Dusche stand und zusah, wie das schmutzige Wasser im Abfluss verschwand, musste er zugeben, dass Felix wohl recht gehabt hatte. Er war dreckig. Also nahm er reichlich Shampoo und Seife und fühlte sich danach so sauber wie seit Monaten nicht mehr.

Im Schlafzimmer im Schrank hingen Kleidungsstücke auf Bügeln und lagen ordentlich zusammengefaltet in den Schubladen, die ihm perfekt passten. Er wählte Jeans, ein Hollister-Top und ein paar nagelneue Nikes. Dabei versuchte er lieber nicht zu intensiv darüber nachzudenken, wer die Sachen wohl hergebracht hatte und woher derjenige seine genaue Größe wusste. Als er sich im Spiegel musterte, musste er scharf Luft holen. Sein Haar war zwar immer noch schulterlang und ungepflegt, doch plötzlich sah er wieder mehr wie der Junge aus, der er vor einem Jahr noch gewesen war. Ein normales Kind mit einer Mutter, einem Vater, einer Schwester und einem Zuhause.

Er verspürte einen Anflug von Einsamkeit und Trauer, der immer in ihm aufstieg, wenn er an seine Familie dachte. Doch er verdrängte ihn schnell wieder. Er war jetzt allein und konnte es sich nicht leisten, sich selbst zu bemitleiden.

Schließlich ging er wieder ins Wohnzimmer. Felix' Buch lag immer noch mit dem Cover nach unten auf dem Tisch.

Sollen wir das etwa lesen?

Hast du was Besseres vor?

Da die Antwort Nein lautete, nahm Ricky das Buch und las den Titel. *Kim* von Rudyard Kipling. Die Seiten waren vergilbt und das Buch roch nach alten Bibliotheken. Der Geruch gefiel ihm. Also setzte er sich aufs Sofa und begann zu lesen.

Stundenlang verlor er sich in der Lektüre. Es war die Geschichte eines Waisenkindes, das in Indien auf der Straße lebte – eine seltsame Geschichte voll Abenteuern und Geheimnissen. Ricky war fasziniert, als Kim unter den Einfluss des britischen Geheimdienstes geriet, und konnte den Blick nicht von den Seiten lösen, als ein Juwelenhändler – der selbst ein Geheimagent war – damit begann, Kim in den Spionagetechniken auszubilden.

Spionage.

Als er die letzte Seite umgeblättert hatte, war es draußen schon dunkel. Rickys Blick blieb am letzten Abschnitt hängen. Als er schließlich widerwillig das Buch zuklappte, schloss er auch die Augen.

Soll das Buch etwa eine Art Botschaft sein? Will er das von mir, mich zu einer Art …

Er brachte es nicht über sich, das Wort »Spion« zu denken. Es klang einfach zu lächerlich. Und doch war er jetzt hier, von der Straße weggeholt und umgeben von …

»Gutes Buch?«

Ricky fuhr zusammen. Im Halbdunkel sah er Felix im Türrahmen stehen.

»Ich habe Sie gar nicht hereinkommen gehört«, meinte er vorwurfsvoll.

»Nein«, erwiderte Felix, »darin bin ich sehr …«

»Ja, ja, ich weiß, darin sind Sie sehr gut.« Aus irgendeinem Grund war Ricky unglaublich wütend. Als hätte man ihn hinters Licht geführt. Felix hatte kein Wort von Spionage gesagt. Und Ricky kam sich vor, als würde Felix mit ihm nur dumme, alberne Spielchen treiben. »Was ist es denn heute Abend? Weingummi?«

»O nein, die kann ich nicht ausstehen. Aber wenn du ein Colafläschchen möchtest …«

»Ich muss hier raus!«, schrie Ricky.

Er stürmte an Felix vorbei, der ihm ausdruckslos nachsah, und knallte die Tür hinter sich zu. Der Aufzug auf der gegenüberliegenden Seite des Gangs wartete auf ihn und brachte ihn unsäglich langsam ins Erdgeschoss. Hinter einem großen Marmortresen saß ein Concierge und nickte ihm höflich zu. Ricky spürte seinen Blick, als er durch die Eingangshalle schritt, und fühlte sich einen Moment lang beobachtet. Doch als er sich umsah, blätterte der Concierge lediglich in einer Zeitschrift.

Draußen war es feucht. Das Wohnhaus grenzte an einen großen Platz mit kleinen, sauber gestutzten Bäumen in symmetrischen Abständen, gesäumt von Bänken. Nur ein paar davon waren besetzt. Auf der gegenüberliegenden Seite küsste sich ein Pärchen. Ein Penner hielt sich krampfhaft an seiner Bierdose fest. Neben ihm saßen zwei Jugendliche, ein Junge und ein Mädchen, beide mit stark gepiercten Gesichtern. Trash-Kids, das sah Ricky auf den ersten Blick. Er hielt Abstand, fragte sich aber unwillkürlich, wo *sie* heute Nacht wohl schlafen würden.

Der Gedanke ließ ihn abrupt stehen bleiben und er sah zu dem Wohnhaus hinter ihm zurück.

Wo wirst du schlafen, Ricky, wenn wir einfach gehen?

Sein Blick glitt zum obersten Stockwerk, und er fragte sich, ob Felix wohl am Fenster stand und hinaussah.

Wenn du jetzt weggehst, wie stehen dann die Chancen, dass du zurückkehren kannst? Du hast eine Gelegenheit, Ricky. Sie wird nicht ewig da sein, aber solange sie da ist, solltest du versuchen, so viel wie möglich aus ihr zu machen. Lächle den Typen freundlich an. Hör dir alles an, was er zu sagen hat. Du kannst jederzeit die Biege machen.

»Nur nicht heute Abend«, murmelte Ricky. Dann machte er auf dem Absatz kehrt und ging zurück ins Foyer des Wohnhauses. Dieses Mal folgte ihm der Blick des Concierge tatsächlich bis zum Aufzug.

Im obersten Stockwerk betrat er die Wohnung mithilfe des Schlüssels, dessen Auffinden ihn so viel Mühe gekostet hatte. Felix war noch da und sah aus dem Fenster, wie Ricky es vermutet hatte. Er drehte sich um und zog eine Augenbraue hoch.

»Tut mir leid«, sagte Ricky und bemühte sich, es ehrlich wirken zu lassen, so als wäre er nicht nur zurückgekommen, weil er nirgendwo anders hinkonnte. »Ich habe wohl Panik bekommen.«

»Du musst dich nicht entschuldigen, Coco. Du kannst gehen, wann immer du willst.«

»Ich … ich will aber nicht.«

»Schön, zu hören.« Felix hielt ein Päckchen Spielkarten hoch. »Dann lass uns Kims Spiel spielen.«

Ricky sah ihn ungläubig an. »Was soll das sein?«

»Ich dachte, du hättest das Buch gelesen?«

»Habe ich auch.«

»Dann erinnerst du dich sicher an das Juwelenspiel.«

Ricky nickte. Er erinnerte sich daran. In dem Buch hatte ein Diener Kim ein Tablett voller Juwelen gezeigt. Dann war es abgedeckt worden, und Kim musste beschreiben, welche Juwelen er gesehen hatte. Das hatte er immer wieder und wieder geübt, mit unterschiedlichen Objekten, bis er in der Lage war, sich fast alles auf den ersten Blick einzuprägen.

»Juwelen kann ich dir nicht bieten, fürchte ich«, meinte Felix, »wir werden Spielkarten verwenden. So habe ich es in der Armee gelernt. Bei den Special Forces müssen das alle üben, bis sie schwarz werden.«

Sie setzten sich am Couchtisch gegenüber. Felix legte

zehn Karten aus und ließ Ricky zwanzig Sekunden Zeit, sie sich einzuprägen. Er hatte sieben Richtige.

»Nicht schlecht fürs erste Mal«, fand Felix. Doch Ricky konnte ihm ansehen, dass er beeindruckter war, als er zugeben wollte. »Versuch es noch einmal. Ich mische die Karten.«

Erst beim achten Versuch konnte Ricky sich alle Karten merken. Felix verkürzte die Zeit, in der er sie sich ansehen durfte, auf fünfzehn Sekunden, dann auf zehn. Es war anstrengend, aber als Felix nach einer Stunde aufhören wollte, war Ricky seltsam enttäuscht. Er hatte es raus und hätte gerne weitergemacht.

»Es wird spät, Coco«, sagte Felix. »Du brauchst deinen Schönheitsschlaf. Das sollte keine Beleidigung sein«, fügte er hinzu.

Ricky ignorierte den Kommentar. Er sah zu, wie Felix die Karten einsammelte und ordentlich auf dem Tisch stapelte.

»Was Sie da gesagt haben …«, begann er, »… dass Sie das bei der Armee gelernt haben …«

»Was ist damit?«

»Haben Sie da Ihr Bein verloren? In der Armee?«

Felix schniefte und sah aus, als überlege er, ob er antworten sollte oder nicht.

»Ja«, sagte er schließlich.

»Was ist passiert?«

»Das habe ich dir doch schon gesagt. Eine Kugel.«

»Ja, aber … wie?«

»Ich war ein Offizier im Nachrichtendienst. Und ich habe einen Fehler gemacht. Einen sehr schlimmen Fehler.« Er sah Ricky durchdringend an. »Es sind immer deine eigenen Fehler, die dir schaden. Merk dir das!«

»Was war Ihrer?«

»Ich habe eine Taschenlampe benutzt.« Ricky sah ihn verständnislos an, daher fuhr Felix fort: »Ich bin nachts in ein Dorf eingedrungen, das in Feindeshand war. Ich musste ein leeres Haus durchsuchen und habe eine Taschenlampe zu Hilfe genommen. Das Dumme ist nur, dass eine Taschenlampe das Letzte ist, was man benutzen sollte, wenn man beobachtet wird. Wenn Leute sehen, dass sich in einem Haus ein Licht bewegt, ist das immer verdächtig. Am besten schaltet man eine Lampe an. Das kümmert niemanden. Aber es gab keine Lampe in dem Haus und ich hatte kein Nachtsichtgerät.« Er hielt einen Moment inne, während Ricky gebannt zuhörte. »Auf jeden Fall«, fuhr er dann fort, »hat ein Sympathisant des Feinds gesehen, wie ich das Haus verlassen habe. Er hat gewartet, bis ich außerhalb des Dorfs war, und dann geschossen und einen Glückstreffer gelandet.«

»Was für ein Gewehr war das?«

»Spielt das eine Rolle?«, fragte Felix ungewöhnlich heftig.

»Tut mir leid«, sagte Ricky schnell. Er hatte das Gefühl, zu weit gegangen zu sein. Offenbar wollte Felix nicht darüber reden.

Einen Augenblick lang standen sie einander unschlüssig gegenüber, dann sagte Felix: »A 7.62 Natomunition aus einem M24 Scharfschützengewehr.«

»Es tut mir leid«, wiederholte Ricky.

»Das muss es nicht. Ich hatte Glück. Ein paar Zentimeter höher und ich hätte umkommen können.«

Diese Information musste Ricky jetzt erst einmal verdauen.

»Sind Sie so etwas?«, fragte er dann. »Ein Nachrichtendienstoffizier?«

»Was ich bin«, sagte Felix, »ist sehr ermüdend. Es ist fast zehn Uhr. Ich muss ein wenig schlafen und du auch. Wir sehen uns morgen früh wieder.«

Und ohne ein weiteres Wort ging er.

Während Felix die Luxuswohnung in den Docklands verließ, sprintete ein wesentlich jüngerer Mann die steinernen Stufen zu einem Keller in einer dunklen, verlassenen Nebenstraße in Soho hinunter. Er schwitzte, war außer Atem und hatte Angst.

Das Gebäude nannte sich Keeper's House und stand seit Jahren leer. Die Fenster waren vernagelt, die Wände voller Graffiti und Teile der Regenrinne hingen vom Dach herunter. Drinnen roch es feucht und verkommen. In den Zimmern im Erdgeschoss standen alte Möbel herum – schimmelige, zerrissene Sofas, wurmstichige Tische. Alles, was auch nur entfernt nützlich war, war in den Keller gebracht worden.

Der junge Mann hieß Tommy. Er war sechzehn, hatte strubbeliges schwarzes Haar und einen hervorstehenden Adamsapfel. Ständig sah er finster drein und schien immer Schnitte an den Fingerknöcheln und im Gesicht zu haben – die Spuren der einen oder anderen Schlägerei. Er prügelte sich viel auf der Straße.

Er platzte in den Kellerraum.

»Ich dachte schon, du hättest uns vergessen«, erklang eine raue Stimme aus einer Ecke. Tommy sah hinüber und erkannte eine Gestalt, die etwas kleiner war als er selbst und auf dem Boden kauerte. Es war zu dunkel, um ihr Gesicht zu erkennen, aber Hunters Stimme erkannte Tommy sofort.

»Würde ich das je tun?«, fragte er sarkastisch.

Er sah sich in dem großen Raum um. Er wurde erhellt von einer alten gewöhnlichen Lampe in einer Ecke – irgendwie hatte Hunter es geschafft, für Strom zu sorgen – und es gab einige zusammengewürfelte Möbelstücke und Menschen.

Die Möbel waren alt. Die Menschen waren alle jung. Tommy war der älteste, einer der Jungen, der seine Knie umklammert hielt, konnte nicht älter als zwölf sein, obwohl er Stein und Bein schwor, fünfzehn zu sein. Mit Tommy und Hunter zusammen waren es acht. Die anderen waren entweder noch auf der Straße unterwegs oder in einem der anderen Kellerräume.

Tommy blickte besorgt über die Schulter und sah dann Hunter an. Einen Moment schwiegen sie, dann kam Hunter aus der Dunkelheit in die Mitte des Raums, sodass sein Gesicht erhellt wurde. Er war über sechzig, hatte einen kantigen Kiefer und eine Nase, die schon mehrere Male gebrochen worden war. Er hatte ein hartes, brutales Gesicht mit wässrigen, gierigen Augen.

»Was ist mit dir los?«, fragte er.

Tommy schloss die Augen. »Polizei«, stieß er hervor.

Hunter starrte ihn an und fragte nach einer unangenehmen Pause: »Sind sie dir gefolgt?«

»Ich glaube, ich habe sie abgehängt.«

Wieder herrschte Stille. Tommy spürte, wie sich die Augen aller anderen auf ihn richteten.

»Du *glaubst*, du hast sie abgehängt?«

»J… ja …«

»Nun«, meinte Hunter gefährlich leise, »dann ist es ja gut, nicht wahr? Er *glaubt*, er hat sie abgehängt. Hast du etwas für mich?«

Tommy schluckte schwer und nickte dann. Er trat vor und hielt Hunter eine dicke schwarze Brieftasche hin. Hunter griff danach und durchsuchte sie. An den Kreditkarten war er offenbar nicht allzu sehr interessiert – die konnte man zu leicht nachverfolgen. Doch er fischte mehrere Scheine und etwas Kleingeld heraus und steckte alles ein. Dann warf er die Brieftasche weg.

»War das etwa alles?«, fragte er. »An einem Samstagabend?«

Tommy nickte.

»Und ich nehme an, du willst etwas zu essen? Na dann los, Junge, es steht da drüben.«

Tommy hatte bereits die Pizzaschachteln auf dem Tisch an der rechten Wand entdeckt. Es waren fünf und sie standen alle offen. Als er hinüberging, stellte er fest, dass nur noch in einer davon etwas zu essen war – zwei Stück kalte, pappige Pizza. Doch er beschwerte sich lieber nicht, sondern nahm ein Stück und aß es hungrig.

Als der Schlag kam, presste er ihm alle Luft aus den Lungen und die Hälfte des Essens aus seinem Mund. Tommy brach zusammen. Er sah Hunter mit dem kurzen, kräftigen Prügel über sich stehen, mit dem er ihm gerade in den Magen geschlagen hatte. Während Tommy nach Luft rang, beugte sich Hunter zu ihm herunter.

»Hör mir zu, du Idiot!«, zischte er und schwang den Prügel vor Tommys Gesicht. »Solltest du je, jemals die Polizei auch nur in die Nähe dieses Hauses führen, dann kriegst du etwas viel Schärferes als das hier in den Bauch, hast du mich verstanden?«

Tommy versuchte zu nicken, doch er hatte sich an einem halb gekauten Stück Pizza verschluckt und brachte nur ein heiseres, würgendes Geräusch hervor. Er registrierte, wie sich Hunter aufrichtete und an die anderen Kinder im Raum wandte.

»Und das gilt für euch alle hier!«, schrie er. »Hat jemand damit ein Problem?«

Niemand antwortete. Das würden sie nicht wagen. Sie hassten Hunter alle – genau wie Tommy. Doch als Gegenleistung für die tägliche Abgabe von gestohlenem Bargeld gab er ihnen etwas, was sie brauchten. Ein Dach über dem Kopf. Essen. Und etwas, was noch wichtiger war als beides: die Sicherheit der Masse. Denn wenn man auf der Straße lebte, gab es nichts Wichtigeres als das.

Pünktlich um neun Uhr am nächsten Morgen kehrte Felix zurück. Rickys Bett war unberührt. Er hatte sich nicht vom Sofa gerührt. Vor ihm lagen dreißig Spielkarten ausgebreitet. Fünfzehn Sekunden lang sah er sie an, dann schloss er die Augen.

»Herzkönigin«, sagte er, »Pik-Zwei, Karo-Fünf, Kreuz-Neun …«

Dreißig Sekunden später hatte er jede Karte in der richtigen Reihenfolge benannt. Dann öffnete er wieder die Augen.

Felix stützte sich auf seinen Stock und sah ihn aufmerksam an.

»Sehr gut, Coco«, murmelte er. »Wirklich sehr gut. Vielleicht machen wir noch etwas aus dir.«

Ricky lächelte. »Aber das ist doch nur ein Partyspiel.«

»Wir werden sehen«, meinte Felix listig. »Wir werden sehen.«

Doch in Rickys Kopf fand eine andere Unterhaltung statt, eine mit Ziggy.

Du hast ihn. Das ist gut. Sorg dafür, dass es so bleibt. Was er dir beibringt, kann dir auf der Straße helfen. Lern, so viel du kannst. Werde besser.

Und wenn es Zeit ist, zu gehen?

Dann gehst du.

Teil II

Waffen

Die folgenden Wochen vergingen schnell. Rickys Tage waren so ausgefüllt, dass er gar keine Zeit hatte, die hundert Pfund Taschengeld auszugeben, die ihm Felix jeden Samstagmorgen gab. Nicht dass er das Geld gebraucht hätte. Jedes Mal, wenn er die Wohnung verließ, fand er bei seiner Rückkehr den Kühlschrank frisch gefüllt, die Kleidung gewaschen und die Wohnung aufgeräumt vor. Er sah nie denjenigen – oder diejenigen –, der dafür verantwortlich war. Als er es erwähnte, hatte Felix nur behauptet: »Für Hausarbeit hast du keine Zeit«, und sich geweigert, weiter darüber zu reden.

Also hortete Ricky sein Geld von Woche zu Woche in einer Socke unter seiner Matratze. Er sagte sich, dass er es brauchen würde, wenn er irgendwann fortging.

Doch Felix hatte nicht unrecht. Ricky hatte tatsächlich keine Zeit für irgendetwas anderes als den Unterricht. Jeden Morgen tauchte Felix um Punkt neun Uhr auf und fragte auf der Türschwelle höflich, ob er hereinkommen dürfe. Und wenn er da war, arbeitete er hart mit Ricky.

Ein paar Stunden verbrachten sie täglich im Fitnessraum, der in einem der Zimmer der Wohnung eingerichtet war. Es gab mehrere Geräte mit Gewichten, ein Trainingsbike und sogar ein Laufband. Letzteres begann Ricky mit der Zeit zu hassen. Gegen ein paar Übungen mit Gewichten für Bizeps und Schultern hätte er stattdessen nichts einzuwenden gehabt, doch diese Vorstellung machte Felix bald zunichte.

»Du bist noch nicht voll ausgewachsen und könntest deinem Körper mit zu vielen Gewichten schaden. Du brauchst aerobes Training, also rauf aufs Laufband.«

»Machen Sie doch auch nicht«, murrte Ricky.

»Zähl mal die Beine, Coco. Außerdem habe ich mir lang genug beim Training die Seele aus dem Leib gekotzt. Jetzt bist du dran.«

Er nahm einen Schokoriegel aus seiner Tüte.

Und Ricky übergab sich tatsächlich, sogar mehrere Male. Felix, der teilnahmslos zusah, wie er würgte, schien das nicht zu kümmern. Doch als die Wochen vergingen, stellte Ricky fest, dass er länger und länger und auch schneller laufen konnte. Langsam begann er sich auf seine täglichen Trainingseinheiten zu freuen, auch wenn er das Felix gegenüber nie zugegeben hätte. Er hatte sich sogar die Haare schneiden lassen – das lange Haar hatte ihm im Nacken geklebt. Und es war nicht so warm, mit kürzeren, wenn auch strubbeligen Haaren zu laufen. Dieser Haarschnitt war so ziemlich das Einzige gewesen, wofür er Zeit und Geld aufgewendet hatte.

Sein Kopf musste ebenso hart arbeiten wie sein Körper. Nach zwei Wochen konnte er sich ein halbes

Kartenspiel innerhalb von fünfzehn Sekunden merken. Nach vier Wochen schaffte er ein ganzes nach dreißig Sekunden.

»Nicht schlecht, was?«, fragte er Felix, als er es das erste Mal geschafft hatte. Irgendwie begann ein Lob von Felix etwas wert zu sein.

Doch Felix hatte nur mit den Achseln gezuckt. »Ist ein Anfang«, hatte er gesagt.

Doch von da an wurde Rickys Unterricht in Beobachtungstechniken immer diffiziler. Am folgenden Tag nahm Felix ihn mit aus der Wohnung in eine nahe Hauptstraße. Während sie nebeneinander hergingen, fragte er plötzlich: »Wie lautete das Kennzeichen des roten Mini, der gerade vorbeigefahren ist?«

Ricky sah ihn verwundert an. »Wie bitte?«

»Was glaubst du, wie das funktioniert, Coco? Glaubst du, dass im realen Leben jemand ein Kartenspiel vor dir ausbreiten wird und dich fragt, wo die Pik-Neun ist? Du musst jederzeit die Augen offen und dein Hirn im Aufzeichnungsmodus halten. Du musst alles sehen. Erinnere dich an *alles*. Du hattest recht, als du gesagt hast, dass Kartenzählen nur ein Partyspiel ist. Das hier …«, sagte er und blieb einen Moment stehen, um mit dem Stock auf den Gehweg zu klopfen, »… ist das wahre Leben.«

Schweigend gingen sie etwa dreißig Sekunden weiter.

»Blauer Peugeot«, sagte Felix plötzlich. »Wie lautete das …«

»RE75 UHF.«

Wenn Felix beeindruckt war, zeigte er es nicht.

»Vor dreißig Sekunden sind wir an einem Wettbüro vorbeigekommen«, fuhr er gleich darauf fort. »Davor stand ein Mann und rauchte eine Zigarette. Welche Haarfarbe hatte er?«

Wieder wunderte sich Ricky. »Ich dachte, wir machen mit Kennzeichen weiter?«

Felix zog eine Augenbraue hoch und wiederholte: »Du musst *alles* sehen.«

Von diesem Moment an feuerte Felix immer, wenn sie draußen waren, unmögliche Fragen ab. Er wollte wissen, welche Farbe die Krawatte eines Mannes gehabt hatte, an dem sie vor einer Minute vorbeigegangen waren, wie viele Menschen vor einem Café vor hundert Metern gesessen hatten, welche Werbung auf dem Londoner Bus geklebt hatte, der gerade außer Sichtweite gefahren war.

Zuerst machten ihn die ständigen Fragen wütend. Nach zwei Wochen waren sie nur noch lästig. Doch langsam stellte Ricky fest, dass er sich nicht nur an die Fragen gewöhnte, sondern auch, sich auch die kleinsten Details von allem zu merken, was er sah. Und während er darin besser wurde, schien sich die Welt um ihn zu verändern: Sie war voller Aktivitäten, die er zuvor nie wahrgenommen hatte. Er zählte die Tauben auf einem Telefondraht, registrierte den Gesichtsausdruck der Menschen in seinem Blickfeld und bemerkte unterbewusst sogar den Müll auf dem Gehweg.

»Du würdest dich wundern, wie oft die Fähigkeit, sich an scheinbar unwichtige Dinge zu erinnern, über Leben und Tod entscheiden kann«, hatte Felix eines Tages gesagt, als seine Beobachtungsgabe wuchs.

Leben und Tod?

Es gefiel Ricky nicht, wenn Felix solche Ausdrücke gebrauchte. Er war nicht hier, um sich Sorgen über Leben und Tod zu machen. Er wollte im Grunde genommen nicht einmal genau wissen, worum es Felix eigentlich ging. Wenn ihm diese Frage in den Sinn kam, weigerte er sich, zu lang darüber nachzudenken. Er war nur hier, um so viel wie möglich zu lernen, damit er dieses Wissen anwenden konnte, um ein besserer Dieb zu werden. Ganz einfach. Und zu sehen und sich an das zu erinnern, was anderen Menschen entging, würde ihm dabei sicher helfen.

»Ich wette, du bist kein guter Kämpfer«, sagte Felix eines Tages, als Ricky vom Laufband stieg. Schweiß lief ihm über die Stirn und sein T-Shirt war nass geschwitzt. Draußen regnete es in Strömen. Durch das Fenster des Penthouse waren dichte Regenwolken über dem Fluss zu sehen. Felix war mit einem durchweichten Rucksack und einem Regenschirm gekommen, den er an der Tür abstellte. So nass, wie sein Kopf und seine Kleidung gewesen waren, schien er den Schirm jedoch nicht benutzt zu haben.

Ricky sah ihn misstrauisch an. Am Tag zuvor war er mit einem schwarzen Müllsack voll faulendem Müll und mit dicken Gummihandschuhen angekommen.

»Müll«, hatte er lächelnd verkündet. »Du würdest dich wundern, was man alles für Informationen über jemanden in seinem Müll finden kann.«

Ricky hatte eine Stunde lang dagesessen, den stinkenden Inhalt des Sacks durchwühlt und versucht, herauszufinden, was nützlich sein könnte und was nicht. Er hatte eine alte Telefonrechnung und einen Kontoauszug gefunden, die Felix als von unschätzbarem Wert bezeichnete, wenn man etwas über die Person herausfinden wollte, die sie weggeworfen hatte. Die alten Bohnendosen und die schmutzigen Windeln – nicht ganz so wertvoll.

»Ich sagte«, wiederholte Felix, »du bist wahrscheinlich kein guter Kämpfer.«

»Na, immerhin bin ich ein ausgezeichneter Müllmann«, erwiderte Ricky beleidigt.

»Sei nicht gleich eingeschnappt.« Felix schien heute nicht gerade bester Stimmung zu sein – vielleicht, weil seine Sachen noch so feucht waren.

»Es ist immer besser, wegzurennen, als sich zu prügeln«, meinte Ricky.

»Viel besser«, stimmte Felix ihm zu. »Aber manchmal haben wir keine Wahl. Manchmal müssen wir uns verteidigen.«

»Sie sind doch der, der mich nicht mit Gewichten trainieren lässt.«

»Stimmt«, erwiderte Felix. »Aber beim Kampf geht es nicht immer nur um Stärke. Manchmal geht es auch um die Technik.«

»Ich hatte mal Karatestunden«, erzählte Ricky. »Aber darin war ich mies.«

»Ich rede nicht von Karate«, sagte Felix. »Oh, ich bin sicher, dass das alles ganz gut ist, aber der beste Rat, den ich dir geben kann, lautet: Wenn du mit jemandem kämpfst, vergiss den ganzen komplizierten Kram. Schnapp dir etwas sehr Schweres und zieh es deinem Gegner über die Rübe.«

Ricky starrte ihn an, als wolle er fragen: Ist das wirklich der beste Rat, den Sie mir geben können?

Doch Felix schien das nicht zu bemerken. »Natürlich hat man nicht immer etwas Schweres zur Hand, was bedeutet, dass man improvisieren muss. Soll ich dir eine der besten Waffen zeigen, die du mit dir herumschleppen kannst?«

»Eine 9mm Uzi?«, schlug Ricky vor. Er meinte es eigentlich als Scherz, doch er erschrak ein wenig, als ihn Felix völlig ernst nahm.

»Die würde ich nicht wählen. Zu viel Rückstoß und viel zu auffällig. Versuch mal, mit einer Uzi in der Hand über die Straße zu gehen, da fällst du auf wie …«

»Wie ein Kind mit einem Maschinengewehr?«

»Ja, genau. Es kommt vielleicht die Zeit, Coco, wenn wir beide uns ernsthaft über Schuss- und andere Waffen unterhalten müssen. Aber selbst die Organisation, für die ich arbeite, würde es sich zweimal überlegen, bevor sie Kindern Schusswaffen in die Hand gibt.«

Zum ersten Mal hatte Felix so etwas wie eine Organisation erwähnt. Ricky fragte nicht weiter nach. Er merkte, dass Felix in Fahrt war.

»Freut mich, zu hören«, sagte er also stattdessen. »Schusswaffen sind nicht so mein Stil.«

»Hier geht es nicht um Stil, Coco«, entgegnete Felix gereizt. »Es geht darum, was praktisch ist. Eine Schusswaffe oder ein Messer kann man nicht so leicht bei sich tragen, ohne unerwünschte Aufmerksamkeit zu erregen. Da ist es besser, so etwas dabeizuhaben.« Felix klopfte sich auf die Taschen. »Wo habe ich ihn nur ... Ah, da ist er ja!« Er zog einen Stift aus seiner hinteren Tasche.

»Äh, Felix, das ist ein Stift.«

»Jawohl. Und zwar ein guter«, erklärte Felix. »Cartier. Habe ich von einem Freund namens Michael geschenkt bekommen. Ohne ihn gehe ich nicht aus dem Haus.«

Macht der Witze?

Ricky sah seinen Lehrer an. Er schien es völlig ernst zu meinen. »Und was soll ich damit machen? Jemandem Tinte ins Auge spritzen?«

»Das ist ein Kugelschreiber, Coco«, erwiderte Felix in vernichtendem Ton. »Soll ich dir zeigen, wie man ihn einsetzt, oder willst du noch mehr schlaue Bemerkungen loswerden?«

Felix hatte ja wirklich schlechte Laune.

»Ich möchte wissen, wie man ihn einsetzt«, sagte Ricky leise.

Felix nickte und schniefte. »Na also. Ein Stift ist ein gutes Beispiel für eine improvisierte Waffe«, erklärte er. »Eine improvisierte Waffe ist etwas, was du bei dir haben kannst und was absolut harmlos wirkt, etwas, was niemand als Waffe betrachten würde, aber was stabil und stark genug ist, dass man es im Notfall zur Selbstverteidigung verwenden kann.« Er holte mit der freien Hand eine Handvoll Münzen aus der Tasche. »Münzen«, sagte er. »Ein sehr gutes Beispiel. Jeder hat sie dabei und keiner hält sie für gefährlich. Aber wenn ich dir eine Handvoll Münzen kräftig genug ins Gesicht werfe, glaub mir, das wird Eindruck machen.«

Ricky zuckte bei dem Gedanken zurück.

»Verstehe«, sagte er.

Felix steckte das Geld wieder ein und hielt erneut den Stift hoch. »Ich denke, wir bringen das hier lieber hinter uns«, murmelte er. »Schlag mich, bitte.«

»Wie bitte?«

»Schlag mich.«

»Wirklich?«

»Ich fürchte schon. So hart, wie du kannst.«

Zögernd trat Ricky an Felix heran. Ein halber Meter trennte sie noch. Er sah zu Boden und holte dann plötzlich mit dem rechten Arm aus und zielte mit der Faust auf Felix' Kiefer.

Nicht zum ersten Mal überraschte ihn Felix' Behändigkeit. Er hob den linken Arm in einer schnellen, geschickten Bewegung, um Rickys Schlag abzuwehren.

Gleichzeitig stieß er ihm mit der anderen Hand den Stift in das weiche Fleisch auf der Innenseite des Ellbogens.

»Au!«, schrie Ricky. *»Das tut weh!«*

Felix runzelte die Stirn und Schweißperlen traten ihm auf die Stirn. Er wischte sie mit der freien Hand weg.

»Ja, tut mir leid«, sagte er milde. »Möchtest du ein …«

»NEIN! ICH WILL KEIN BONBON!«

»Das sollte eigentlich auch wehtun«, fuhr Felix fort. »Weiches Fleisch, verstehst du? Das sind immer die empfindlichsten Stellen. Wenn ich etwas fester zugestoßen hätte, hätte ich dich für eine Minute ausschalten können. Und dann gibt es natürlich noch den Hals …«

Unwillkürlich fuhr Rickys Hand schützend zum Hals. Die nüchterne Art und Weise, wie Felix ihm das alles erzählte, versetzte ihn in Panik.

Felix ließ den Stift auf den Couchtisch fallen, drehte sich um und ging zur Wand, wo sein Rucksack und sein Regenschirm standen, die er aufhob und zu Ricky trug.

»Brolly-Schirm«, erklärte er. »Tolle Waffe. Guter, stabiler Dorn am Ende und etwas Gewicht am Griff, vor allem, wenn man einen von den altmodischen aus Holz nimmt.«

»Ich schätze, Sie wollen ihn mir jetzt über den Schädel ziehen?«

Felix runzelte erneut die Stirn. »Es tut mir wirklich leid wegen des Stifts, Coco. Aber ich musste es dir zeigen. Ich glaube allerdings, du verstehst die Wirkung des

Schirms auch so.« Er ließ ihn zu Boden fallen und begann in seinem Rucksack herumzusuchen.

»Hier«, sagte er und holte ein dickes, gebundenes Buch heraus.

Ricky erhaschte einen Blick auf den Titel. *Krieg und Frieden.*

»Noch mehr Hausaufgaben?«

»Hä?« Felix sah selbst auf den Titel. »O Gott, nein … sehr lang, sehr langweilig.« Er hielt Ricky das Buch hin. »Sieh es dir aus der Nähe an.«

Ricky ging auf ihn zu, doch als er näher kam, stieß Felix ihm den Buchrücken so hart gegen den Hals, dass Ricky die Knie einknickten.

»Au!«, schrie er zum zweiten Mal an diesem Morgen und griff sich an den schmerzende Hals.

»Ah …«, machte Felix. »Tut mir leid … echt leid … Vielleicht habe ich etwas härter zugestoßen als beabsichtigt. Aber du hast verstanden, oder?«

Ricky versuchte zu erklären, dass er sehr gut verstanden habe, doch alles, was er hervorbrachte, war ein halblautes Gurgeln.

»Ich muss schon sagen«, fuhr Felix fort und betrachtete das Buch ein wenig genauer, »der Buchrücken ist wirklich gut. *Krieg und Frieden.* Muss ich mir merken. Letzte Woche habe ich *Harry Potter und die Kammer des Schreckens* genommen, aber das hat nichts getaugt.« Er hieb es sich ein paarmal in die freie Hand und sah dann wieder Ricky an, der immer noch keuchend am

Boden kniete. »Hier, lass mich dir aufhelfen. Du siehst ein wenig unpässlich aus.«

Ricky rappelte sich auf. »Haben Sie noch mehr Überraschungen für mich?«, keuchte er.

»Na ja, eigentlich …«, erwiderte Felix, suchte erneut in seiner Tasche und zog eine Zeitung hervor. »Die *Times* von heute Morgen.«

Ricky rieb sich immer noch den Hals und sah Felix misstrauisch an. »Sie scherzen, oder?«

»Auf keinen Fall. Äußerst effektive Waffe, eine Zeitung. Sieh her.«

Felix setzte sich an den Couchtisch und begann die Zeitung auf die Hälfte zu falten, immer wieder, bis er einen dicken, kräftigen Prügel aus Zeitungspapier in der Hand hielt. Vorsichtig schwang er ihn, wie um sein Gewicht zu prüfen. Dann schlug er ihn ganz plötzlich auf den Tisch. Ricky zuckte zusammen und betrachtete den Tisch, um zu sehen, ob das Glas gesprungen war. Er war noch in Ordnung, doch das beruhigte ihn keineswegs. »Sie wollen das jetzt nicht auch an mir ausprobieren, oder?«

»Natürlich nicht«, erwiderte Felix. Er klang ein wenig gekränkt. Dann schlug er mit der Zeitung erneut auf den Tisch. Und wieder erschrak Ricky. Es war offensichtlich, dass Felix mit seinem provisorischen Prügel einigen Schaden anrichten konnte.

»Möchtest du auch mal?«, fragte Felix ihn.

Ricky streckte die Hand aus und nahm den Prügel, während Felix aufstand. Die Zeitung fühlte sich fest an und er schlug sie sich probehalber ein paarmal in die Handfläche der anderen Hand.

»Versuch, mich damit zu schlagen«, schlug Felix vor und hängte sich den Rucksack über die Schulter.

Dieser Morgen wurde mit jeder Minute verrückter. »Warum?«, fragte Ricky.

»Versuch es einfach, Coco.«

»Ich will Ihnen aber nicht wehtun«, entgegnete er sarkastisch.

»Ich verspreche, nicht zu heulen.«

Ricky seufzte und sah zu Boden. Dann sprang er ganz plötzlich vor und hob den Prügel. Aus einem halben Meter Entfernung zielte er damit auf Felix' Kopf.

Und wieder überraschte Felix Ricky. Der ältere Mann drehte die Schulter mit dem Rucksack zu ihm und hob ihn mit einer Hand an, sodass der Schlag, der auf den Kopf abgezielt hatte, nur harmlos den Rucksack traf. Mit einer weiteren schnellen Bewegung ließ Felix den Rucksack von seinen Schultern gleiten, drehte ihn mit der Klappe nach vorn und schlang Ricky geschickt die Riemen über den Kopf. Mit einem kräftigen Arm drehte er Rickys Körper so, dass er von ihm weg zeigte und einer der Rucksackriemen über seinem Adamsapfel lag.

Dann zog er. Kräftig.

Zum dritten Mal an diesem Morgen rang Ricky nach Atem. Er ließ den Schlagstock fallen und versuchte nach den Riemen zu greifen, um sie von seinem Hals zu lösen, doch Felix hielt den Rucksack zu fest.

Ihm wurde schwindelig.

Seine Knie gaben nach.

Er wurde ohnmächtig …

Erst als er zu Boden sank, lockerte Felix den Griff am Rucksack. Ricky fiel auf die Knie und schnappte mehrmals geräuschvoll nach Luft. Felix stand über ihm und runzelte verlegen die Stirn. Er streckte eine Hand aus und half Ricky auf.

»Alles in Ordnung?«, fragte er.

»Nein!«, krächzte Ricky. »Ich bin fast ohnmächtig geworden!«

Felix nickte. »Ja«, sagte er, »das kann vorkommen.«

Er betrachtete den Stift, das Buch, die Zeitung und den Rucksack in seinen Armen. »Improvisation«, erklärte er. »Sehr wichtig. Vergiss Messer und Schusswaffen. Meistens müssen wir das nehmen, was wir gerade zur Hand haben. Hier, das kannst du haben.« Er gab Ricky den Rucksack und humpelte zur Tür. »Ich glaube, das reicht für heute«, meinte er. »Morgen komme ich wieder. Dann lernen wir etwas über Überwachung. Eine sehr wichtige Technik für einen Soldaten.«

»Wieso für einen Soldaten?«, stieß Ricky hervor. »Sie sind doch der Soldat, nicht ich.«

Felix lächelte. Dann zog er die unvermeidliche Süßigkeitentüte aus der Tasche und steckte sich eine davon in den Mund.

»Wenn du meinst«, sagte er, drehte dem arg gebeutelten Ricky den Rücken zu und ging.

Überwachung

»Darf ich dir Scruffy vorstellen?«, meinte Felix, als er am folgenden Tag zur üblichen Zeit auftauchte. Er reichte Ricky eine kleine, zerknitterte Fotografie eines goldfarbenen Labradors mit großen, traurigen Augen. Als Ricky ihn verwundert ansah, fügte er hinzu: »Scruffy ist dein Hund.«

»Wovon reden Sie? Ich habe keinen Hund.«

Felix schenkte ihm eines seiner aufreizend hinterhältigen Lächeln.

»*Ich* weiß, dass du keinen Hund hast«, sagte er, »und *du* weißt, dass du keinen Hund hast. Aber der Mann auf der Straße weiß das nicht.« Felix erschien Ricky noch ominöser als sonst.

»Ich schätze, Sie werden mir irgendwann sagen, wovon Sie eigentlich reden?«, vermutete Ricky.

»Ganz einfach«, erklärte Felix. »Steck das Bild von Scruffy in deine Brieftasche. Manchmal muss man bei der Überwachung einer Person oder eines Orts lange Zeit an einem Ort bleiben. Das erregt Aufmerksamkeit. Wenn dich jemand anspricht, musst du demjenigen nur Scruffys Bild zeigen. Sag ihm, dass du mit deinem Hund in der Gegend spazieren warst und er dir weggelaufen ist. Und jetzt treibst du dich in der Gegend herum, weil du hoffst, dass er zu diesem Ort zurückkommen wird. Wenn du es schaffst, ein wenig weinerlich rüberzukommen, umso besser. Oh, und wir dürfen nicht vergessen, dir beizubringen, wie du dein Fahrrad reparierst.«

»Mein Fahrrad?«

»Ja, natürlich. Die beste Tarnung der Welt. Niemand achtet auf einen Radler, der an seiner Kette herumwerkelt. Es bedeutet, dass du stundenlang an einem Ort bleiben und die Gegend beobachten kannst. Aber du musst wissen, wie du es richtig reparierst. Denn wenn dich jemand sieht, der etwas von Fahrrädern versteht, und feststellt, dass du nur so tust als ob, wird er wissen, dass es nur ein Vorwand ist.«

»Und Sie meinen, das passiert häufig, ja?«, fragte Ricky. »Dass mich Leute beobachten?« Er fragte sich mittlerweile ernsthaft, worauf er sich da wohl eingelassen hatte.

Felix sah ihn plötzlich ernüchtert an. »Ja«, sagte er. »In unserer Welt, Coco, beobachtet jeder jeden. Du musst sehr, sehr gut darin werden.«

»Lassen Sie mich raten: Sie sind der, der es mir beibringen kann?«

»Nun, wie der Zufall so spielt …«, sagte Felix und verbeugte sich leicht spöttisch.

Eine halbe Stunde später hatten sie mit den Grundlagen angefangen.

»Du musst lernen, jemandem in einer Menge zu folgen, ohne dass er merkt, dass er verfolgt wird.«

Ricky sah sich um. Es war zehn Uhr morgens an einem kalten, leicht verregneten Tag Anfang Dezember. Sie standen vor einem Schuhgeschäft in der Oxford Street. Es waren viele Leute unterwegs, die während der letzten Wochen vor dem großen Tag ihre Weihnachtseinkäufe erledigten. Ricky selbst war froh, sich mit etwas davon ablenken zu können. Für eine Vollwaise hatte Weihnachten nichts Festliches.

»Passt du auf, Coco?«

»Sicher. Jemandem in der Menge folgen.«

»Genau. Nun, als Erstes musst du etwas über die Überwachung hier lernen.« Er klopfte ans Fenster des Schuhgeschäftes.

»Ja, aber das ist ein Schuhgeschäft, Felix.«

»Darauf kannst du wetten. Die Füße sind der Schlüssel«, erklärte Felix. »Ein Amateur wird sich den Pullover oder den Mantel seiner Zielperson merken, oder noch schlimmer, den Blick auf den Hinterkopf des Betreffenden richten.«

»Was ist so schlimm daran?«

Felix sah ihn an, als wolle er sagen: Muss ich dir das wirklich erklären?

»Wenn du jemandem auf den Hinterkopf starrst, wird er, sobald er sich umdreht, merken, dass du ihn direkt ansiehst. Die einfachste Art, entdeckt zu werden. Es ist viel besser, auf die Schuhe zu achten. Sieh nur, wie viele verschiedene Arten allein in diesem Schaufenster stehen. Vielleicht hundert? Die Schuhe sind immer sehr charakteristisch. Wenn du ihnen folgst, wird es dir leicht fallen, dein Ziel im Auge zu behalten. Und wenn derjenige sich umdreht, wirkt es, als würdest du einfach auf den Gehweg schauen. Jetzt sieh dir meine Schuhe an und präge sie dir ein.«

Felix trug ein Paar ausgetretene, aber bequeme Nike Airs. Wenn man nicht wusste, dass er eine Beinprothese hatte, konnte man es an seinen Schuhen nicht erkennen.

Die nächsten Stunden folgte Ricky seinem Lehrer. Durch den Stock war es natürlich leichter, aber nach einer Weile verfiel Ricky in einen Rhythmus. Er hielt etwa zehn Meter Abstand, während Felix in Läden ging, Rolltreppen oder leere Seitengassen nahm. Ab und zu beging Ricky den Fehler, auf Felix' Körper anstatt auf seine Schuhe zu achten, und es schien, als würde Felix genau wissen, wann das passierte. Ausnahmslos dann drehte er sich um, sah Ricky direkt in die Augen und machte eine Geste, die Ricky sehr beunruhigend fand: Er fuhr sich mit dem Zeigefinger über die Kehle. Ricky wusste zwar nicht genau, was das heißen sollte, aber es ermutigte ihn jedes Mal, seine Anstrengungen zu verdoppeln.

Bald begann Ricky es Spaß zu machen, während Felix die Sache schwieriger gestaltete. Er änderte mitten auf der Straße die Richtung, sprang in einen Bus und zwang Ricky, ihm zu folgen und das so unauffällig wie möglich. Diese Herausforderung konnte er annehmen, entschied er, als er den ausgetretenen Nike Airs durch Piccadilly in den Green Park folgte. Schon bevor er Felix kennengelernt hatte, war er gut darin gewesen, Leuten zu folgen. Jetzt war er …

»Au!«, stießen sie gleichzeitig hervor und das aus gutem Grund. Ricky war direkt in seinen Mentor hineingelaufen und das hatte wehgetan.

Felix drehte sich um. »Es war ja nur eine Frage der Zeit, bis das passiert«, murrte er.

»Was soll das heißen?«

»Du hast geträumt, Coco. Aber was noch schlimmer ist, du hast nicht darauf geachtet, wie schnell oder langsam ich gehe. Manchmal warst du zehn Meter hinter mir, manchmal mehr, manchmal weniger. Das ist in Ordnung, wenn du es beabsichtigst, aber wenn nicht …« Er klatschte in die Hände und Ricky zuckte zusammen. »Peng! Und wenn du einem Profi folgst …«

»Einem Profi worin?«

»… dann wird er seine Gangart ändern. Kurze Schritte, lange Schritte – er wird sein Tempo variieren, um festzustellen, ob ihm jemand folgt. Du musst auf die Schritte achten. So bist du derjenige, der den Abstand zwischen euch kontrolliert, nicht er.« Felix deutete auf eine Parkbank in der Nähe. »Setzen wir uns«, schlug er vor. »Mein Bein bringt mich um.«

»Damit wollen Sie also sagen, dass ich meine Sache nicht gut gemacht habe«, bemerkte Ricky, als sie sich setzten.

»Im Gegenteil«, erwiderte Felix, »du warst ausgezeichnet. Bonbon?«

»Nein, danke.«

»Du magst wohl keine Süßigkeiten, was?«

»Jedenfalls keine Bonbons.«

»Was sind deine Lieblingssüßigkeiten?«

»Weiß nicht. Smarties?«

Felix verzog das Gesicht, als wären Smarties das Ekelhafteste, was je erfunden wurde, und nahm sich dann ein Bonbon.

»Jedenfalls wollte ich sagen, dass du es gut gemacht hast. Aber wir müssen dich auf den nächsten Level bringen. Jemandem hinterherzuschleichen, ist ganz gut. Aber wenn du eine Zielperson verfolgst, die vermutet, dass jemand sie beobachtet, wird sie dich früher oder später bemerken.«

Ricky sah Felix verwundert an. »Nun, wenn ich jemanden nicht verfolgen kann …« Er brach ab.

»Wenn du jemanden nicht verfolgen kannst, Coco, dann musst du vor ihm herlaufen.«

»Aber das ergibt überhaupt keinen Sinn.«

»Aber ja doch. Wenn man verfolgt wird, sieht man über seine Schulter, nicht nach vorn.«

»Aber um jemanden zu verfolgen, *muss* man doch hinter ihm sein, das bedeutet es doch.«

Felix lächelte. »Nicht in unserer Welt«, erklärte er. Er zuckte zusammen, als er aufstand und sein schlimmes Bein belastete. »Komm, ich zeige es dir.«

Es war schwer. Viel schwerer, als jemanden zu verfolgen. Felix erklärte, wie man die Reflektionen in Schaufenstern oder den Außenspiegeln von Autos auf der Straße nutzen konnte, um sein Ziel im Auge zu behalten. Aber die Schaufenster waren voller glitzernder Weihnachtsauslagen, die es erschwerten, das Spiegelbild zu erkennen, und die Fahrzeuge bewegten sich und ihre Spiegel wurden immer wieder von Leuten verdeckt.

Ricky beschwerte sich, dass es eine unmögliche Aufgabe war. Felix hörte ihm leise lächelnd zu. Und dann ließ er ihn weiterüben. Er brachte ihm bei, wie man über die Straße ging und wie man kurz vor seiner Zielperson lief und sich nur gelegentlich zur Seite hin umsah, um festzustellen, ob sie noch in Sicht war. Am Ende des ersten Tages war Ricky keineswegs gut darin. Doch Felix ließ ihn weiterüben, jeden Tag in der folgenden Woche und der Woche darauf.

Im Lauf der Zeit wurde es immer kälter. Der Regen verwandelte sich in Schnee und der Schnee in Schneematsch, der wieder zu Schnee wurde. Ricky gewöhnte sich daran, dass seine Schuhe und Hosenbeine ständig durchnässt waren, während er durch die schmutzigen, matschigen Straßen lief. Im Grunde machte es ihm nichts aus, weil er merkte, dass er langsam besser wurde. Er stellte fest, dass er zwanzig Meter vor Felix laufen konnte und ganz zuversichtlich war, zu wissen, wo genau sich sein Lehrer befand. Es war wie ein sechster Sinn, der mit jeder Stunde schärfer wurde.

»Wenn du jemandem folgst, ist es auch wichtig, darauf zu achten, was du selbst anhast«, erklärte Felix ihm am Weihnachtsmorgen, als sie von der Wohnung losgingen, um zu üben. Es hatte gerade angefangen, leicht zu schneien. »Sieh zu, dass es deiner Umgebung angemessen ist. Wenn du in einem armen, sozial schwachen Gebiet der Stadt unterwegs bist, fällst du durch die neueste Designerkleidung auf wie ein Braunbär im Schnee. Das Gleiche gilt, wenn du in Mayfair wie ein Penner herumläufst. Und so etwas ist auch immer gut.«

Aus der Manteltasche zog er eine Baseballkappe.

»Wenn du glaubst, dass dich deine Zielperson entdeckt hat, setz so eine Kappe auf. Sie verändert dein Aussehen augenblicklich. Du kannst sie vorwärts, rückwärts und sogar so tragen …« Er drehte die rote Innenseite nach außen. »Die hier kann man wenden. Sehr nützlich.« Er setzte Ricky die Kappe auf, als sie in die Regent Street einbogen. »Und außerdem hält sie deinen Kopf warm«, fügte er hinzu.

Ricky stieg der Geruch von heißen Maroni in die Nase und er verspürte ein schmerzliches Ziehen. Das war so ein Weihnachtsgeruch. Und die Regent Street mit dem Schnee, den Lichtern und den Leuten mit ihren Weihnachtseinkäufen war so ein weihnachtlicher Anblick …

Alle freuen sich darauf, bei ihren Familien zu sein. Nur wir nicht.

Gewöhn dich dran. Wir haben keine Familie mehr.

Das stimmte. Das Einzige, was Ricky im Moment hatte, war ein merkwürdiger einbeiniger Ex-Geheimdienstoffizier, dessen einzige Lebensaufgabe es zu sein schien, ihn zum bestausgebildeten Taschendieb von London zu machen. Doch in gewisser Weise war er dankbar dafür. Es lenkte ihn davon ab, darüber nachzudenken, was er verloren hatte.

Lächelnd wandte er sich an Felix. »Und jetzt?«

Felix klatschte energisch in die Hände. »Ich werde ein wenig umherwandern«, verkündete er. »In drei Stunden treffen wir uns wieder hier. Und dann sagst du mir, wo ich gewesen bin und was ich gemacht habe. Wenn ich mittags ein Sandwich gegessen habe, sagst du mir, was drauf war. Und wenn ich dich sehe …«

»Ich weiß, ich weiß«, kam Ricky ihm zuvor und fuhr sich mit dem Finger über die Kehle.

»Truthahn mit Füllung von einem Diner. Schokobrownies. Schwarzer Kaffee mit drei Stück Zucker. Sie sollten weniger Zucker nehmen, Felix, sonst haben Sie bald gar keine Zähne mehr.«

»Vielen Dank für den Rat, du Klugscheißer. Und das war gute Überwachungsarbeit. Ich habe dich nicht ein einziges Mal gesehen. Komm, es ist schon fünf Uhr und mir ist kalt. Gehen wir nach Hause.«

In der U-Bahn war es sehr voll, daher fühlte sich Ricky, als sie vor dem Haus standen, dreckig und verschwitzt, obwohl es draußen so kalt war.

»Morgen hast du frei«, verkündete Felix.

Zu einer anderen Zeit hätte Ricky vielleicht eine bissige Bemerkung dazu gemacht, doch heute sah er nur an dem Haus hinauf, dessen oberes Ende fast im Schneegestöber verschwand.

»Ich könnte Ihnen eine Tasse Tee machen oder so«, schlug er leise vor.

Felix schüttelte den Kopf. »Tut mir leid, Coco. Auf mich wartet meine Familie.«

Ricky spürte, wie er rot wurde. Stirnrunzelnd sah er auf seine Schuhe. »Ach ja«, sagte er. »Natürlich. Tut mir leid.« Er hatte nie darüber nachgedacht, dass Felix eine Familie haben könnte.

»Hier«, sagte Felix und reichte Ricky eine kleine Papiertüte. Sie war noch warm.

Ricky sah hinein. Es waren die heißen Maroni, die so gut gerochen hatten.

»Frohe Weihnachten!«

»Ja«, antwortete Ricky leise. »Ihnen auch.«

»Ruh dich aus«, riet Felix ihm. »Du hast noch einen langen Weg vor dir. Wir machen am zweiten Weihnachtsfeiertag weiter.«

Kein: »Gut gemacht!« Kein letztes »Frohe Weihnachten, Coco!« Ohne ein weiteres Wort drehte sich Felix um und ging.

»Vielleicht gehe ich aus«, rief Ricky ihm nach, »und feiere ein wenig!« Er wusste, dass er kindisch klang, aber er konnte nicht anders.

Felix blieb stehen und drehte sich um. »Bleib zu Hause, Coco«, sagte er. »Das ist ein Befehl!« Dann hinkte er durch den Schnee davon.

Ricky schäumte vor Wut. Er stopfte die Hände in die Taschen und stapfte ins Foyer des Wohnhauses.

Konnte jemand noch ein schlimmeres Weihnachtsfest haben als er?, fragte er sich.

Trostlose Winterzeit

Als sie noch kleiner war, hatte Izzy Cole die Tage vor Weihnachten immer geliebt.

Besonders mochte sie die Abende, wenn es draußen dunkel war und es vielleicht sogar schneite. Im großen Foyer des White House stand immer ein riesengroßer Weihnachtsbaum. Stundenlang konnte sie davorsitzen und die funkelnden Lichter betrachten. Im Hintergrund spielten Weihnachtslieder und aus der Küche, wo die Haushälterin Kekse für sie backte, schwebten verlockende Gerüche.

Der Weihnachtsbaum war auch dieses Jahr ebenso groß und ebenso schön geschmückt wie jedes Jahr. Weihnachtslieder erfüllten die Räume. Doch an diesem Abend hatte das Haus nichts Festliches oder Gemütliches, denn alles, was Izzy hören konnte, war Geschrei.

Am Nachmittag hatte es angefangen. Als Izzy am Büro ihres Vaters vorbeigekommen war, hatte sie ihn am Telefon schreien gehört: *»Sie kriegen überhaupt nichts, Dmitri, bevor ich nicht mein Geld habe!«*

Izzy war sofort der beunruhigende Gedanke durch den Kopf geschossen, dass es um etwas Ungesetzliches oder Schlimmes ging. In seiner Stimme hatte etwas gelegen, was ihr einen Schauer über den Rücken jagte, eine grässliche Mischung aus Gier und Wut. Und vielleicht auch Angst. Ja, in dieser Mischung verbarg sich unbestreitbar auch Angst.

Als sie jetzt dem Streit ihrer Eltern lauschte, waren Gier und Furcht zwar verschwunden, die Wut aber war geblieben.

Sie wusste nicht, weswegen sie stritten. Aber es klang schlimm, vor allem, weil ihre Mutter – die sonst solche Angst hatte, ihm zu widersprechen – ebenfalls schrie. Izzy saß mit angezogenen Knien unter dem Weihnachtsbaum und hielt sich die Ohren zu, um die Geräusche zu verdrängen. Doch sie schaffte es nicht. Die Schreie ihrer Eltern übertönten die Klänge von »In The Bleak Midwinter«.

Mit einem Ruck stand sie auf. Sie ertrug es nicht mehr. Sie stürmte durch den Flur und platzte in den Salon, wo sich ihre Eltern anschrien. Ihr Vater stand gleich neben der Tür und hatte einen Gesichtsausdruck, der sie normalerweise warnte, sich von ihm fernzuhalten. Ihre Mutter stand auf der gegenüberliegenden Seite des Zimmers am Kamin. Ihr Gesicht war tränenüberströmt und das Make-up lief ihr übers Gesicht.

»Seid still!«, schrie Izzy. »Seid einfach still! Seid …«

Die Faust ihres Vaters brachte sie zum Schweigen. Mit dem Handrücken voran schlug er sie härter als je zuvor ins Gesicht. Izzy brach zusammen, zu entsetzt und benommen, um zu weinen. Sie tastete nach ihrer Nase und ihre Fingerspitzen waren mit Blut beschmiert.

Mit zornblitzenden Augen stand ihr Vater über ihr, die Hand noch zum Schlag erhoben. Einen schrecklichen Augenblick lang fürchtete sie, er würde erneut zuschlagen, doch dann ließ er die Hand sinken, wandte ihr und ihrer Mutter den Rücken zu und stürmte hinaus.

Es entstand eine schreckliche Stille. Die Uhr auf dem Kaminsims schlug zehn. Izzy wischte sich das Blut von der Nase und sah dann ihre Mutter an. Ihre Augen waren vom Weinen verquollen und ihr Gesicht begann von einem Schlag anzuschwellen. Sie rappelte sich hoch und wollte zu ihrer Mutter hinübergehen, als deren Gesichtsausdruck sie innehalten ließ. Sie kräuselte leicht die Lippen. Höhnisch. Ihre Mutter sah Izzy verächtlich an.

»Du *dummes* Mädchen«, zischte sie. »Du *dummes, dummes* Mädchen. Warum hast du ihn dazu gebracht?«

Izzy blieb stehen und starrte ihre Mutter an.

»Das ist deine Schuld«, fuhr diese fort. »Das ist alles *deine* Schuld. Bevor du da warst, war alles gut.«

»Er hat mich geschlagen, Mum«, flüsterte Izzy.

»Nun, das hast du wahrscheinlich verdient«, fuhr ihre Mutter fort und eilte vom Kamin zur Tür. Als sie an Izzy vorbeikam, warf sie ihr noch einen weiteren furchtbaren Blick zu. »Du solltest einfach den Mund halten, du dummes kleines Mädchen«, zischte sie, bevor sie verschwand.

Izzy blieb allein zurück mit ihrer blutenden Nase. Ihr Gesicht schmerzte, doch das spürte sie kaum. Sie sah ins Leere, unfähig, zu begreifen, was gerade geschehen war. Ein neues Lied erklang. »Stille Nacht.«

In diesem Augenblick traf sie eine Entscheidung.

Izzy drehte sich um und verließ den Raum. Mit dem Ärmel ihrer Bluse versuchte sie das Blut aus ihrer Nase zu stoppen. Ihre Eltern waren nicht zu sehen. Gut. Sie schlich an dem glitzernden Weihnachtsbaum vorbei die Treppe hinauf. In einem kleinen Winkel ihres Kopfs wünschte sie sich, dass ihre Mutter in ihrem Zimmer auf sie warten würde, um sich zu entschuldigen. Doch sie war nicht da, und das bekräftigte Izzy nur in ihrem Entschluss, ihren Plan in die Tat umzusetzen.

Unter ihrem Bett lag ein schwarzer Rucksack, den sie normalerweise bei Schulausflügen mitnahm. Sie holte ihn hervor und steckte eine Handvoll Unterwäsche hinein, ein Deo und eine Zahnbürste und Zahnpasta. Dann sah sie aus dem Fenster. Es schneite mehr als zuvor und der Schnee blieb auf den Statuen im großen Garten liegen. Sie würde warme Sachen brauchen. Sie nahm ihren dicksten Pullover, warme Handschuhe und eine Wollmütze, zog ein zusätzliches Paar Socken an und ihre ledernen Wanderstiefel.

Sie besaß knapp vierzig Pfund, die sie in die Hosentasche steckte, bevor sie sich noch ein letztes Mal in ihrem Zimmer umsah. Es war ein warmes, gemütliches Zimmer. Eine Zuflucht vor den schrecklichen Dingen, die in diesem Haus vor sich gingen. Doch hier konnte sie nicht mehr bleiben.

Sie sah in den Spiegel. Die Platzwunde hatte aufgehört zu bluten, doch ihre Lippen und ihre Haut waren blutverschmiert und in ihrem Gesicht pulsierte der Schmerz. Sie säuberte sich mit einem Feuchttuch, nahm eine Schmerztablette, setzte den Rucksack auf und trat an die Tür.

Zuerst legte sie ihr Ohr an die Tür und lauschte. Draußen war nichts zu hören, daher zog sie langsam die Tür auf und spähte hinaus. Auf dem Gang und der Treppe war niemand, also schlich sie sich hinaus und auf Zehenspitzen die Treppe hinunter.

Durch die Vordertür konnte sie nicht gehen, denn dort war eine Videokamera angebracht, die alles aufzeichnete. Also schlich sie am Weihnachtsbaum vorbei, atmete seinen festlichen Duft tief ein und öffnete langsam die Tür, die zur Küche führte. Dort stand ein Tablett mit Keksen, und auf dem Ofen köchelte etwas, doch die Köchin war nicht zu sehen. Schnell schlüpfte Izzy hinein.

Außer der Hintertür und der Tür in den Vorratsraum gab es noch eine Tür in der Küche. Sie führte zu einem kleinen Nebenraum. Dort, wusste Izzy, standen eine Reihe von Bildschirmen. Ihr Vater achtete streng auf Sicherheit und der gesamte Außenbereich des Hauses wurde von Kameras überwacht.

Dachte Izzys Vater jedenfalls.

Die Bilder wurden direkt in diesen Raum übertragen, und jeder, der hierherkam, konnte sehen, wer kam und ging. Die Aufnahmen wurden aufgezeichnet. Gelegentlich saß auch jemand vom Sicherheitsdienst dort, der sie im Blick behielt. Doch seit Izzy alt genug war, um allein im Garten zu spielen, wusste sie, dass nicht *jeder* Teil des Gartens von den Kameras erfasst wurde. Es war durchaus möglich, von der Küchentür zur Mauer am Ende des Gartens zu kommen – zugegebenermaßen auf etwas gewundenen Pfaden –, ohne dass man auf den Monitoren neben der Küche auftauchte. Als Kind war es eines ihrer Lieblingsspiele gewesen, herauszufinden, wie sie diesen Weg unbemerkt gehen konnte. Sie hatte nicht geahnt, dass ihr kleines Spiel einmal so nützlich sein würde.

Ein Schlüssel für die Hintertür lag an seinem üblichen Platz in einer der Besteckschubladen. Izzy nahm ihn, steckte noch ein paar der Kekse – aber nicht so viele, dass es auffiel – in ihren Rucksack und lief zur Hintertür.

Plötzlich hielt sie inne.

Was dachte sie sich nur dabei, mitten in dieser kalten, verschneiten Nacht davonzulaufen? Keinen Tag würde sie durchhalten.

Niedergeschlagen ließ sie die Schultern hängen. Beinahe wäre sie wieder in ihr Zimmer zurückgegangen.

Doch dann sah sie ihr Spiegelbild in der Tür. Blass. Verängstigt. Verletzt. Blutig. Es erinnerte sie daran, dass sie zu Hause auch nicht sicherer war als auf der Straße.

Sie holte tief Luft, schloss die Tür auf und trat hinaus.

Die kalte Luft und der wirbelnde Schnee schlugen ihr ins Gesicht – es war viel kälter, als sie erwartet hatte. Es lagen mindestens fünf Zentimeter Neuschnee, was bedeutete, dass sich Fußabdrücke nicht vermeiden ließen. Aber zumindest würden sie unter dem Schnee schnell wieder verschwinden, und falls jemand aus dem Fenster sah, würde der dichte Schneefall ihre Gestalt verbergen.

Hinter sich schloss sie die Tür ab.

Anstatt direkt zum Tor am Ende des Gartens zu gehen, bog sie gleich scharf nach rechts ab und stapfte um einige schneebedeckte Blumenbeete herum. Kurz darauf kam sie an der alten Schaukel vorbei, die sie seit Jahren nicht mehr benutzt hatte. Hier wandte sie sich nach links und hielt sich an einen kleinen Pfad durch den Gemüsegarten, wo der Winterkohl unter tiefem Schnee lag, und schlich sich zur Mauer am Gartenende. Sie war etwa drei Meter hoch und von Wein überrankt. Im Sommer bedeckten die Blätter die ganze Mauer, aber jetzt waren nur kahle, kräftige Zweige zu sehen. Oben auf der Mauer zog sich Stacheldraht entlang, um Eindringlinge abzuschrecken, aber der war jetzt bedeckt von mehreren Zentimetern Schnee.

Fünf Meter weiter gab es ein Tor, doch sie wusste, dass darauf Kameras gerichtet waren. Dieser Teil der Mauer hier lag allerdings in einem toten Winkel.

Sie packte eine Weinranke, die zwar etwas ächzte, ihr Gewicht aber trug, als sie daran hinaufkletterte. Sie wollte den Schnee obendrauf nicht verwischen und sich schon gar nicht im Stacheldraht verfangen, daher schwang sie, als sie oben war, sportlich die Beine hinüber. Eine kleine Schneepulverwolke stob auf, als sie hinübersprang.

Schmerzhaft kam sie zusammengekauert auf der anderen Seite der Mauer auf, raffte sich aber schnell wieder hoch. Sie befand sich in der schmalen Gasse hinter dem White House und zögerte einen Moment. Nachdenklich betrachtete sie den Hintertürschlüssel in ihrer behandschuhten Handfläche. Wenn sie ihn behielt, konnte sie sich wenigstens immer noch ins Haus schleichen, falls sie ihre Meinung änderte.

»Aber ich werde meine Meinung nicht ändern«, flüsterte sie leise. Also ließ sie den Schlüssel fallen, der im Schnee zu ihren Füßen verschwand.

Izzy sah auf die Uhr. Elf Uhr. Noch eine Stunde bis Weihnachten, dachte sie und sah sich in beide Richtungen um. Links oder rechts?

Eigentlich spielte es keine Rolle. Alle Richtungen führten sie fort vom White House und auf die Straßen von London. Zu ihren Freundinnen konnte sie auf keinen Fall. Deren Eltern würden als Erstes ihre Eltern anrufen, und bevor sie sich's versah, wäre sie wieder in der Hölle.

Nein. Von jetzt an würde die Straße ihr Zuhause sein.

23:00 Uhr

So einen Schneesturm hatte Ricky noch nie erlebt. Von seinem warmen Penthouse aus sah er den Schnee so dicht über der Stadt wirbeln, dass die Skyline kaum zu erkennen war. Das Licht auf dem Canary Wharf blinkte trübe und er konnte gerade noch die vage Silhouette der London Bridge ausmachen.

Er versuchte es mit Fernsehen. Als er das Gerät einschaltete, kam gerade eine Werbung für Bratensoßenpulver. Sie zeigten eine Familie beim Weihnachtsessen, lächelnd und glücklich. Er ertrug es nicht, schaltete den Fernseher sofort wieder aus und starrte ins Leere, dachte an seine Eltern und natürlich an seine Schwester Madeleine.

Sie war älter gewesen als er – fast sechzehn –, als seine Eltern ums Leben kamen. Nach dem Unfall war sie in eine andere Pflegefamilie gekommen als Ricky. Sie hatten sie schlecht behandelt. Sehr schlecht. Ricky überkam Wut, als er daran dachte, und zum ersten Mal, seit er von der Straße weg war, holte er den kostbaren Brief hervor, den sie ihm geschrieben hatte.

Lieber Ricky,
ich weiß, dass Du nicht verstehen wirst, was ich tun werde, aber bitte glaube mir, wenn ich sage, dass es so am besten ist. Die Leute, zu denen man mich geschickt hat, sind von der schlimmsten Sorte. Meine Arme und

mein Rücken sind voller blauer Flecken, und ich ertrage es einfach nicht länger …

Doch wie üblich brachte er es nicht fertig, den Brief zu Ende zu lesen. Er unterdrückte die Tränen, steckte den Brief in den Umschlag zurück und starrte wieder vor sich hin.

Er konnte nicht aufhören, an seine große Schwester zu denken. Sie war ein so lieber Mensch gewesen. Im Jahr vor dem Tod ihrer Eltern hatte sie darauf bestanden, dass sie alle am Weihnachtsabend in einer Suppenküche arbeiten sollten. So war sie eben. Immer dachte sie an andere. Nicht wie Ricky, der immer nur an sich selbst dachte.

Hör auf, dich zu bemitleiden. So schlecht ist das Leben nicht. Sieh dich doch um. Das hier ist auf jeden Fall besser als bei Baxter, oder?

Ja, aber warum bin ich hier? Die Straßen sind voller Kinder wie ich.

Hast du etwa Mitleid, Ricky? Lass dich davon nicht überwältigen. Sieh dir die Narbe an deinem Handgelenk an. Das waren die Trash-Kids, oder? Die sind nicht wie du.

Ricky ignorierte seine innere Stimme. Plötzlich war er wütend. Wütend auf die Welt und wütend auf Felix. Er wollte ungehorsam sein und etwas tun, was zwar Felix nicht gefallen würde, dafür aber seiner Schwester.

Und zwar sofort.

Er nahm den Rucksack, den Felix ihm gegeben hatte, und lief in die Küche. Wie üblich war der Kühlschrank voller Lebensmittel. Ein ganzes gebratenes Hühnchen. Tüten mit Äpfeln und Orangen, Coladosen, fertige Salate, Kuchen. Mehr, als er essen konnte, und er wusste, dass der Kühlschrank sowieso bald wieder aufgefüllt werden würde. Einen Augenblick hielt er inne, als er ein paar besondere Weihnachtsspezialitäten entdeckte – ein Paket Hackfleischpasteten, ein Pudding, eine Schale mit Weihnachtsgemüse, die man nur in die Mikrowelle stellen musste. Das war wohl eine kleine Aufmerksamkeit von Felix zu Weihnachten … Aber das hielt ihn nicht ab. Er stopfte den Rucksack voll mit Lebensmitteln, zog sich eine warme Kapuzenjacke an und nahm ein Bündel Geldscheine aus der Socke unter seiner Matratze. Dann warf er sich den Rucksack über die Schulter. Auf der Kommode im Flur lag das Messer, das Felix der Drogensüchtigen am Bloomsbury Square abgenommen hatte, und daneben ein Kugelschreiber.

Ein paar Sekunden schwebten seine Finger über dem Messer. Doch er ließ es liegen. Madeleine würde es nicht gefallen. Er nahm stattdessen den Kugelschreiber und steckte ihn ein. Dann verließ er das Haus.

Draußen stapfte er durch den Schnee. Schon nach fünf Minuten waren seine Hände und Füße eiskalt, doch er ging weiter. Nach weiteren zehn Minuten sah er das orange Freizeichen eines schwarzen Taxis leuchten. Er winkte es heran, und als der Fahrer neben ihm anhielt und das Fenster öffnete, rief er: »King's Cross!«

Der Fahrer war ein weißhaariger Mann über sechzig und sah ihn nicht gerade begeistert an. »Hast du Geld, Junge?«

Ricky schob die Kapuze zurück, steckte die Hand in die Tasche und zog zwei Zwanziger heraus. Der Fahrer nickte und Ricky stieg hinten ein.

Im Taxi war es schön warm. Die Scheiben beschlugen von seinem Atem, als sie am Fluss entlang und dann den Kingsway nach Norden fuhren. Der Fahrer sagte kein Wort, worüber Ricky ganz froh war, denn in seinem Kopf spielte sich bereits ein anderes Gespräch ab.

Du bist verrückt. Die Trash-Kids sind hungrig und durchgefroren. Sie werden auf dich losgehen.

Mir egal. Es ist Weihnachten. Warum soll ich so viel zu essen haben und andere hungern? Und ich bin nicht Felix' kleines Haustier. Ich muss nicht zu Hause sitzen und machen, was er sagt.

Die Fahrt mit dem Taxi kostete 35 Pfund. Vor dem Bahnhof King's Cross stieg er aus und wartete, bis der mürrische Fahrer losgefahren war. Es war fünf vor zwölf. Auf den Hauptstraßen herrschte noch viel Verkehr, doch die Gehwege wurden rasch leerer und Neuschnee hatte sich auf dem Schneematsch niedergelassen. Ricky sah sich um und stellte fest, dass er sofort alles in sich aufnahm. Ein Bus der Linie 63, der nach Westen fuhr. Ein Pärchen, das sich auf der anderen Straßenseite Arm in

Arm seinen Weg durch den Schnee bahnte. Zwei Polizisten in leuchtenden Warnwesten, die den Verkehr überwachten. Ein Mädchen mit einer Wollmütze, das Richtung Hauptstraße lief. Zwei Betrunkene, die auf den Bahnhof zutorkelten …

Ricky befand sich an der Ecke zu einer dunklen Nebenstraße. Auf beiden Seiten standen Mülleimer. Nur eine einzige Laterne funktionierte, deren trübes gelbes Licht flackerte. Der Schnee fiel dichter denn je und etwa fünfzehn Meter vor sich bemerkte er die Silhouetten von fünf Menschen. Sie waren nicht sehr groß, und obwohl er ihre Gesichter nicht erkennen konnte, wusste er, dass es Trash-Kids sein mussten.

Irgendwo weiter weg schlug die Kirchturmuhr zwölf. Ricky steckte die Hand in die Tasche mit dem Stift. Er schloss die Finger um ihn und ging los. Dabei behielt er seine Umgebung scharf im Auge und all seine Sinne waren hellwach.

Er machte zehn Schritte. Die Gestalten wurden deutlicher und jetzt konnte er die Trash-Kids erkennen. Ihre hageren Gesichter leuchteten gelblich im Schein der flackernden Laterne. Als sie ihn kommen sahen, drängten sie sich zu einer kleinen Gruppe zusammen und starrten ihm entgegen. Sie wirkten nicht wie ein Willkommenskomitee. Ricky spürte, wie die Narbe an seinem Handgelenk zu jucken begann – das Souvenir von seiner letzten Begegnung mit Kids wie diesen. Doch plötzlich begann sich seine Ausbildung auszuzahlen. Er fühlte sich nicht länger wie das Opfer, als das ihn Felix aufgelesen hatte.

Fünf Schritte vor ihnen blieb er stehen. Er packte den Stift fester und stellte fest, dass seine Handfläche schweißnass war.

Einer der Trash-Kids trat vor. Er war mager, hatte strubbelige Haare, einen hervorstehenden Adamsapfel und kleine, hinterhältige Augen. Sein Gesicht schien schon einige Faustschläge abbekommen zu haben.

»Seid ihr obdachlos?«, fragte Ricky.

»Wer will das wissen?«

Schweigen.

»Was ist los, Tommy?«, rief eines der anderen Kinder.

Doch Tommy, falls das sein Name war, antwortete nicht.

Ricky hielt ihm den Rucksack hin. »Das hier ist für euch«, sagte er. »Etwas zu essen.«

Tommy sah seine Freunde an. »Da haben wir einen Gutmenschen«, verkündete er, woraufhin seine Freunde unangenehm lachten.

Ricky erinnerte sich an seine eigenen Gutmenschen und kräuselte die Lippen.

»Was hast du sonst noch, Gutmensch?«, wollte Tommy wissen. »Mach die Taschen leer!«

Ricky warf den Rucksack so, dass er zwischen ihm und den Trash-Kids liegen blieb. »Nehmt es oder lasst es«, sagte er, wandte sich um und ging durch den Schnee wieder zur Hauptstraße zurück.

Hinter sich hörte er Schritte und sah, wie im Licht der flackernden gelben Laterne ein Schatten den seinen überlagerte. Er blieb stehen und drehte sich um.

Mit geballten Fäusten kam Tommy hinter ihm her. »Ich sagte, mach die Taschen leer!«

Ricky richtete sich zu seiner vollen Größe auf, den Stift in der Tasche fest gepackt. Dank seines Trainings mit Felix fühlte er sich seltsam selbstsicher.

»Gleich um die Ecke stehen zwei Polizisten«, erklärte er. »Und ihr wollt sicher ebenso wenig Ärger mit ihnen wie ich.«

Der Junge verzog höhnisch das Gesicht, doch Ricky bemerkte die plötzliche Unsicherheit in seinem Blick.

»Willst du etwa die Polizei rufen?«, fragte Tommy.

»Eigentlich nicht. Aber wenn ihr auch nur daran denkt, mich anzugreifen, werden sie euch mit auf die Wache nehmen. Nimm das Essen, teil es mit deinen Freunden und betrachtet das als euren Glückstag.«

Irgendetwas in Rickys Stimme ließ ihn wohl überzeugend klingen, denn er bemerkte, dass Tommy zögerte.

Eines der anderen Kinder rief: »Hunter will doch sicher eine Brieftasche, oder?«

Tommy sah kurz über die Schulter, doch er kam nicht mehr näher. Offensichtlich hatte er entschieden, dass Ricky kein leichtes Opfer war.

»Mach, dass du wegkommst, bevor wir unsere Meinung ändern«, riet Tommy ihm, drehte sich dann um und ging zu seinen Freunden zurück.

Ricky lief wieder zur Hauptstraße. Die Polizisten waren noch dort und noch immer fuhren viele Autos langsam durch den schweren Schnee. Er hielt ein Taxi an und fuhr nach Hause.

Das hätte Madeleine gut gefunden, dachte er.

Doch er fragte sich auch, was Felix dazu sagen würde.

Falls er es ihm erzählte …

Das Bild

Früher war der zweite Weihnachtsfeiertag immer enttäuschend gewesen, weil er bedeutete, dass der aufregende Teil von Weihnachten vorbei war. Doch als es an diesem 26. Dezember um Punkt neun Uhr an der Tür klingelte, war Ricky seltsam erleichtert. Sein einsames Weihnachten war vorbei. Schließlich konnte er allein nicht ewig fernsehen, vor allem nicht, wenn es dort hauptsächlich bunte Bilder von Familien und Festen gab. Um seine Langeweile zu bekämpfen, hatte er einige Zeit auf dem Laufband verbracht und hatte dann traurig gedacht, dass das keine angemessene Beschäftigung für einen Feiertag war. Immerhin hatten ihn nicht seine Pflegeeltern in diese bescheuerte Kirche gezerrt … Und jetzt konnte er mit Felix wieder an die Arbeit gehen – wenn man das so nennen wollte.

Doch sobald er die Tür aufmachte und seinen Mentor dort stehen sah, merkte er, dass etwas nicht stimmte. Felix' Kopf und Schultern waren mit Schnee bestäubt, da es seit dem Weihnachtsabend nicht aufgehört hatte, zu schneien, und er machte ein Gesicht wie ein Donnerwetter.

Felix stieß eine knurrige Begrüßung hervor, hinkte ins Wohnzimmer, eine Schneematschspur hinter sich herziehend, und ließ sich aufs Sofa fallen. Ricky sah, dass er ausnahmsweise eine schmale lederne Aktentasche dabeihatte.

»Äh … Tee?«, fragte er. Er fragte sich, ob Felix von seinem kleinen Weihnachtsausflug wusste. Vielleicht war er ihm gefolgt, ohne dass Ricky es gemerkt hatte.

Felix schüttelte den Kopf. Er zog seine Süßigkeitentüte aus der Tasche, doch anstatt ein Bonbon in den Mund zu stecken, knallte er es auf den Couchtisch, wo es von der Glasplatte abprallte wie eine Gewehrkugel.

»Alles in Ordnung?«, fragte Ricky nervös.

»Es ist zu früh«, knurrte Felix. »Du bist noch nicht so weit.«

Ricky runzelte die Stirn. »Zu früh wofür?«

»Ich habe es ihnen gesagt. Er ist *gut*, habe ich gesagt. *Sehr gut.* Ein Naturtalent sozusagen. Aber er hat erst Grundkenntnisse in Verfolgung, Überwachung und improvisierten Waffen erhalten. Er kann nicht Auto fahren oder mit einer Schusswaffe umgehen. Seine Navigationskenntnisse sind nur rudimentär. Er ist ja noch nicht einmal aus einem Flugzeug gesprungen, um Himmels willen! Er ist einfach noch nicht bereit für die Feldarbeit. Aber hören sie auf mich? Tun sie das …?«

»Was für ein Feld?«, erkundigte sich Ricky. Bei der Erwähnung eines Sprungs aus einem Flugzeug war er ein wenig blass geworden. »Wovon reden Sie?«

Felix schloss die Augen und holte tief Luft. Dann sah er Ricky in die Augen. »Setz dich, Coco«, befahl er.

»Nein. Ich will wissen, was los ist.«

»Dann setz dich hin und ich erzähle es dir.« Felix legte die Aktenmappe auf den Tisch und machte sie auf. »Mach um Himmels willen ein Mal, was ich sage, Coco!«

Ricky setzte sich.

Felix nahm ein iPad aus der Tasche, tippte ein paarmal auf den Bildschirm und reichte es Ricky. »Kennst du diesen Mann?«

Ricky sah auf den Bildschirm, von dem ihn ein Gesicht anblickte. Es gehörte zu einem Mann in einem Anzug. Er war etwa fünfzig, hatte ein gebräuntes, gut aussehendes Gesicht und ein falsches Lächeln. Er gefiel Ricky nicht, aber er kannte ihn irgendwoher.

»Ja«, sagte er.

»Woher?«

»Keine Ahnung. Vielleicht aus dem Fernsehen.«

»Das ist der Ehrenwerte Jacob Cole. War früher Geschäftsmann in der Luftfahrtbranche und sitzt jetzt im Parlament. Sehr einflussreich. Höchst respektabel. Der Premierminister hört auf ihn, und es gibt Leute, die glauben, er könnte selbst einmal Premierminister werden.«

»Schön für ihn«, fand Ricky und wollte das iPad zurückgeben, doch Felix bedeutete ihm, es zu behalten.

»Er hat eine Tochter. Sie heißt Izzy. Fünfzehn Jahre alt. Sie wird vermisst. Da ist ein Bild von ihr.«

Ricky strich mit dem Finger über den Bildschirm und erstarrte, als das Bild wechselte. Seine Temperatur sank um einige Grad und er konnte nicht glauben, was er da sah.

Madeleine.

Er blinzelte und starrte das Bild ungläubig an. Er brauchte zehn Sekunden, bis er erkannte, dass sein Gehirn ihm einen Streich spielte. Das war natürlich nicht Madeleine, doch das Mädchen sah ihr so ähnlich, dass er nicht aufhören konnte, es anzustarren. Es war hübsch und hatte genauso blonde Haare und durchdringende grüne Auge wie seine Schwester und es lächelte völlig unbekümmert.

Ricky schluckte. Diese Izzy Cole sah seiner Schwester unglaublich ähnlich. Er sah zu Felix hinüber. War das ein Zufall oder spielte sein Mentor irgendein Spielchen mit ihm? Er hielt es nicht für ausgeschlossen.

»Die Arme«, sagte er vorsichtig. »Aber es werden viele Kinder vermisst, nicht wahr?«

Falls Felix Mitleid mit dem Mädchen hatte, so zeigte er es jedenfalls nicht.

»Jacob Cole will seine Tochter natürlich zurückhaben. Er hat ein paar Beziehungen spielen lassen.«

»Nun, wenn *wir* hier sitzen und darüber reden, waren es offenbar nicht die richtigen. Sollte sich um so etwas nicht die Polizei kümmern?«

Felix kniff die Augen zusammen und sah Ricky kurz an. »Nächstes Bild«, befahl er.

Ricky strich über den Bildschirm und es erschien ein körniges, verschwommenes Bild. Offenbar stammte es aus einer Überwachungskamera, und wieder spürte er, wie es ihn kalt überlief. Er erkannte die belebte Straße am King's Cross, wo er am Weihnachtsabend gewesen war. Er erkannte Izzy Cole, diesmal viel weniger hübsch, weil ihr Gesicht verschwollen und voller Angst war. Sie trug eine Wollmütze, und plötzlich erinnerte er sich. Weihnachtsabend. Sie war auf der Straße gewesen …

Im Hintergrund, hinter ein paar Betrunkenen, konnte er eine weitere Gestalt erkennen, mit dem Rücken zur Kamera, den Kopf unter einer Kapuze verborgen.

Er sah Felix an. Wusste sein Mentor, dass Ricky selbst auf dem Bild war?

»Diese Überwachungskamera hat sie Weihnachten in der Gegend um King's Cross gefilmt«, erklärte Felix. »Wir können nicht sicher sein, dass sie noch dort ist, aber da gibt es ziemlich viele obdachlose Kinder. Wenn wir sie finden wollen, ist das der beste Ort, um damit anzufangen.«

»Wir?«, fragte Ricky.

Felix sah ihn verlegen an. »Ich meine damit eigentlich dich. Die Chance, dass diese obdachlosen Jugendlichen mit der Polizei oder auch nur mit einem anderen Erwachsenen sprechen, ist relativ gering. Wir haben es schon des Öfteren versucht. Sie machen einfach dicht. Also musst *du* den Kontakt zu ihnen herstellen. Finde heraus, ob einer von ihnen Izzy gesehen hat, und wenn ja, wo und wann.«

Ricky legte das iPad auf den Tisch. »Und wenn ich nicht will?«

Felix blinzelte. »Ich habe sie gewarnt, dass du das vielleicht sagst. Ich habe ihnen gesagt, dass du noch nicht bereit bist. Ich habe ihnen gesagt, sie sollten Agent 21 schicken.«

Ricky spürte, wie er wieder zornig wurde. »Warum müssen Sie immer in Rätseln sprechen? Wer ist Agent 21? Wer sind *sie?*«

Schweigen.

»Agent 21 ist wie du«, erklärte Felix schließlich. Etwa so alt wie du, vielleicht ein wenig älter. Hochbegabt und eines unserer bestgehüteten Geheimnisse. ›Sie‹ sind eine Einheit der Regierung. Ich arbeite für sie. Agent 21 arbeitet für sie. Und du jetzt auch.«

»Ich arbeite für niemanden.«

»Wie du meinst, Coco«, gab Felix mit enervierender Gelassenheit zurück und sah sich um. »Schicke Wohnung für einen Arbeitslosen.«

»Wie nennt sich diese Einheit?«

»Das werde ich dir nicht sagen. Es ist auch nicht wichtig. Namen sind nur … na, egal. Wichtig ist allein, dass wir … dass *du* Izzy Cole findest.«

»Warum schickt ihr nicht euren tollen Agenten 21, wenn der doch so super ist?«

»Weil er sich auf der Straße nicht so gut auskennt

wie du. Du bist besser dafür geeignet. Zumindest denken das meine Vorgesetzten. Aber die haben sich auch schon früher geirrt«, fügte er düster hinzu.

Ricky stand auf. Unter den wachsamen Blicken von Felix ging er im Raum auf und ab.

Vielleicht wäre jetzt der richtige Zeitpunkt, um zu verschwinden? Nimm das Geld und hau ab.

Aber es ist nur ein Mädchen. Wir könnten versuchen, sie zu finden. Wenn wir es schaffen, gut. Wenn nicht …

Aber das ist doch nicht dein Problem …

Wahrscheinlich ist sie reich. Wenn wir sie finden und zu ihrer Familie zurückbringen, könnte es eine Belohnung geben.

Ricky wandte sich an Felix. »Das ist eine unmögliche Aufgabe«, gab er zu bedenken. »Das Mädchen könnte überall sein. Dieses Bild wurde vor mehr als vierundzwanzig Stunden aufgenommen.«

Felix sah ihn scharf an. »Woher weißt du, wann es aufgenommen wurde?«

»Das müssen Sie wohl gesagt haben.«

Doch sie wussten beide, dass es nicht so war. Ricky spürte, wie er rot wurde, und redete drauflos, um es zu überspielen.

»Sie könnte mittlerweile bis nach Schottland gereist sein oder wer weiß wohin.«

»Unwahrscheinlich«, meinte Felix. »Bei so einer Aufgabe hält man sich an gewisse Muster. Wenn Menschen verschwinden, halten sie sich normalerweise nicht weit von ihrem Ausgangspunkt auf. Ich würde darauf wetten, dass sie noch in London ist.«

»London ist groß.«

»Dann fängst du besser an, Coco.«

Ricky überlegte. Sein Gehirn arbeitete auf Hochtouren. Wie sollte er das machen? Wo sollte er anfangen? Tommy fiel ihm ein, das aggressive Trash-Kid mit dem hervorstehenden Adamsapfel, den er am Weihnachtsabend getroffen hatte. Wenn er ihn wiederfinden würde, könnte er ihn vielleicht zu Izzy Cole führen. Aber der Gedanke gefiel ihm nicht.

»Diese Straßenkinder. Die reden nicht einfach mit jedem, wissen Sie. Sie haben Gangs. Manche von ihnen sind gewalttätig.«

»Dann solltest du besser überzeugend sein.«

»Und wenn ich nicht überzeugend sein kann?«

Felix hatte seinen Blick fest auf ihn gerichtet. »Sieh dir das Mädchen an, Coco. Sie ist in keiner guten Verfassung. Du weißt selbst, wie gefährlich das Leben auf der Straße für ein Kind ist. Was wäre mit dir passiert am Bloomsbury Square, wenn ich dir nicht zu Hilfe gekommen wäre?« Er stand auf und hinkte zu Ricky hinüber. »Nicht jeder hat einen Schutzengel, mein Junge. Willst du zulassen, dass die Straße dieses Mädchen vernichtet? Nur weil du zu selbstsüchtig bist, das zu nutzen, was ich dir beigebracht habe, um jemandem zu helfen, der es nötig hat?«

Ricky presste die Kiefer aufeinander und starrte wütend vor sich hin.

Er will dich manipulieren. Ignorier ihn. Lass dich von ihm nicht verunsichern, riet Ziggy ihm.

Aber er hat doch recht! Du hast gesehen, wie sie aussah. Sie steckt in der Klemme. Vielleicht kann ich ihr helfen … Und sie wurde geschlagen. Wie Madeleine. Was, wenn sie … wenn sie sich auch umbringen will? Madeleine konnte ich nicht retten, aber vielleicht sie?

Ricky spürte, wie sein Mund trocken wurde. Er wusste, dass Felix ihn benutzte. Aber er verspürte auch eine gewisse Erregung und merkte, dass er bereit war, die Herausforderung anzunehmen. Aber aus irgendeinem Grund wollte er nicht, dass Felix das wusste.

»Was soll ich tun, falls ich sie finde?«, fragte er.

»*Wenn* du sie gefunden hast, bringst du sie hierher und rufst mich an«, sagte Felix. Er nahm ein Handy aus der Tasche. »Kurzwahl 1. Es sind keine weiteren Nummern eingespeichert. Ruf sofort an! Verstanden?«

»Ja«, erwiderte Ricky. »Verstanden.« Er nahm das Handy und stellt erfreut fest, dass es eins der neuesten Modelle war. Wenn alles schiefging, konnte er es zumindest verkaufen …

Felix war gegangen. Ricky stand im Schlafzimmer und hatte wegen der Sache, der er gerade zugestimmt hatte, ein ganz mieses Gefühl.

Die Schranktüren standen offen, denn er musste seine Kleidung sorgfältig auswählen. Er erinnerte sich an die Worte seines Mentors.

Wenn du jemandem folgst, ist es auch wichtig, darauf zu achten, was du selbst anhast. Sieh zu, dass es deiner Umgebung angemessen ist. Wenn du in einem armen, sozial schwachen Gebiet der Stadt unterwegs bist, fällst du durch die neueste Designerkleidung auf wie ein Braunbär im Schnee.

Er zog eine Jeans heraus. Er hatte sie zwar schon ein paarmal getragen, trotzdem sah sie noch viel zu neu aus. Also ging er in die Küche, nahm ein scharfes Messer und schnitt ein paar Löcher hinein. Dann brauchte er eine gute halbe Stunde, um die Schnittkanten auszufransen. Er zog das schon leicht stinkende T-Shirt an, das er die letzten paar Tage getragen hatte, und einen dünnen Pullover, in dessen Ellbogen er weitere Löcher riss. Dann betrachtete er sein Outfit im Spiegel. Nicht schlecht. Er verstrubbelte sich die Haare und stellte fest, dass er zumindest unauffällig aussah.

Felix hatte ihm einen Ausdruck von Izzy Coles Foto dagelassen, denn in den übleren Straßen von London ein iPad herumzuzeigen, war eine sichere Methode, um überfallen zu werden. Er faltete es sorgfältig zusammen und steckte es in seine Hosentasche. Außerdem steckte er das Handy ein, das Felix ihm gegeben hatte. Mit ein paar Tastentipps hatte er seine eigene Nummer aufgerufen und festgestellt, dass er sie sich auf einen Blick merken konnte. Er schob es sich vorn in die Jeans, wo es ihm niemand stehlen konnte, ohne dass er es merkte. Dann ging er los.

Draußen war die Sicht durch den Schneesturm ziemlich eingeschränkt. Auf einer Bank lagen über dreißig Zentimeter Schnee, doch der Boden war nur mit graubraunem Matsch bedeckt.

Nach kaum zwanzig Metern war Ricky bereits durchgefroren.

Außerdem fiel ihm auf, dass er verfolgt wurde. Es ärgerte ihn, dass Felix ihn trotz ihres ganzen Überwachungstrainings von einer so unbegabten Person verfolgen ließ. Während er über den Platz ging, tat er so, als hätte er es nicht bemerkt, doch er sah sich aufmerksam um und sein Gehirn arbeitete auf Hochtouren, um einen Weg zu finden, ihn abzuhängen. Schließlich entschied er sich, zu warten, bis er in der U-Bahnstation Canary Wharf war.

Er bemerkte, dass sein Verfolger ihm die Treppe zum Fahrkartenschalter hinunter folgte. Er war zehn Meter hinter Ricky, als dieser seine Fahrkarte durch den Automaten zog. Während er auf den Zug wartete, spürte er, dass sein Verfolger etwa zehn Meter links von ihm auf dem Bahnsteig stand. Ricky sah ihn nicht direkt an, stellte aber fest, dass es ein etwa zwanzigjähriger Mann in einem schwarzen Regenmantel war.

Als der Zug kam, stieg Ricky ein. Sein Verfolger ebenfalls. Ricky blieb dicht an den Türen.

Über den Lautsprecher kam die Ansage: »Bitte von den Türen zurückbleiben!« Zischend begannen sich die Türen zu schließen. Im letzten Moment schlüpfte Ricky gewandt hindurch und wieder auf den Bahnsteig zurück. Er überlegte, ob er seinem Verfolger zuwinken sollte, ließ es dann aber lieber bleiben. Er wandte ihm und dem Zug lediglich den Rücken zu und lief durch die hell erleuchteten Gänge des U-Bahnhofs zu dem Bahnsteig, zu dem er eigentlich wollte.

Er nahm die Bahn nach King's Cross, denn er entschied, dass es zwar wie die Suche nach der Nadel im Heuhaufen war, ein Mädchen in London zu suchen, aber dort war auf jeden Fall der beste Ausgangspunkt dafür. Und wenn er sie nicht finden konnte, dann konnte ihm vielleicht dieser Tommy helfen …

Trotz des Weihnachtsgeschäfts schien der Schneefall die Leute von der Straße fernzuhalten, sodass der Verkehr auf der Hauptstraße vor dem Bahnhof nicht so dicht war wie am Weihnachtsabend. Keine Verkehrspolizisten regelten den Verkehr und durch den Schneefall konnte Ricky kaum fünf oder sechs Meter weit sehen. Er überquerte die Straße und ging dorthin, wo er mit den Trash-Kids zusammengetroffen war.

Die Seitenstraße wirkte verlassen. Der Schnee hatte sich auf einer Seite gesammelt, und mehrere Autos würden wohl warten müssen, bis es taute, bevor sie wieder losfahren konnten. Die Schultern hochgezogen und die Hände tief in die Taschen vergraben, ging Ricky den Gehweg entlang. Er stellte fest, dass all seine Sinne in Alarmbereitschaft waren – das war vor seiner

Begegnung mit Felix noch nie so gewesen. Er hörte eine Krähe auf einem Hausdach auf der anderen Straßenseite schreien und den Wind zwischen den hohen Gebäuden auf beiden Seiten heulen. Er rieb sich mit dem Ärmel über die kalte Nase und bemerkte einen Fußgänger, der ihm entgegenkam. Er wurde nicht langsamer und hob nicht einmal den Kopf. Doch sein Blick war fest auf den Entgegenkommenden gerichtet. Eine Frau. Schwerer Pelzmantel. Ein pelziger Schal, der aussah, als hätte sie sich ein Tier um den Hals gelegt. Teure Kleidung. Ricky atmete den Duft von Parfum ein und sah ihr über die Schulter nach, als sie vorbeiging …

»Hast du 'n bisschen Kleingeld?«

Ricky zuckte zusammen. Die Stimme erklang nur ein paar Meter von ihm entfernt. Ricky sah sich um und entdeckte einen Mann, der sich in einen Hauseingang gesetzt hatte und in die Hände blies, um sie aufzuwärmen. Er war unrasiert, seine aufgesprungenen Lippen bluteten und er hatte dunkle Ringe unter den Augen. Ricky tadelte sich, dass er ihn übersehen hatte, doch dann steckte er die Hand in die Tasche und förderte ein paar Münzen hervor. Er ließ das Geld in den Schnee vor dem Eingang fallen und sah einen Moment zu, wie der Obdachlose darin herumgrub, um es zu finden. Als er alle Münzen aufgehoben hatte, beugte sich Ricky zu ihm und sah ihm in die Augen. »Sie sollten sich etwas Warmes zu trinken kaufen«, riet er ihm.

Der Mann betrachtete das Geld in seiner zitternden Hand. »Mit fünfzig Pence?«

Ricky holte noch mehr Münzen aus seiner Tasche, gab es ihm aber noch nicht. Stattdessen zog er Izzys Bild hervor und hielt es dem Mann unter die Nase.

»Ich suche dieses Mädchen. Haben Sie sie gesehen?«

Der Obdachlose starrte das Bild ein paar Sekunden lang an. Dann schüttelte er den Kopf. Ricky gab ihm die Münzen, nickte ihm zu und ging ein paar Meter weiter.

Doch plötzlich hielt er inne, wandte sich um und ging zu dem Mann in dem Hauseingang zurück.

»Ich habe hier vor ein paar Tagen einen Jungen getroffen. Dunkles Haar, mager, hervorstehender Adamsapfel. Kennen Sie ihn?«

»Vielleicht«, keuchte der Mann.

»Wie heißt er?«

Der Mann machte eine vage Geste. Ricky nahm noch mehr Geld aus der Hosentasche – dieses Mal einen Zehnpfundschein. Er streckte ihn dem Mann entgegen, zog ihn aber zurück, bevor er danach greifen konnte.

»Sein Name?«, wiederholte er.

»Tommy. Arbeitet hier in der Gegend für …« Der Mann zögerte.

»Für wen?«

»Niemanden.«

Ricky zog noch einen Schein hervor und winkte damit.

»Für wen?«, beharrte er.

Der Mann kniff die Augen zu schmalen Schlitzen zusammen. »Hunter«, stieß er hervor.

Den Namen hast du schon einmal gehört. Eines der Trash-Kids hat ihn am Weihnachtsabend erwähnt. Und der Junge, den du getroffen hast, hieß auf jeden Fall Tommy.

Vielleicht war dieses Kim-Spiel doch nicht nur so ein Partytrick.

»Wer ist Hunter?«

Der Mann leckte sich über die gesprungenen Lippen. »Gib mir das Geld.«

Ricky reichte ihm die zwei Scheine, die der Mann gierig ergriff. »Wer ist Hunter?«

»Jemand, von dem du dich fernhalten solltest, Junge.«

»Wo kann ich ihn finden?«

»Er ist ständig in Bewegung, bleibt nie lange an einem Ort.« Der Obdachlose zögerte. »Kennst du das Keeper's House?«

Ricky schüttelte den Kopf.

»Das ist ein verlassenes Gebäude in der Berwick Street. Von da aus schickt Hunter seine Kids los, wie ich gehört habe.«

»Was heißt, er schickt sie los?«

»Sie stehlen für ihn. Taschendiebstahl, Einbrüche, manchmal noch Schlimmeres. Tu dir selbst einen Gefallen, Junge, und halte dich von Hunter und seiner Meute fern. Mit denen willst du nichts zu tun haben.«

Also ein Fagin, dachte Ricky.

Wie in dem Musical. Aber das hier ist das echte Leben. Ich schätze, da gibt es wenig Musik und Tanz …

Ricky nickte dem Mann zu, dankte ihm und ging durch den Schnee zur Euston Road. Die Warnung klang noch in ihm nach: *Mit denen willst du nichts zu tun haben.*

Zu spät, dachte er. Das hatte er schon.

Keeper's House

Ricky stand an der Ecke Berwick Street und D'Arblay Street und zitterte. Er hatte das Gefühl, als sei ihm die Winterkälte bis in die Knochen gedrungen.

Er nahm das Handy aus der Tasche und googelte Keeper's House. Es sah genau so aus, wie der Obdachlose es beschrieben hatte: verlassen. Das Bild, das er im Internet fand, zeigte ein mit Brettern vernageltes, graffitibeschmiertes Haus. Und der Karte auf seinem Handy nach war es nur fünfzig Meter von seinem Standort entfernt. Er ging die Berwick Street eine halbe Minute entlang und bog dann rechts in eine kleine Seitengasse ein, von der er nach weiteren zehn Metern links abbog.

Die Straße, in der Keeper's House lag, war kaum mehr als eine Gasse, in der sich der Schnee aufgehäuft hatte. Das Haus selbst lag am Ende der Gasse. Es wirkte ungemütlich und unbewohnt. Ohne Schnee hätte Ricky nicht geglaubt, dass dort jemand lebte. Doch so bemerkte er die Fußspuren im Schnee.

In seinem Kopf hörte er Felix' Stimme: *Du musst alles sehen.*

Er konzentrierte sich auf die Fußspuren. Sie führten alle vom Haus fort, und er glaubte, fünf verschiedene

Spuren erkennen zu können. Das bedeutete, dass innerhalb der letzten Stunden fünf Menschen das Haus verlassen hatten und noch nicht wieder zurückgekehrt waren.

Er musste sich entscheiden. Sollte er sich in Keeper's House schleichen und versuchen, den jungen Obdachlosen zu finden, der sich Tommy nannte? Sollte er es riskieren, auf diesen Hunter zu stoßen, wer immer das auch sein mochte? Oder sollte er lieber hier auf die Rückkehr derer warten, die von hier weggegangen waren?

Er entschied sich fürs Warten.

In einem Hauseingang auf der gegenüberliegenden Seite vom Anfang der Gasse bezog er Stellung. Dort war er vor dem Schnee weitgehend geschützt, wenn auch nicht vor der Kälte. Er kauerte sich so klein wie möglich zusammen und senkte den Kopf, hielt aber den Blick auf den Eingang der Gasse gerichtet.

Und er wartete.

Nach einer halben Stunde war er starr vor Kälte. Nach einer Stunde konnte er kaum mehr klar denken. Ihm kam in den Sinn, dass der Ricky, der Felix nicht kannte, so etwas nie mitgemacht hätte. Er fror zu sehr, um auch nur mit den Zähnen zu klappern.

Sag mir doch noch mal, warum wir das hier machen.

Halt die Klappe, Ziggy.

Er beobachtete weiter.

Nach zwei Stunden kamen sie. Rickys Füße fühlten sich nicht länger an wie Eisklumpen. Er spürte sie überhaupt nicht mehr.

Sie waren zu dritt. Niedergeschlagen stapften sie durch den Schnee, die Hände tief in den Taschen vergraben. Keiner von ihnen bemerkte Ricky, der in dem Hauseingang kauerte. Er studierte sie aufmerksam. Er registrierte ihre Kleidung: alt, zerschlissen. Er erhaschte den einen oder anderen Blick auf ein Profil: misstrauisch, aggressiv. Ihr Schritt: müde. Er verglich sie mit seiner Erinnerung an Tommy vom Weihnachtsabend. Er war nicht dabei.

Und jetzt, Sherlock? Gehen wir hin? Fragen wir sie, ob sie wissen …

Moment! Wer ist das?

Aus der anderen Richtung kam jemand, den Ricky erkannte. Schlaksig. Mager. Vorstehender Adamsapfel und finsteres Gesicht.

Tommy.

Er sah aus, als würde er ebenso frieren wie Ricky, und auf seinen hochgezogenen Schultern lag Schnee. Seine Lippen waren blau, und Ricky glaubte, einen Blutfleck auf der Oberlippe unter der Nase erkennen zu können. Als Ricky ihm das letzte Mal gegenübergestanden hatte, in der Nebenstraße von King's Cross vor zwei Nächten, hatte er Aggressivität zur Schau getragen. Jetzt, wo er glaubte, unbeobachtet zu sein, wirkte er genauso wie alle anderen einsamen Kinder. Bevor er Felix kennengelernt hatte, hatte Ricky immer ein wenig Angst vor den Trash-Kids gehabt, doch im Augenblick tat ihm Tommy fast leid.

Trotzdem erinnerte er sich an Felix' Worte: *Du brauchst immer einen Fluchtweg.* Er sah sich um. Wenn es sein musste, konnte er die Straße in beide Richtungen davonlaufen …

»Tommy!«

Das Trash-Kid blieb abrupt stehen. Zuerst schien es, als habe er Ricky nicht mal gesehen. Als Ricky sich langsam erhob, starrte Tommy ihn an und Erkennen zeichnete sich in seiner Miene ab. Gefolgt von Verwunderung.

»Was willst du?«

»Ich brauche deine Hilfe.«

»Verschwinde hier, wenn du weißt, was gut für dich ist.«

»Ich hoffe, das Essen hat dir geschmeckt«, versuchte Ricky es. »Ich habe noch mehr davon.«

Tommy runzelte die Stirn. »Wofür hältst du mich? Deinen persönlichen Sozialfall?«

Das war wohl offensichtlich die falsche Methode. Spul ganz schnell zurück!

»Natürlich nicht! Weißt du, neulich, da habe ich ein Mädchen gesucht. Sie wird vermisst. Ich habe hier ein Bild von ihr ….« Er hielt es ihm hin, das gute Bild, auf dem Izzy blond und hübsch war und nicht die Spuren von Schlägen im Gesicht trug.

Einen Moment herrschte Schweigen. Tommy betrachtete das Bild und sah dann kurz weg.

Er hat sie gesehen. Das hast du ihm angemerkt. Er will es dich nur nicht wissen lassen.

»Was geht mich das an?«

Schmeichle ihm. Streichle sein Ego.

»Sie war auf deinem Gebiet. Ich wette, du weißt *alles,* was hier vor sich geht.« Tommy zuckte bescheiden mit den Schultern und Ricky fügte hinzu: »Du und Hunter.«

Tommy schien nach Luft zu schnappen und er sah Ricky noch misstrauischer an.

»Woher kennst du Hunter?«, fragte er finster. »Wenn du für die Polizei arbeitest …«

»Ich bin vierzehn, Tommy. Das ist ein bisschen jung für einen Cop, oder?«

Tommy runzelte die Stirn. »Ja«, meinte er, »vielleicht.«

Ricky ging zu ihm und lächelte ihm so zuversichtlich wie möglich zu. »Wo ist sie, Kumpel?«

Tommy sah sich – ein wenig nervös, wie Ricky fand – nach rechts und links um.

»Du solltest lieber mit Hunter reden«, sagte er und deutete auf Keeper's House. »Da entlang.«

Sie stapften durch den Schnee. Ricky spürte, dass Tommy etwas sagen wollte, sich aber zurückhielt, und versuchte ihn in ein Gespräch zu verwickeln.

»Was ist mit deiner Nase passiert? Sieht aus, als hätte sie geblutet.«

Tommy schien verlegen. »Ich habe versucht, eine Handtasche zu klauen«, erzählte er. »Die Frau ist mir nachgerannt, und ich bin im Schnee ausgerutscht und auf der Nase gelandet.«

»Puh!«, sagte Ricky. Danach gingen sie schweigend weiter.

Erst als sie vor der Tür von Keeper's House standen – einer großen Bogentür voller Graffiti-Tags, sagte Tommy wieder etwas.

»Wenn du was von Hunter willst, dann musst du ihm auch etwas dafür geben«, erklärte er. »Und leg dich nicht mit ihm an, denn dann legt er sich auch mit dir an, und zwar doppelt so heftig.«

»Verstanden«, nickte Ricky.

Aber was kannst du ihm geben?

Da fällt mir schon was ein.

Tommy zog die Tür auf und führte Ricky in einen dreckigen Flur mit abgeblätterter Tapete, wo ihn feuchte Luft empfing. Drinnen war es kaum wärmer als draußen. Links von ihnen befand sich eine Tür, die einen Spalt offen stand. Ricky folgte Tommy hindurch und eine dunkle Treppe hinunter. Von dort gelangten sie in einen schwach erleuchteten Keller, in dem die unterschiedlichsten Möbelstücke standen. Ricky entdeckte die drei Trash-Kids, die zum Keeper's House gegangen waren. Sie saßen zusammen mit sechs anderen Minderjährigen auf Sofas und Sesseln. Alle musterten ihn aufmerksam, als er eintrat.

Doch keiner von ihnen musterte ihn so aufmerksam wie der Mann, der aus dem Schatten einer Ecke des Raumes vortrat. Er war etwa sechzig, hatte eine Nase, die schon mehrfach gebrochen war, und gierige, wässrige Augen, die Ricky misstrauisch entgegensahen.

»Schon wieder nichts, Tommy?«, stieß er rau hervor. »Du machst dich nicht wirklich bezahlt, mein Junge.«

Tommy senkte den Kopf.

»Aber es scheint, als hättest du dem alten Hunter einen Gast mitgebracht. Stimmt's?«

Tommy antwortete nicht, und Ricky merkte, dass er Angst hatte. Alle in diesem düsteren Keller schienen Angst zu haben. Ricky eingeschlossen.

»Ich brauche Hilfe«, sagte Ricky und trat vor.

Auf Hunters Gesicht breitete sich ein gemeines Lächeln aus. »Habt ihr das gehört?«, fragte er die anderen. »Unser junger Freund hier braucht Hilfe.« Er trat an Ricky heran und baute sich so dicht vor ihm auf, dass er seinen schlechten Atem riechen konnte. »Das Dumme, mein Sonnyboy, ist nur, dass wir nicht in der Branche tätig sind, die Fremden hilft.« Dabei sah er sich zu den anderen um und grinste noch breiter und gemeiner. »Es ist eben so, dass wir genau das Gegenteil tun, nicht wahr, Leute?«

Im Raum erklang zustimmendes Gemurmel.

Ricky warf einen Blick zu Tommy hinüber, der leise *»Raus hier!«* hauchte.

Zu spät.

Für einen Mann in den Sechzigern war Hunter unglaublich schnell. Er ließ die rechte Hand vorschnellen und packte Ricky an der Kehle, drückte sie fest zu und stieß ihn gegen die Wand. Ricky spürte den Aufprall im ganzen Körper, während Hunter flüsterte: »Du hättest nicht herkommen sollen, Sonnyboy.«

Ricky konnte kaum atmen und schon gar nicht deutlich sprechen. Mit brennender Kehle flüsterte er: »Ich … ich habe etwas für Sie.«

Hunter grinste höhnisch. »Ach ja? Was bist du denn? Der beschissene Weihnachtsmann?«

»Echt … Ich habe etwas …«

Hunter lachte bellend. »Und was soll das sein, Sonnyboy? Was hast du so Erstaunliches anzubieten?«

Ricky rang nach Luft und keuchte: »Ihre Brieftasche!«

Im Raum wurde es still. Hunters wässrige Augen zogen sich zu schmalen Schlitzen zusammen. Langsam lockerte er den Griff um Rickys Kehle, und Ricky holte tief Luft, während Hunter seine Taschen abklopfte. Als er das Gesuchte nicht finden konnte, hielt Ricky die schwere schwarze Brieftasche hoch, die er, kurz bevor der alte Mann ihn an der Kehle packte, aus dessen Manteltasche gezogen hatte.

Es war, als hielte der ganze Raum den Atem an, darauf wartend, wie Hunter reagieren würde. Ricky reichte ihm die Brieftasche, die er an sich riss. Dann zog Ricky das Bild von Izzy Cole aus der Hosentasche und hielt es hoch.

»Ich suche dieses Mädchen«, erklärte er. »Ich denke, Sie wissen vielleicht, wo sie ist.«

Prüfend blickte er Hunter an. In dessen Augen blitzte es. Offenbar wusste er, wer Izzy Cole war, da war sich Ricky sicher.

»Und wenn es so wäre?«, fragte Hunter gefährlich leise.

»Ich stelle mir das so vor«, erwiderte Ricky. Er sah sich im Raum um, wo alle Augen auf ihn gerichtet waren. »Sie schicken die Jungen und Mädchen hier aus, um für Sie zu stehlen. Dafür bieten Sie ihnen eine Bleibe und Essen, damit sie nicht auf der Straße leben müssen.« Ricky schniefte und sah Hunter direkt in die Augen. »Ich bin der beste Taschendieb, den Sie je getroffen haben«, stellte er fest. »Ich bringe Tommy bei, wie man das macht, und er kann es dann den anderen zeigen. Und dafür lassen Sie mich mit dem Mädchen sprechen.«

Hunters Gesicht blieb ausdruckslos. Er wandte Ricky den Rücken zu und ging eine Weile auf und ab und inspizierte seine Brieftasche.

Plötzlich drehte er sich um. »Wenn ich herausfinde, dass du dein Cop bist …«, begann er.

»Er ist doch erst vierzehn, Hunter!«, warf Tommy ein und nutzte dasselbe Argument wie zuvor Ricky. »Natürlich ist er kein Cop!«

Hunter starrte Ricky abschätzend an. »Na gut«, stieß er hervor. »Geh mit Tommy raus. Wenn ihr mit genug Geld zurückkommt, können wir dir vielleicht helfen. Tommy und die Jungen sehen gelegentlich etwas, wenn sie unterwegs sind – stimmt's, Leute?« Als die anderen zustimmend murmelten, baute Hunter sich wieder vor Ricky auf. »Und wenn ihr mit leeren

Händen zurückkommt, solltest du dich hier lieber gar nicht erst blicken lassen. Hast du mich verstanden?«

»Ja«, antwortete Ricky ruhig. »Ich hab's verstanden.«

Zaubertricks

»Hunter ist ein harter Brocken, was?«, meinte Ricky zu Tommy, als sie durch den Schnee vom Keeper's House fortstapften. »Warum bleibt ihr bei ihm?«

»Das verstehst du nicht«, entgegnete Tommy, immer noch stirnrunzelnd.

»Versuch es doch.«

Tommy sah ihn von der Seite an und zuckte mit den Achseln. »Na gut. Die meisten von uns sind von zu Hause weggelaufen. Wir sehen wie Kinder aus – und wir sind Kinder. Wenn uns jemand dabei erwischt, wie wir draußen übernachten, liest uns die Polizei auf und wir werden wieder zurückgeschickt. Aber das will keiner von uns und Hunter weiß das. Er findet Orte, an denen wir bleiben können – Orte wie Keeper's House. Und solange wir für ihn stehlen, lässt er uns dort wohnen.«

»Und wenn ihr das nicht tut?«

»Schmeißt er uns raus.«

»Was für ein Gentleman.«

Sie bogen in die Brewer Street ein und stapften in Richtung Süden.

»Ist besser als die Alternative.«

Ricky erinnerte sich an das schmierige Zimmer, das er bei Baxter gemietet hatte. Ein grauenvoller Ort, aber er war dankbar dafür gewesen.

»Ich glaube, ich weiß, was du meinst«, sagte er.

»Wie auch immer.« Offenbar wollte Tommy nicht darüber reden.

»Weißt du, wo das Mädchen ist?«, fragte Ricky und sah dabei stur geradeaus. Doch seine Stimme klang ernst. Sie wussten beide, was auf der Straße mit Ausreißerinnen passieren konnte.

Tommy antwortete nicht und Ricky spürte etwas. Furcht? Hatte Tommy Angst davor, was Hunter tun würde, wenn er ihm diese Information gab? Wahrscheinlich, dachte Ricky, und entschied sich, ihn nicht zu drängen. Es war wohl am besten, wenn er Tommys Vertrauen erwarb.

Schweigend gingen sie ein paar Minuten, dann warf Tommy Ricky einen Seitenblick zu.

»Und was ist jetzt dein großes Taschendieb-Geheimnis?«, wollte er wissen.

Ricky brauchte einen Moment, um sich wieder auf dieses Thema zu konzentrieren. Aus den Monaten, die er auf der Straße verbracht hatte, wusste er darüber eine ganze Menge.

»Hast du schon mal einen Zaubertrick gesehen?«, fragte er.

»Ja«, sagte Tommy, »klar.«

»Nun, keiner verrät einem, dass es bei allen Zaubertricks eigentlich nur um das eine geht. Um Ablenkung. Der Zauberer bringt dich dazu, dich auf etwas anderes zu konzentrieren oder an etwas anderes zu denken, während er den eigentlichen Trick durchführt. In neun von zehn Fällen weiß er von Anfang an, welche Karte du dir gemerkt hast oder in welchem Hut das Kaninchen sitzt. Der Rest ist Ablenkung.«

»Und was hat das mit dem Stehlen zu tun?«

»Taschendiebstahl ist wie ein Zaubertrick. Es ist Ablenkung. Wenn du es schaffst, deine Zielperson abzulenken, ist die Sache gelaufen. Du kannst sie den ganzen lieben Tag lang beklauen.« Ricky merkte, dass Tommy ihm zuhörte. »Manchmal muss man sie nicht mal ablenken. Manchmal machen sie das selbst.«

»Wie meinst du das?«

»Willst du wissen, wo Taschendiebstahl am leichtesten ist?«

»Wo denn?«

»Heathrow, Terminal 2. Da gibt es ständig Verspätungen. Und dann suchen sich die Leute einen Sitzplatz, breiten ihre Sachen um sich herum aus – einschließlich ihres Handgepäcks – und stecken ihre Nase in ein Buch oder eine Zeitung. Es ist verrückt – man kann einfach in ihr Gepäck greifen und ihre Brieftaschen nehmen. Und meist haben sie auch noch viel Bargeld dabei, weil sie in den Urlaub fliegen wollen.«

Mittlerweile waren sie an der Shaftsbury Avenue angekommen. Dort waren mehr Leute unterwegs. Die meisten liefen in Richtung U-Bahn-Station Piccadilly Circus, die Schultern zum Schutz gegen den Schnee hochgezogen und die Arme voller Tüten mit Schlussverkaufs-Schnäppchen.

»Und wo noch?«, fragte Tommy. Er klang schon weniger mürrisch als zuvor.

»In der Nähe der Universität, besonders im Sommer. Die Studenten gehen in die Parks, um zu lesen und zu arbeiten. Sie sind genau wie die Urlauber. Sie breiten ihre Sachen aus und achten nicht groß darauf. Da kann man sich gut bedienen.« Er sah bedeutungsvoll zum Himmel. »Aber bei dem Wetter stehen die Chancen dafür ziemlich schlecht. An Tagen wie heute muss man selbst für ein wenig Ablenkung sorgen.«

Merkst du eigentlich, dass du schon wie Felix klingst?

Vielleicht ist das gar nicht mal so schlecht. Er ist ein guter Lehrer …

»Gehen wir hinunter zur U-Bahn«, forderte Ricky Tommy auf. »Ich will dir was zeigen.«

In der U-Bahn-Station wimmelte es nur so von Menschen. Der Boden war nass vom hereingetragenen Schneematsch, und viele Leute trugen Einkaufstüten von Läden aus der Regent oder Oxford Street bei sich, wo der nachweihnachtliche Schlussverkauf im vollen Gange war. Ricky und Tommy lehnten an einer Wand neben einer Karte der U-Bahn. Gleich daneben hing ein Plakat mit der Aufschrift: »Vorsicht, Taschendiebe!« Augenblicklich registrierte Ricky zwei Angestellte der

Bahnbetriebe, die sich fünfzehn Meter weiter auf zwei Uhr miteinander unterhielten, ansonsten entdeckte er niemanden in Uniform.

»So«, begann Ricky gerade laut genug, dass Tommy ihn über den Lärm hinweg verstehen konnte. »Woran erkennen wir, wo die Leute ihre Brieftaschen aufbewahren?«

Tommy sah ihn verständnislos an. »Keine Ahnung«, sagte er. »An einer Beule in ihren Jacken oder Hosen, denke ich.«

»Das ist eine Möglichkeit«, erklärte Ricky. »Aber ich habe noch eine bessere. Schau genau hin.« Er trat ein paar Schritte vor, setzte dann ein erschrockenes Gesicht auf und tastete sich ab. »Jemand hat meine Brieftasche gestohlen!«, rief er – nicht so laut, dass ihn die ganze Station hörte, aber laut genug, dass man ihn im Umkreis von vier oder fünf Metern verstand, und das waren ungefähr zwanzig Leute. Sie taten fast alle genau das Gleiche, als sie ihn hörten: Ihre Hände fuhren sofort zu der einen oder anderen Tasche, in Rucksäcke oder Handtaschen. Gleich darauf hatten sie Ricky gezeigt, wo ihre Geldbörsen waren.

Tommy stellte sich neben ihn.

»Hast du das gesehen?«, fragte Ricky leise.

»Ja«, antwortete Tommy und eine Spur von Bewunderung schlich sich in seine Stimme. »Cool!«

Ricky war in seinem Element. Dazu kam noch etwas. Er war zuvor schon ein guter Taschendieb gewesen, aber dank Felix' Training war er noch selbstsicherer geworden. Er war wachsam, registrierte alles, was um ihn herum vorging. Er schätzte, dass es nicht eine einzige Person auf dem Bahnhof gab, die er nicht hätte bestehlen können.

Im Augenblick hatte er seine Aufmerksamkeit auf einen schlanken Mann mit kurzem braunem Haar gerichtet. Seine Hand hatte seine hintere rechte Jeanstasche berührt. Daher wusste Ricky, dass dort sein Geldbeutel steckte.

»Halt dich hinter mir«, sagte er zu Tommy, »und sei bereit, eine Brieftasche von mir zu übernehmen.«

Ricky folgte seiner Zielperson dichtauf, als sie zur Fahrkartenschranke ging. Vor Aufregung wurde ihm der Mund ganz trocken. Es tat gut, so was mal wieder zu machen. Als der Mann vor der Schranke stehen blieb und seine Karte auf den Sensor legte, rauschte Ricky mit Absicht von hinten in ihn rein. Der Mann sah sich gereizt um.

»Es tut mir echt leid«, entschuldigte sich Ricky, »ich habe einfach nicht aufgepasst.«

Seine Entschuldigung schien dem Mann zu genügen, denn er wandte sich wieder der Schranke zu, die jetzt offen stand. Als er weiterging, zog Ricky ihm geschickt die Geldbörse aus der Hosentasche und reichte sie gleich an Tommy weiter, während die Schranke sich hinter dem Mann schloss.

»Zurück!«, zischte Ricky. Tommy und er tauchten in der Menge unter. Nach ein paar Sekunden blieben sie stehen, um ihr Opfer zu beobachten. Es stand oben an der Rolltreppe und tastete sich ab, wie es eben Ricky getan hatte, als er vorgegeben hatte, sein Geldbeutel wäre gestohlen worden.

»Er hat gemerkt, dass er beklaut wurde«, sagte Tommy.

»Ja«, stimmte Ricky ihm zu.

Am Gesicht des Mannes und an seiner Körpersprache merkte man, dass er Panik bekam.

Und zum ersten Mal überhaupt verspürte Ricky Gewissensbisse. Er erinnerte sich an etwas, was Felix zu ihm gesagt hatte: *Das weiß man nie so genau. Vielleicht überraschst du dich eines Tages noch selbst.*

Schuldgefühle, Ricky?

Vielleicht ein bisschen.

Erinnere dich dran, dass du es aus einem guten Grund tust! Du willst doch Izzy Cole helfen.

Er wandte sich an Tommy. »Diese Methode nenne ich die Drehkreuz-Blockade. Ich glaube nicht, dass er gemerkt hat, wie ich seine Brieftasche genommen habe. Aber selbst wenn, würde es keine Rolle spielen. Siehst du, er steckt auf der anderen Seite der Schranke fest und wir sind in der Menge untergetaucht. Hast du gesehen, wie ich ihn abgelenkt habe, indem ich in ihn reingelaufen bin?«

»Nicht gerade unauffällig«, fand Tommy.

»Natürlich nicht«, erwiderte Ricky. »Wenn es unauffällig wäre, wäre es ja keine Ablenkung. Komm, gehen wir wieder hoch auf die Straße. Ich kann dir noch ein paar Tricks zeigen.«

Und das tat er. Im Laufe der nächsten zwei Stunden erklärte Ricky Tommy, wie man den perfekten »angetäuschten Diebstahl« durchzog. »Einer von uns versucht ungeschickt, jemanden zu beklauen. Der merkt es und macht einen Riesenaufstand. Und wenn er dann nicht aufpasst, kommt der Zweite und klaut ihm tatsächlich das Geld.« Er erklärte ihm den »Wer bin ich?«-Trick. »Ich trete von hinten an das Opfer heran, lege ihm die Hände über die Augen und rufe ›Wer bin ich?‹ Wenn er sich umdreht, tue ich verlegen und erkläre, ich hätte ihn mit jemandem verwechselt. Und wenn derjenige durch die Entschuldigung abgelenkt ist, kommt man zum Zug.« Er verriet ihm auch das wichtigste Werkzeug eines Taschendiebs. »Eine schöne scharfe Rasierklinge. Damit machst du einen Schnitt in das untere Ende der Tasche deines Opfers und der Geldbeutel fällt einfach heraus.« Er zeigte ihm sogar den alten »Tollpatsch-Trick«, den er bei Felix vor so vielen Wochen versucht hatte. »Klappt gut bei uns Kids, weil er an die Hilfsbereitschaft der Opfer appelliert. Und ... äh, es funktioniert noch besser, wenn man ein bisschen Blut am Knie oder Ellbogen hat.«

Am Ende des Nachmittags hatten sie einen ordentlichen Fang zusammen. Fünf Brieftaschen mit über 300 Pfund in bar. Und in einer der Brieftaschen fand sich ein unerwarteter Bonus: In der Münztasche steckte ein Goldring mit einem kleinen Edelstein.

»Vielleicht ein Diamant«, meinte Tommy ehrfürchtig.

Ricky zuckte mit den Achseln. »Vielleicht«, sagte er und gab ihn Tommy. »Davon muss Hunter ja nichts erfahren, oder?«

Mit zitternden Händen nahm Tommy den Ring. »Da gibt es jemanden in der Chancery Lane«, sagte er. »Randolph heißt er – zumindest steht der Name über seinem Laden. Er ist ein Hehler – du weißt schon, einer, der alles Geklaute ankauft. Ich habe gehört, dass er für Schmuck gut zahlt und keine Fragen stellt …« Tommys Augen strahlten vor Begeisterung.

Bei Ricky war es anders. Jedes Mal, wenn er ihre Zielperson hatte weggehen sehen, unwissend, dass sie gerade ärmer geworden war, hatte er sich niedergeschlagener gefühlt. Er wusste, dass er gut war, aber wollte er tatsächlich damit seine Zeit verbringen? War er nicht eigentlich ein besserer Mensch? War sein Leben nicht besser geworden, seit er aufgehört hatte, von Diebstählen zu leben?

Es wurde langsam dunkel und es schneite wieder stärker.

»Gehen wir zurück zum Keeper's House«, schlug er vor. Er merkte, dass Tommys Laune augenblicklich schlechter wurde, doch er wusste, dass er eine Aufgabe zu erledigen hatte, und zwar, Izzy Cole zu finden.

In dem muffigen Kellerloch war alles unverändert. Hunters Trash-Kids saßen noch auf den alten Möbeln und es war immer noch kalt. Hunter drückte sich im

Dunkeln herum wie eine Spinne, die ihr Netz bewacht. Als Ricky und Tommy eintraten, schoss er hervor, und seine wässrigen Augen starrten sie plötzlich hell und gierig an.

»Und?«, wollte er von Tommy wissen.

Tommy machte seinen Rucksack auf und zeigte Hunter die fünf Brieftaschen. Der alte Mann begann sofort, sie zu filzen, zog das Bargeld heraus und ließ die Kreditkarten unbeachtet. Sorgfältig zählte er die Scheine und leckte sich nach jedem den Zeigefinger an. Als er fertig war, sah er Tommy scharf an.

»Hast du dir etwas davon genommen?«, fragte er.

Tommy schüttelte ein wenig nervös den Kopf.

Ricky fand, er sollte das Thema wechseln, und trat vor. »Es ist Zeit, dass Sie Ihren Teil unseres Handels einlösen, Hunter. Wo finde ich das Mädchen?«

Mit einem fiesen Grinsen trat Hunter an ihn heran. »Du bist ganz schön forsch, was?«, stieß er hervor. »Nun, vielleicht habe ich keine Lust, meinen Teil des Handels einzuhalten. Hast du daran schon mal gedacht?«

Ricky blieb ganz ruhig. »Natürlich habe ich daran gedacht«, erwiderte er. »Möchten Sie wissen, was ich entschieden habe?«

»Ich kann es kaum erwarten«, flüsterte Hunter gehässig.

Denk dir besser was Gutes aus, Ricky. Mit jemandem wie Hunter legt man sich nicht an.

Doch Ricky musste spontan handeln. Beim Sprechen behielt er aus den Augenwinkeln den Kellereingang im Blick. *Immer einen Fluchtweg haben.*

Er ist gierig. Gierige Menschen haben alle die gleiche Schwäche.

»Ich habe entschieden, dass Sie ein Geschäftsmann sind. Ich brauche gelegentlich ein Versteck. Keeper's House käme mir da sehr gelegen. Und jedes Mal, wenn ich komme, bringe ich Ihnen ein paar volle Brieftaschen mit. Das könnten Sie als regelmäßiges Einkommen betrachten.«

Hunter und Ricky sahen sich an. Dreißig Sekunden vergingen. Hunter sagte nichts, weil er offensichtlich noch unsicher war, ob er ihm trauen konnte.

Zeit für einen Bluff. »Na gut«, meinte Ricky und nickte Tommy zu. »War nett, mit dir zu arbeiten, Kumpel.« Dann drehte er sich um und ging in Richtung Treppe.

»Warte!« Hunter klang heiser.

Als Ricky sich umdrehte, sah er, dass sein Gesicht wutverzerrt war.

»Na schön«, zischte er und sah Tommy an. »Bring ihn zu ihr.«

Tommy nickte. »Hier entlang!«, forderte er Ricky auf.

Zu dessen Erstaunen wandte er sich nicht zur Treppe hin, sondern ging durch den Keller auf eine Tür an der gegenüberliegenden Wand zu.

Sie war die ganze Zeit hier?

Entweder das oder das ist eine Falle. Vielleicht versucht Hunter, dich irgendwohin zu locken, von wo du nicht entkommen kannst.

Ricky rührte sich nicht vom Fleck. Als Tommy den Raum halb durchquert hatte, sah er über die Schulter zurück.

»Komm schon«, forderte er ihn auf.

Zum zweiten Mal an diesem Tag spürte Ricky, wie sich alle Augen auf ihn richteten.

»Bring sie her«, verlangte er.

Niemand rührte sich, nur Hunter kniff die gierigen Augen zusammen.

Schweigen.

»Misstrauisch, was?«, meinte Hunter.

»Warum wohl …«, entgegnete Ricky. Jede Zelle seines Körpers schrie, er solle von hier verschwinden.

Hunter sah Tommy an. Dann nickte er.

Tommy ging weiter durch den Keller. An der Tür zögerte er kurz, dann machte er sie auf und betrat den angrenzenden Raum.

Es vergingen dreißig Sekunden.

Eine Minute.

Hunter ließ Ricky ebenso wenig aus den Augen wie die anderen Trash-Kids. Er spürte, wie die Narbe auf seinem Handrücken zu jucken begann.

Wir sollten machen, dass wir hier wegkommen. Da stimmt etwas nicht.

Moment! Ich höre was …

Das Geräusch kam aus dem Nebenraum. Die Tür ging wieder auf und Tommy betrat den Keller. Hinter ihm im Türrahmen erschien die Gestalt eines Mädchens.

Ricky bemühte sich, im Halbdunkel ihr Gesicht zu erkennen. Er bemerkte langes Haar … ungekämmt, matt, schmutzig. Außerdem blutunterlaufene Augen mit tiefen Ringen darunter. Aufgesprungene Lippen. Ein ängstliches, blasses Gesicht.

Sie lächelte nicht und sie rührte sich nicht. Aber das musste sie auch nicht. Ricky erkannte die Züge, die so sehr seiner toten Schwester ähnelten.

Aber das war nicht Madeleine.

Ricky hatte Izzy Cole gefunden.

Trident:

Hunter schlich sich an Ricky heran. »Sie wird Keeper's House aber nicht verlassen.«

»Und wenn sie es will?«

Hunter brach in ein gemeines Lachen aus. »Izzy, meine Liebe«, rief er dem Mädchen durch den Kellerraum zu. »Dieser Junge will sich mit dir unterhalten. Hast du Lust auf einen kleinen Spaziergang mit ihm?«

Izzy Cole schüttelte den Kopf. »Ich gehe nirgendwohin«, flüsterte sie. Ihre Stimme klang rau und schwach, und ihr Blick wanderte unruhig im Raum umher.

»Wie ich schon sagte«, grinste Hunter. »Sie wird hierbleiben.«

Ricky trat vor und seine Schritte machten das einzige Geräusch im Raum. »Ich möchte nur mit dir reden, Izzy. Ist das in Ordnung?«

Sie sah ihn unsicher an. Nach ein paar Sekunden nickte sie und verschwand wieder im Nebenraum.

»Du hast zehn Minuten«, warnte Hunter ihn. »Danach schmeiß ich dich raus!«

Der Nebenraum war kleiner, ungefähr zehn mal zehn Meter. Das einzige Licht rührte von einer nackten Glühbirne an der Decke. Auf dem Boden lagen dünne, schmutzige Matratzen. Hier schliefen Hunters Trash-Kids offensichtlich.

Izzy hockte in der hintersten Ecke auf dem Boden und hatte ihre Knie umschlungen. Mit großen, angstvollen Augen sah sie nicht Ricky an, sondern starrte irgendwo ins Nichts.

»Ich heiße Ricky«, stellte er sich vor. Er versuchte, freundlich und aufmunternd zu klingen, was an so einem Ort allerdings schwierig war.

Keine Antwort.

»Ich bin gekommen, um dir zu helfen.«

»Ich brauche keine Hilfe«, behauptete Izzy.

»Tut mir leid«, meinte Ricky und sah sich bedeutungsvoll um. »Aber danach sieht es nicht gerade aus.«

»Du hast keine Ahnung, wovon du redest«, flüsterte sie.

Ricky ging zu ihr und setzte sich neben sie. »Deine Eltern wollen, dass du nach Hause kommst«, sagte er.

Izzy lachte freudlos. »Haben sie das gesagt? Nun, ich gehe nicht zurück. Was geht dich das eigentlich an?«

Ricky antwortete nicht.

Izzy drehte ein wenig den Kopf, um ihn zu mustern. »Ich glaube, ich habe dich schon mal gesehen«, bemerkte sie leise.

Ricky nickte. »Am Weihnachtsabend vielleicht? Wenn du da am King's Cross gewesen bist? Mit einer Wollmütze, nicht wahr? Ich habe auch ein Bild von dir gesehen. Dein Gesicht war ziemlich übel zugerichtet. Jetzt sieht es wieder etwas besser aus.«

Izzy berührte ihre Wange. »Deshalb will ich nicht zurück«, flüsterte sie. »Wer bist du eigentlich? Hat dich mein Dad geschickt?«

»Nein.«

»Wer dann?«

Die Frage war schwer zu beantworten. Ricky entschied sich, es gar nicht erst zu versuchen. »Warum willst du denn nicht nach Hause?«, fragte er im Gegenzug.

»Das würdest du nicht verstehen.«

Ricky stand auf und begann, auf und ab zu gehen. »Ich bin auch von zu Hause weggelaufen«, erzählte er. »Vor achtzehn Monaten. Ich bin nie wieder zurückgegangen.«

Sofort merkte er, dass Izzy ihm aufmerksam zuhörte. »Warum?«

»Ich habe bei Pflegeeltern gelebt. Meine Eltern sind gestorben. Meine Pflegeeltern haben mich immer in so eine seltsame Kirche geschleift und behauptet, sie wollten meine Seele retten. Aber das war keine normale Kirche, sondern irgend so eine komische Sekte …«

»Zumindest haben sie dich nicht geschlagen«, meinte Izzy. »Mein Dad hat einfach …« Wieder berührte sie ihre Wange. »Bitte sag ihm nicht, wo ich bin.«

Ricky sah zur Tür. »Warum bleibst du bei Hunter?«, fragte er.

»Ich kann nirgendwo anders hin. Ich habe Tommy und ein paar von den anderen auf der Straße getroffen.

Sie haben gesagt, hier sei es sicherer, als allein auf der Straße …«

»Klar haben sie das«, murmelte Ricky. »Weißt du, was er macht? Hunter, meine ich. Weißt du, dass diese Kinder für ihn stehlen müssen?«

Izzy nickte. »Aber«, sagte sie leise, »er hat gesagt, ich könne auch einfach bleiben, ohne etwas dafür zu tun.«

Ricky zog eine Augenbraue hoch, doch Izzy schien selbst gemerkt zu haben, wie naiv sie klang.

»Wirst du meinem Dad verraten, wo ich bin?«, fragte sie.

Ricky zögerte. Er zog das Handy aus der Tasche.

Kurzwahl 1. Ruf sofort an!

Er nahm Izzys Hand und schrieb seine Nummer auf ihren Handrücken.

»Hunter ist ein Mistkerl«, sagte er. »Wenn du Hilfe brauchst, ruf mich an.« Er ging zur Tür.

»Du hast meine Frage noch nicht beantwortet«, rief Izzy ihm nach. »Wirst du es meinem Dad sagen?«

Ricky blieb stehen und sah über die Schulter zurück. »Natürlich nicht«, sagte er.

20:00 Uhr

Als Ricky in seine Wohnung zurückkam, wusch er sich als Allererstes. Er brauchte heißes, dampfendes Wasser, das die Kälte aus seinen Knochen vertrieb und den Schmutz und den Gestank von Keeper's House wegwusch. Erst als er sich nach der Dusche abgetrocknet und angezogen hatte, rief er Felix an.

»Ich habe sie gefunden.«

Einen Moment lang herrschte Schweigen in der Leitung.

»Das war sehr schnell, Coco«, erklärte Felix ehrlich überrascht. »Wo ist sie?«

»Sage ich Ihnen nicht.«

Damit legte er auf.

Er schätzte, dass es keine halbe Stunde dauern würde, bis Felix bei ihm auftauchte. Und er behielt recht. Dreiundzwanzig Minuten später summte es an der Tür. Ricky machte auf und trat beiseite, als Felix durch den Flur ins Wohnzimmer hinkte.

»Was soll das heißen, du sagst es mir nicht?«, fragte er ungewöhnlich erregt.

»Welchen Teil davon haben Sie denn nicht verstanden?«, entgegnete Ricky.

Felix runzelte die Stirn und sah ihn scharf an. »Das ist kein Spiel, Coco, das ist ernst!«

»Ja, ganz genau. Sie hatte einen Grund, von zu Hause wegzulaufen. Ihr Vater hat sie verprügelt. Ich werde nicht zulassen, dass Sie sie dorthin zurückschicken.«

»Du hast doch keine Ahnung, wovon du redest, Coco.«

»Nein!«, rief Ricky wütend. »*Sie* haben keine Ahnung, wovon Sie reden! Sie haben keine Ahnung, wie es ist, von jemandem verprügelt zu werden, der älter ist als Sie, jeden verdammten Tag … Genau das ist meiner Schwester passiert …«

Plötzlich brach Ricky ab. Felix hatte sein Hosenbein ein paar Zentimeter hochgezogen, sodass der untere Teil seiner Prothese zum Vorschein kam. Ricky starrte auf die dünnen Metallstäbe, die seine Knöchel mit dem Knie verbanden, und schämte sich plötzlich für seine Worte.

Felix ließ das Hosenbein wieder herunter. »Setz dich, Coco«, sagte er. »Setz dich, halt den Mund und hör zu.«

Ricky setzte sich auf den Rand des Sofas, während sich Felix ihm gegenüber niederließ.

»Es wird Zeit für dich, zu erkennen, dass die Welt tatsächlich komplizierter ist, als du glaubst. Bitte, Coco, hör einfach zu und widersprich dieses eine Mal nicht. Nun, glaubst du wirklich, du könntest in so einem Luxus leben und eine derartige Ausbildung erhalten, wie ich sie dir ermöglicht habe, ohne dass du etwas zurückgibst?«

Ricky sagte nichts.

»Ich habe dir das schon mal gesagt. Ich arbeite für eine streng geheime Regierungsabteilung. Und solange du hier in dieser Wohnung wohnst und wöchentlich Geld und Ausbildung erhältst, tust du das auch. *Du sagst nichts, Coco! Hör einfach zu!«*

Felix holte tief Luft. Offensichtlich war er wütend und versuchte, sich zu beruhigen. Ricky verspürte einen leisen Schauder – er vermutete, dass ihm das, was jetzt kam, nicht gefallen würde.

»Zu unserer Arbeit gehört es, junge Leute wie dich zu rekrutieren. Aber nicht einfach irgendjemanden. Sie müssen klug und vielversprechend sein. Sie müssen über Fähigkeiten verfügen, die ein wenig über das Normale hinausgehen. Und sie müssen junge Leute sein, deren Verschwinden niemand bemerken würde, oder falls doch, dass es niemandem etwas ausmachen würde. Das ist ein ziemlich klares Profil, Coco, und es passt genau auf dich. Ich bin gut darin, solche Jugendlichen aufzuspüren und sie für eine erste Kontaktaufnahme anzulocken – erinnerst du dich noch daran, was ich für ein gutes Ziel abgegeben habe, als du mich das erste Mal gesehen hast? Du hast mir nun bereits mehrmals bewiesen, dass du die Fähigkeiten für diese Arbeit in hohem Maße mitbringst. Deine Einstellung ist eine andere Sache, aber daran können wir arbeiten.

Jetzt fragst du dich wahrscheinlich, warum diese Abteilung junge Leute rekrutieren muss. Nun, es ergeben sich gelegentlich Situationen, in denen erwachsene Agenten auffallen würden. Unter diesen Umständen müssen wir uns auf Kinder verlassen. Wenn du einen Augenblick darüber nachdenkst, sollte dich das eigentlich nicht überraschen. Und wenn du noch ein wenig weiter darüber nachdenkst, dann sollte dir eigentlich klar werden, dass wir so kostbare Ressourcen nicht einfach dafür einsetzen, kleine Ausreißer wie Izzy Cole einzufangen. Nicht, wenn es dafür nicht einen sehr guten Grund gibt.«

»Und warum interessieren Sie sich so für sie?«, fragte Ricky mit ruhiger Stimme, weil er merkte, dass es hier um etwas viel Wichtigeres ging, als er angenommen hatte.

»Ich interessiere mich überhaupt nicht für sie«, erklärte Felix. Er klang ziemlich harsch. »Nicht im Geringsten. Aber ich interessiere mich brennend für ihren Vater.«

»Weil er sie geschlagen hat?«

Felix sah Ricky mit einem müden Lächeln an. »Nein, nicht deswegen.« Er stand auf und lief auf und ab. Er schien mehr zu hinken als normal, und Ricky fragte sich, ob sein Bein schmerzte. Doch das war nicht der richtige Zeitpunkt, danach zu fragen. »Sagt dir der Begriff ›Trident‹ etwas?«, fuhr Felix fort.

»Ich habe ihn schon mal gehört.«

»Weißt du, was Trident ist?«

»Nicht wirklich.« Am liebsten hätte er hinzugefügt: »Ich bin erst vierzehn, falls Sie es vergessen haben sollten.« Doch er schätzte, dass das im Moment nicht besonders gut ankommen würde.

»Dann hör gut zu, Coco. Trident bezeichnet die nukleare Macht von Großbritannien. Sie besteht aus vier Atom-U-Booten, die mit ballistischen D-5-Raketen bestückt sind.«

Das Wort »nuklear« verursachte bei Ricky Bauchschmerzen.

»Was ist eine ballistisches D-5-Rakete?«

Felix sah ihn durchdringend an. »Eine große«, antwortete er. »Jedes U-Boot verfügt über vierzig thermonukleare Sprengköpfe. Mindestens ein U-Boot ist ständig in britischen Gewässern unterwegs. Es ist jederzeit bereit, im Fall einer Provokation eine Rakete mit einer Reichweite von viertausend Seemeilen abzufeuern.«

Ricky schauderte. »Wird das je passieren?«

»Das will niemand. Es wird atomare Abschreckung genannt. Das soll heißen, dass uns niemand angreifen wird, solange wir die Atomwaffen haben, und solange auch unsere Feinde sie haben, werden wir auch sie nicht angreifen. Das funktioniert, weil nur ein Irrer einen Atomkrieg anfangen würde.« Felix sah Ricky durchdringend an und forderte ihn auf: »Schau aus dem Fenster, Coco. Sag mir, was du siehst!«

Ricky trat ans Fenster und sah auf London hinunter. Es war dunkel, und der Schnee fiel in dicken Flocken, die durch die Luft wirbelten und die Lichter der Stadt dämpften.

»Schnee«, sagte er. »Ich sehe nur Schnee.«

»Hast du schon mal den Begriff ›nuklearer Winter‹ gehört?«

Ricky schüttelte den Kopf, denn er wagte kaum noch zu sprechen.

»Wissenschaftler sind der Meinung, dass es nach einem größeren Atomunglück so etwas geben könnte. Die Luft füllt sich mit radioaktivem Staub, die Sonnenstrahlen werden abgeblockt und die Temperatur auf der Erde sinkt drastisch. Das wäre eine gigantische Klimaveränderung. Glaubst du, das hier ist starker Schneefall? Stell dir vor, wie es während eines nuklearen Winters wäre – vorausgesetzt man hat das Glück, die Explosion selbst zu überleben, und wird nicht von den Strahlen aufgefressen.«

»Ich verstehe«, sagte Ricky leise.

»Oh, sehr schön«, erwiderte Felix sarkastisch. »Wie sehr mich das doch freut. Also setz dich wieder, dann sage ich dir, was das mit Izzy Cole zu tun hat.«

Ricky setzte sich erneut aufs Sofa. Jetzt war ihm richtig schlecht.

»Die exakte Position jedes einzelnen Atom-U-Boots ist eine sehr sensible und streng geheime Information. Gelangt diese Information in die falschen Hände, könnte das unvorstellbare Konsequenzen haben.«

Ricky runzelte die Stirn. »Aber Sie haben doch eben gesagt, dass nur ein Irrer einen Atomkrieg anfangen würde.«

»Ganz genau. Dummerweise gibt es solche Menschen. Es gibt Terroristen oder Angehörige von Schurkenstaaten, die für die Ortungscodes der Atom-U-Boote jede Menge Geld zahlen würden. Und dieses Geld zahlen sie nur, wenn sie auch dazu bereit sind, diese Informationen entsprechend zu nutzen.«

Felix ließ Ricky Zeit, darüber nachzudenken, bevor er fortfuhr.

»Wir glauben, dass Jacob Cole, MP – Izzys Vater – an diese Codes gelangt ist und dabei ist, sie an den

Höchstbietenden zu verkaufen. Unsere Quellen vermuten, dass es vielleicht Russen sind, aber wir wissen noch nichts über sie.«

Ricky blinzelte.

»Du siehst überrascht aus, Coco. Sei es nicht. Es macht dir nichts aus, andere zu bestehlen, aber ich denke doch, dass du über gewisse moralische Vorstellungen verfügst. Du wirst schnell feststellen, dass manche Leute für Geld einfach *alles* tun.«

»Kann man diese Codes nicht einfach ändern?«, erkundigte sich Ricky.

»Natürlich. Und sobald das geschieht, wird Cole gewarnt sein.«

»Und warum … warum verhaften Sie ihn dann nicht einfach, oder so?«

»Damit seine Auftraggeber sich an jemand anders wenden, über den wir nicht Bescheid wissen? Danke, aber: nein danke. Außerdem steht Cole dem Premierminister sehr nahe. Der würde nie glauben, dass Cole zu einem derartigen Verbrechen fähig ist.« Er schüttelte den Kopf. »Manche Dinge sind zu wichtig, als dass man sie reinen Politikern überlassen könnte. Wir müssen sie ganz diskret selbst erledigen. Und darum muss ich Izzy Cole in die Finger bekommen. Wir wissen seit einiger Zeit, dass ihr Vater ihr gegenüber gewalttätig ist. Wir wissen, wie sehr sie ihn hasst. Deshalb ist sie für uns nützlich. Wir kennen jede Menge Gerüchte und Berichte über Jacob Cole, aber wir haben keine handfesten

Beweise. Aber genau die brauchen wir, wenn wir ihn vor Gericht bringen wollen. Seine Tochter muss ihn für uns ausspionieren. Sie muss Informationen sammeln, die uns helfen, zu beweisen, was er vorhat. Und an die Leute heranzukommen, mit denen er im Kontakt steht.« Er holte tief Luft, um sich zu beruhigen. »Für uns kam es sehr ungelegen, dass Izzy von zu Hause weggelaufen ist. Und deshalb musst du sie zu mir bringen. Das ist wichtig, Ricky. Wichtiger, als du dir möglicherweise vorstellen kannst.«

Damit lehnte sich Felix zurück und breitete die Arme aus, als wolle er sagen: Du bist dran!

Ricky ging wieder auf und ab. Er spürte, dass Felix ihn beobachtete. Er war durcheinander. Innerhalb von nur wenigen Minuten war das Leben plötzlich ernst geworden. Einerseits fragte er sich, ob das nicht alles nur ein schlechter Scherz war. Doch wenn er sich umsah, die schicke, hochmoderne Wohnung, in der er sich befand, dann wusste er, dass es stimmte. Niemand holte ihn aus der Armut und verschaffte ihm einen derartigen Lebensstil, ohne etwas dafür zu verlangen.

Er vertraute Felix. Er glaubte ihm. In seinem Kopf schwirrte es von U-Booten und nuklearen Wintern. Er bezweifelte nicht, dass Felix ihm die Wahrheit sagte. Wieder trat er ans Fenster und sah in den dichten, bedrohlichen Schneefall.

Dann wandte er sich um. »Nein«, sagte er.

Schweigen folgte.

Schließlich fragte Felix sehr ruhig: »Würdest du mir bitte erklären, warum?«

»Sie sagten, ich würde über gewisse moralische Vorstellungen verfügen. Nun, das hier ist eine davon: Meine ältere Schwester hat sich umgebracht, weil ihre Pflegeeltern ihr gegenüber gewalttätig waren. Sie hat sich umgebracht, Felix. Sie war nicht viel älter als Izzy Cole.« Ricky war entschlossen, nicht zu weinen, und starrte Felix erregt an. »Es ist nicht in Ordnung, Izzy Cole in ein Haus zurückzuschicken, wo sie geschlagen wird. Ich habe ihr Foto gesehen. Es war schlimm.«

»Aber die Codes, Coco.«

»Das ist ein Erwachsenenproblem. Sie müssen eine Erwachsenenlösung dafür finden und nicht ein paar Kids anheuern, die für Sie die Drecksarbeit machen. Vielleicht können Sie ja auch den tollen Agent 21 darum bitten, falls Sie ihn davon überzeugen können, dass es in Ordnung ist, wenn Erwachsene Kinder verprügeln.« Er sah sich im Zimmer um. Ja, es war schick. Warm. Gemütlich. Aber er hatte schon früher ohne so etwas gelebt und das konnte er auch wieder. »Ich bin fertig damit«, verkündete er und stapfte hinaus.

Er stürmte ins Schlafzimmer, steckte die Hand unter die Matratze und zog die Socke heraus, in die er wöchentlich sein Geld gesteckt hatte. Sie war leer. Ricky warf sie quer durchs Zimmer. Er wusste nicht, wie und wann sie geleert worden war, aber es machte ihn nur noch wütender. Entschlossener, zu gehen. Er hatte noch etwas Geld in der Hosentasche – ein paar Scheine und eine Handvoll Kleingeld. Das musste reichen.

Auf dem Nachttisch sah er das Einbruchswerkzeug liegen, das Felix ihm am ersten Tag gegeben hatte und mit dem er im Laufe der Zeit umzugehen gelernt hatte. Das konnte für einen Dieb nützlich sein. Er steckte es in den Rucksack und zog einen dicken Pullover und einen Mantel an. Dann setzte er sich noch eine Nike-Baseballkappe mit dem Schirm nach hinten auf.

Bist du sicher, dass du weißt, was du tust?

Ja. Es ist vorbei. Damit will ich nichts mehr zu tun haben.

Er ging noch einmal ins Wohnzimmer zu Felix.

»Du bringst deine Schwester nicht zurück, indem du Izzy Cole rettest«, sagte Felix ruhig.

Ricky hätte ihn am liebsten angespuckt.

»War nett, Sie kennengelernt zu haben. Und machen Sie sich nicht die Mühe, mir wieder jemanden hinterherzuschicken. Den würde ich doch nur abhängen.«

Felix antwortete nicht, daher wandte Ricky ihm den Rücken zu, stürmte aus der Wohnung und knallte die Tür zu.

Teil III

Izzys Flucht

23:30 Uhr

Mehr denn je hielt Ricky es für notwendig, auf mögliche Verfolger zu achten, als er aus dem Wohnhaus stürmte. Dieses Mal machte er sich nicht einmal die Mühe, zu verbergen, dass er nach ihnen suchte – ihm fehlte einfach die Geduld dafür. Er blieb einfach alle zehn Schritte stehen und sah sich um. Zu seiner eigenen Überraschung bemerkte er nichts Verdächtiges. Eine große Frau mit weißblonden Haaren warf ihm im Vorübergehen einen Seitenblick zu, doch gleich darauf war sie um die Ecke verschwunden. Ricky bemerkte sonst niemanden, der auch nur im Entferntesten auffällig wirkte.

Vielleicht ließ Felix ihn ja einfach gehen.

Es war eine eiskalte Nacht. Er konnte nicht auf der Straße bleiben. Er brauchte einen Platz zum Schlafen. Aber wo?

Du kannst immer noch in die Wohnung zurückgehen, wenn du mit deinem kleinen Wutanfall fertig bist.

Auf keinen Fall. Mit Felix bin ich fertig.

Ein Taxi mit leuchtendem Freizeichen kam ihm entgegengefahren. Ricky wollte schon die Hand heben, um es heranzuwinken, als ihm bewusst wurde, dass er jetzt nur noch sehr wenig Geld hatte. Also zog er sich die Baseballkappe mit dem Schirm nach vorn tief in die Stirn und lief zur U-Bahn-Station. An der Schranke wollte er seine Karte zücken, hielt aber plötzlich inne. Konnten Felix oder diese obskuren Leute, für die er arbeitete, vielleicht damit seine Spur aufnehmen? Es würde ihn nicht überraschen.

Er kaufte sich lieber ein Einzelticket und nahm einen Zug zum Piccadilly Circus. Dann lief er nur einen Steinwurf vom Keeper's House entfernt durch die Straßen von Soho, bis er zu einem belebten kleinen Café auf der Frith Street kam. Er wusste, dass es die ganze Nacht geöffnet hatte. Dort konnte er für den Preis von ein paar warmen Getränken bis zum Morgen bleiben.

Er setzte sich an das beschlagene Fenster und bestellte eine heiße Schokolade, an der er nippte. Auf dem Tisch lag eine kostenlose Zeitung. Er tat so, als lese er sie, doch in Wirklichkeit dachte er darüber nach, was er in den letzten Stunden erfahren hatte. Jacob Cole, MP. Atom-U-Boote. Es hörte sich an, als gehöre so etwas zum Leben eines anderen, nicht zu seinem. Was hatte er denn damit zu tun?

Du benimmst dich kindisch.

Krieg dich wieder ein. Ich bin *ein Kind.*

Und wie lange willst du das als Entschuldigung dafür anführen, dass du aus deinem Leben nichts machst? Was willst du werden? Der älteste Taschendieb der Stadt?

Halt die Klappe, Ziggy.

Die Stimme in seinem Kopf verstummte. Ricky nippte wieder an seinem Getränk und sah sich in dem Café um. Die unterschiedlichsten Leute saßen dort. Einige junge Pärchen, eine kleine Gruppe Teenager. In einer Ecke saß ein älterer Mann mit einem kleinen Espresso. Ein Junge in Rickys Alter, vielleicht etwas älter, mit einer verkehrt herum aufgesetzten roten Baseballkappe unterhielt sich mit einem blonden Mann mit ernstem Gesicht. Vielleicht sein älterer Bruder? Keiner von ihnen achtete sonderlich auf Ricky.

Er stellte fest, dass sein Gehirn im Aufzeichnungsmodus arbeitete. Felix hatte ihm beigebracht, dass es ständig so sein musste.

Die Tür ging auf und eine alte Frau schlurfte herein. Sie war wohl schon über siebzig, trug zerschlissene Kleidung und drückte eine volle Plastiktüte an ihre Brust. Sie setzte sich an den Tisch neben Ricky und zählte mit ihren schmutzigen Händen ein paar Münzen ab. Als sie sicher war, dass sie genug hatte, winkte sie einem Kellner. Sie tat Ricky leid. Sie hatte bestimmt nicht genug Geld, um bis zum Morgen hierzubleiben, und er fragte sich, wo sie wohl letztendlich die Nacht verbringen würde.

Vielleicht bist du ja doch nicht so herzlos, wie ich geglaubt habe.

Wovon redest du? Ich bin doch nicht herzlos.

Echt? Kam mir aber so vor. Dir scheint es doch nicht viel auszumachen, wenn Menschen sterben.

Sei nicht albern, Ziggy. Ich habe noch nie jemanden sterben lassen.

Ach, nein? Und was passiert, wenn die Codes für die Atom-U-Boote in die falschen Hände fallen? Wer, glaubst du, ist bei der Katastrophe, die darauf folgen könnte, schlimmer dran? Leute wie Jacob Cole, MP? Oder jemand wie sie?

Unwillkürlich starrte Ricky die alte Frau an. Dann sah er sich im Café unter den anderen Gästen um und stellte fest, dass die Stimme in seinem Kopf recht hatte. Er war nicht nur einfach vor Felix davongelaufen – sondern auch vor den anderen, ganz normalen Menschen, die keine Ahnung hatten, was vor sich ging. Gewöhnliche Menschen wie seine Eltern und Madeleine, wenn sie noch leben würden. Ihnen konnte er nicht helfen, aber er konnte wenigstens versuchen zu verhindern, dass auch andere ihre Familien verloren … Er konnte versuchen, das Richtige zu tun.

Du willst so tun, als sei es nicht dein Problem. Aber das ist es. Es bleibt nur die Frage, ob du etwas unternehmen willst oder nicht.

Ich werde Izzy Cole nicht zwingen, zu ihrem Vater zurückzukehren. Ich habe gesehen, was er ihr angetan hat.

Vielleicht muss das ja auch nicht sein. Vielleicht gibt es einen anderen Weg. Aber meinst du nicht auch, dass du die Entscheidung darüber Izzy Cole selbst überlassen solltest?

Die Stimme verstummte.

Ricky rührte in seiner heißen Schokolade. Dann stand er plötzlich auf und ging. Die Zeitung nahm er mit. Vielleicht bildete er es sich ein, aber er hätte schwören können, dass ihn der Junge mit der Baseballkappe angesehen hatte, als er ging.

Jacob Cole saß hinter seinem Schreibtisch im Arbeitszimmer im ersten Stock des Weißen Hauses. Ihm gegenüber rutschten zwei Polizeibeamte in Uniform ungemütlich auf ihren Stühlen hin und her.

»Mr Cole, fällt Ihnen wirklich kein Grund ein, warum Izzy fortgelaufen sein könnte?«, fragte einer von ihnen.

Cole presste die Lippen zu einem schmalen Strich zusammen und runzelte die Stirn.

»Wie ich Ihnen und Ihren Kollegen schon mehrfach erklärt habe«, sagte er sehr ruhig, »ist meine Tochter eine recht alberne und extrem hitzköpfige junge Dame. Etwas so Dummes zu tun, sieht ihr wirklich ähnlich. Wenn ich an Ihrer Stelle wäre, würde ich die ganze Nacht nach meiner Tochter suchen und jeden Stein umdrehen, anstatt hier um Mitternacht herumzusitzen und mir dämliche Fragen zu stellen!« Letzteres brachte er mit einer Betonung hervor, die die beiden Polizisten veranlasste, sich besorgt anzusehen. »Ich sollte vielleicht erwähnen, dass ich mit dem Polizeichef persönlich bekannt bin. Und ich bin durchaus bereit, mit ihm über den Grad der Inkompetenz zu sprechen, mit dem diese Untersuchung durchgeführt wird.« Cole erhob sich und stützte die Hände auf die Tischkante. »Finden … Sie … meine … Tochter!«, sagte er. »Nun, es ist schon reichlich spät. Bitte gehen Sie.«

Schweigend erhoben sich die Polizisten und verließen den Raum. Cole setzte sich wieder. Er kochte vor Wut. Wut auf diese idiotischen Polizisten und auf seine idiotische Tochter. Hatte sie eine Ahnung, was für Probleme sie ihm mit ihrer Dummheit bereitete? Ausgerechnet jetzt konnte er es absolut nicht gebrauchen, an vorderster Front in der Öffentlichkeit zu stehen. Über Weihnachten hatte er ihr Verschwinden noch aus den Zeitungen heraushalten können, aber wie lange würde das noch klappen?

Er nahm einen Schlüssel aus der Jackentasche und schloss damit die obere rechte Schublade seines Schreibtischs auf. Darin lag ein brauner Umschlag. Er nahm ihn nicht heraus, er berührte ihn nicht einmal. Er wollte nur sicher sein, dass er noch da war. Er schob die Schublade wieder zu und schloss sie sorgfältig ab.

Dann starrte er das Handy auf dem Tisch an und wünschte, es würde klingeln. Je eher er seinen Deal mit diesen Russen abschloss, desto besser. Wenn sie die Informationen hatten, konnten sie damit machen, was sie wollten. Er hatte dann sein Geld, und das war alles, was zählte.

In der Tür erschien seine Frau. Er bemerkte, dass sie wieder geweint hatte. Unter ihren Augen waren dunkle

Ringe. Hasserfüllt sah sie ihn an, sagte aber nichts und verschwand wieder.

Dumme Frau, dachte er. Vielleicht würde er sie verlassen, wenn der Deal abgeschlossen war. Er konnte behaupten, der Stress nach dem Verschwinden ihrer Tochter hätte sie auseinandergebracht. Dann hätte er das Geld ganz für sich allein.

Fünf Minuten, nachdem er das Café verlassen hatte, stand Ricky vor dem Eingang zum Keeper's House. Es hatte aufgehört, zu schneien, und seine Fußspuren waren die einzigen frischen in der Straße. In der Kälte sah er seinen Atem als Dampfwolke vor seinem Gesicht. Er spürte, wie sein Herz hämmerte. Es war ein Risiko, zum Keeper's House zurückzukehren. Die Trash-Kids konnten launisch sein. Und was noch schlimmer war: Hunter traute ihm nicht wirklich. Er würde ihn nicht zu Izzy lassen.

Trotzdem musste er es versuchen.

Er schlug die Zeitung auf und legte sie in den Schnee. Sorgfältig faltete er sie mehrmals in der Mitte, wie Felix es ihm gezeigt hatte, bis sie einen kräftigen Schlagstock abgab, mit dem er sich probehalber ein paarmal in die Handfläche schlug. Gut und stabil. Zweifellos hatten Hunter und seine Trash-Kids gefährlichere Waffen im Keller als diese, aber jetzt, wo er etwas zu seiner Verteidigung hatte, fühlte er sich ein wenig besser.

Die Haustür war unverschlossen und quietschte leise, als er sie öffnete. Lautlos schlich er sich in den Keller. An der Tür zum Kellerraum blieb er stehen und lauschte.

Stille.

Schlafen die alle? Vielleicht könntest du Izzy wecken, ohne dass die anderen es merken ...?

Ganz langsam drückte er die Tür mit der Spitze des Zeitungsschlagstocks auf.

Im Keller war es stockdunkel und Ricky konnte nichts hören außer gleichmäßige Atemzüge. Eine Minute blieb er völlig still stehen und wartete, bis sich seine Augen an die Dunkelheit gewöhnt hatten. Langsam konnte er dunkle Schemen im Raum erkennen: Möbel und schlafende Gestalten.

Automatisch teilte er den Raum in Würfel ein, die er einzeln sorgfältig absuchte und auf Bewegungen achtete. Doch er sah keine.

Das heißt aber nicht, dass sie alle schlafen. Sei vorsichtig! Wenn dich Hunter hier erwischt, wird er dich wahrscheinlich angreifen ...

Ricky schlich hinein. In seinen Ohren übertönte sein eigener Atem die Geräusche der anderen. Er bewegte sich ganz langsam, um das Geräusch seiner Schritte so weit wie möglich zu dämpfen.

Drei Meter.

Fünf Meter.

In der linken hinteren Ecke rührte sich jemand. Ricky erstarrte.

Dann war alles wieder still.

Er hielt den Blick fest auf die dunkle, verschwommene Form der Tür auf der anderen Seite gerichtet. Es kam ihm vor, als stehe sie leicht offen. Er schlich weiter leise darauf zu.

Nein!

Plötzlich legte sich von hinten eine Hand über seinen Mund. Instinktiv wollte er aufschreien, doch er schaffte es, ruhig zu bleiben, auch wenn sich seine Muskeln spannten, als wüssten sie von selbst, dass es zu einem Kampf kommen könnte. Er hob den Knüppel, um zuzuschlagen, wenn es sein musste …

Die Hand glitt zur Seite. Mit katzenhafter Gewandtheit drehte sich Ricky um und sah nur ein paar Zentimeter vor sich ein anderes Gesicht.

Tommy.

Tommy sah ihn misstrauisch an. Doch er hatte nicht Alarm geschlagen, was Ricky für ein gutes Zeichen hielt. Ganz langsam ließ er die Zeitung sinken und hob einen Finger an die Lippen.

Ganz, ganz leise hauchte Tommy: »Weck Hunter nicht!« Dann zog er sich ins Dunkel zurück.

Ricky holte tief Luft, um seine Nerven zu beruhigen, dann schlich er weiter zu der hinteren Tür. Leise schlüpfte er in den nächsten Raum und blieb einen Augenblick mit dem Rücken zur Tür stehen. Da er sich bei seinem ersten Besuch ohne große Anstrengung die Aufteilung des Raumes gemerkt hatte, wusste er, dass viele

Matratzen auf dem Boden lagen. Mit seinen scharfen Augen erkannte er ihre Umrisse in der Dunkelheit und umging sie vorsichtig.

Als er in der Mitte des Zimmers angekommen war, blieb er erneut stehen, denn etwas sagte ihm, dass er beobachtet wurde. Er sah auf und bemerkte, wie sich jemand mit dem Rücken zur Wand erhob. Es schien, als habe Izzy gewusst, dass er kommen würde. Vielleicht konnte sie aber auch nur nicht schlafen, und er hatte sie gestört, als er hereingekommen war? Auf jeden Fall hatte auch sie nicht Alarm geschlagen, daher ging er auf sie zu.

»Wir müssen reden«, flüsterte er, als er direkt vor ihr stand.

»Ich gehe nicht nach Hause«, stieß sie hervor.

»Ich weiß. Keine Angst, das will ich gar nicht. Aber können wir uns unterhalten? Draußen, nicht hier?«

Pause.

Langsam hob Izzy die rechte Hand und Ricky nahm sie. Sie war eiskalt und zitterte.

»Wir müssen ganz leise sein. Wir dürfen Hunter nicht wecken«, warnte er.

Vorsichtig führte er sie in den Hauptraum, wo er versuchte, Tommy im Dunkeln zu finden, was ihm aber nicht gelang. Immer noch Izzy an der Hand haltend, ging er auf die Tür zu.

Doch er hatte noch nicht einmal die Mitte des Raums erreicht, als alles plötzlich in hellem Licht erstrahlte.

Geblendet hielt sich Ricky den rechten Arm mit der Zeitung vor die Augen. Doch gleich darauf riss er sie wieder weg, weil er Izzy aufschreien hörte.

Fünf Meter entfernt von ihnen kam Hunter wie ein Irrer auf sie zugerannt. Sein Blick war wild und zornig und sein ledriges Gesicht war zu einer bösartigen Fratze verzogen. In der rechten Hand hielt er ein gefährlich wirkendes Messer. Ricky dachte an das letzte Mal, als jemand mit einem Messer auf ihn losgegangen war: Das war die Hexe aus dem Bloomsbury Park gewesen. Damals hatte Felix ihn gerettet. Doch jetzt war er auf sich allein gestellt.

»Lauf!«, rief er Izzy zu.

Sie taumelte zur Tür. Ricky registrierte, dass die anderen Trash-Kids langsam wach wurden. Er musste Hunter ausschalten, bevor einer von ihnen beschloss, dem Mann zu Hilfe zu kommen.

Hunter war noch drei Meter entfernt und hob den Arm, um zuzustoßen.

Wie hatte Felix das mit der Hexe gemacht?

Ricky stellte sich die Szene vor. Zuerst hatte er ihr mit dem Stock auf das Handgelenk geschlagen. Er hatte keinen Stock, nur die Zeitung.

Fast instinktiv handelte er. Hunter hatte ihn fast erreicht und wollte mit dem Messer zustoßen. Doch Ricky schlug ihm plötzlich mit aller Kraft seinen Schlagstock gegen das Messer. Der Aufprall war hart. Hunter schrie vor Schmerz auf und das Messer fiel klirrend zu Boden.

Raus hier! Schnell!

Ricky wirbelte herum. Izzy war bereits an der Tür, sah aber mit vor Schreck weit aufgerissenen Augen zu ihnen zurück.

»Lauf!«, rief Ricky und rannte los, während sich Hunter, immer noch vor Schmerz brüllend, nach dem Messer bückte.

»Schnappt sie euch!«, schrie Hunter.

Ricky bemerkte jetzt, wie sich mindestens zehn der Trash-Kids aufrappelten. Einer von ihnen war Tommy, doch er zögerte offensichtlich, Ricky anzugreifen. Aber er wusste, dass Tommy keine Chance hatte, wenn Hunter ihn dazu zwingen würde. Das hatte keiner von ihnen.

Izzy war bereits auf halbem Weg die Treppe hinauf und Ricky an der Tür. Doch Hunter und die Trash-Kids waren ihnen auf den Fersen. Einige von ihnen hatten Messer, und er konnte auf keinen Fall mit allen nur mit einer zusammengerollten Zeitung fertigwerden.

Wieder handelte er instinktiv. Er ließ die Zeitung fallen und steckte eine Hand in die Hosentasche. Als er sie wieder herausholte, hielt er einige Münzen darin.

»Du kannst dich hier nicht freikaufen, Sonnyboy«, knurrte Hunter.

Ricky ignorierte ihn. Was hatte Felix gesagt? *Aber wenn ich dir eine Handvoll Münzen kräftig genug ins Gesicht werfe, glaub mir, das wird Eindruck machen …*

Ohne zu zögern, warf er so hart wie möglich die

Münzen Hunter und seinen Jungen entgegen. Während er sich wegdrehte, hörte er mehrere von ihnen aufschreien. Doch er rannte schon weiter hinter Izzy her nach oben und nahm immer zwei Stufen auf einmal. Ein Blick über seine Schulter zeigte ihm, dass eines der Trash-Kids, ein kleiner Junge mit roten Haaren, bereits unten an der Treppe war.

»Lauf!«, zischte Ricky Izzy zu. »Lauf!«

Fünf Sekunden später stürmten sie raus aus Keeper's House. Izzy war bereits außer Atem, doch sie durften jetzt nicht stehen bleiben. Er packte sie an der Hand und zog sie zum Ende der Straße.

»Sie folgen uns!«, rief sie, als sie nach rechts in die Berwick Street bogen. »Sie verfolgen uns!«

»Renn weiter!«, keuchte Ricky und fügte hinzu: »Renn einfach geradeaus!«

Sie rasten die verschneite glitschige Straße entlang. Fast alle zehn Schritte drohte Ricky auszurutschen. Doch irgendwie schafften sie es, sich gegenseitig aufrecht zu halten. Je näher sie Piccadilly kamen, desto mehr Menschen waren unterwegs. Nach drei oder vier Minuten blieb Ricky stehen und sah sich mit brennenden Lungen um.

»Wir haben sie abgehängt«, japste er.

Izzy schnappte nach Luft. Und sie zitterte. Das wunderte ihn kaum, denn es war bitterkalt, auch wenn sie gerannt waren.

»Lass uns was Warmes trinken«, schlug er vor.

Izzy nickte dankbar und fragte dann: »Du wirst doch meinem Dad bestimmt nicht sagen, wo ich bin, oder?«

Ricky sah sie ernst an. »Lass uns reden«, meinte er.

Noch einmal sah er sich um, ob sie doch von den Trash-Kids verfolgt wurden, aber er konnte niemanden entdecken. Wortlos nahm er Izzy an der Hand und führte sie zu einem McDonalds in der Nähe.

Der tote Winkel

Im McDonalds war nicht viel los. Schließlich war es nach Mitternacht am zweiten Weihnachtsfeiertag. Ein paar betrunkene Jugendliche lärmten in einer Ecke, und alle anderen im Restaurant, insgesamt etwa fünfzehn oder zwanzig Personen, hielten sich von ihnen fern und vermieden es, in ihre Richtung zu sehen. Ricky meinte zu Izzy, sie solle sich an einen Platz neben der Tür setzen, und behielt sie im Auge, während er den Rest seines Kleingelds in Tee, Burger und Fritten investierte. Er wollte nicht, dass sie davonlief.

Doch das tat sie nicht. Hungrig verschlang sie alles, was er ihr vorsetzte. Während sie aß, sah Ricky aus dem Fenster. Trotz der späten Stunde und des Schneefalls herrschte in London immer noch eine Menge Betrieb. Ein roter Bus fuhr vorbei und zog eine Autoschlange hinter sich her. Bei dem schlechten Wetter fuhren alle vorsichtig. Ricky beobachtete einen dick eingemummten Radfahrer vorbeiwackeln. Gleich darauf fiel ihm ein zweiter Radler auf der anderen Straßenseite auf. Er hatte sein Rad gegen eine Laterne gelehnt und sich hingehockt, um etwas an der Kette zu reparieren.

Augenblicklich liefen Rickys Sinne auf Hochtouren. Was hatte Felix gesagt? *Niemand achtet auf einen Radler, der an seiner Kette herumwerkelt. Es bedeutet, dass du stundenlang an einem Ort bleiben und die Gegend beobachten kannst.*

Wahrscheinlich ist es nur ein ganz normaler Radfahrer, sagte die Stimme in seinem Kopf. *Du leidest unter Verfolgungswahn.*

Ricky prägte sich die Kleidung des Mannes gut ein – schwarze Daunenjacke, roter Schal. Wenn er ihn noch einmal sehen würde, würde er wissen, dass sein Misstrauen begründet war. Er wandte sich erneut Izzy zu und starrte sie unwillkürlich an. Sie sah Madeleine so ähnlich. Er wartete, bis sie die Hälfte ihres heißen Tees getrunken hatte, bevor er ihr eine erste Frage stellte.

»Glaubst du, dass dein Vater irgendetwas Illegales vorhat?«

Aufmerksam beobachtete er ihre Miene und achtete auf Anzeichen von Überraschung oder Ärger. Aber da war nichts. Doch sie antwortet auch nicht. Sie nahm nur noch einen Schluck Tee und sah ihn über den Rand der Tasse hinweg an.

»Ich glaube schon«, sagte Ricky.

Izzy stellte die Tasse ab. »Woher willst du das wissen?«

»Sagen wir, ich habe eine Quelle.«

»Eine gute Quelle?«

Ricky dachte an Felix, wie er wütend in der Wohnung

herumgehinkt war, und an alles, was er gesagt hatte. »Ja«, erwiderte er. »Eine sehr gute Quelle.«

Izzy senkte den Kopf. »Er ist ein Monster«, flüsterte sie. »Er denkt nur an sich.«

»Kannst du dich daran erinnern, dass er je etwas von …« Ricky senkte die Stimme, »… atomaren Positionscodes erzählt hat oder davon, dass er etwas mit Russen zu tun hat?«

Izzy riss die Augen auf und nickte. »Ich habe gehört, wie er am Telefon geschrien hat. Das war nur ein paar Stunden, bevor ich weggelaufen bin. Er hat mit jemandem namens Dmitri gesprochen und gesagt, dass der nichts bekommen würde, bevor er nicht sein Geld hätte.«

»Wie klang er dabei?«

»Echt wütend. Anschließend hatte er einen Riesenstreit mit Mum.« Sie senkte wieder den Kopf und berührte vorsichtig ihr immer noch geschwollenes Gesicht. »Das war, als er *das hier* gemacht hat.«

Ricky konnte seine Verachtung kaum unterdrücken für einen Mann, der seiner Tochter so etwas antat. Doch er verdrängte den Gedanken, während er überlegte, wie er Izzy alles erklären sollte.

Du könntest es ja mit der Wahrheit versuchen.

Das würde sie nie glauben.

Dann erzähl ihr nur so viel, wie du meinst, dass sie glauben würde.

Ricky runzelte die Stirn.

»Da sind diese Leute«, begann er. »Sie glauben, dass dein Dad etwas Schlimmes macht. Sie wollten, dass ich dich finde und dich dazu überrede, wieder nach Hause zu gehen, damit du ihm nachspionieren kannst. Sie brauchen handfeste Beweise für das, was er im Schilde führt.«

Izzy rutschte bereits von ihrem Stuhl und sah sich unruhig um, bereit, loszulaufen.

Ricky packte sie am Handgelenk. »Ich habe ihnen gesagt, dass ich das nicht mache. Niemand schickt dich nach Hause, wenn du nicht willst. Das verspreche ich dir.«

Das Mädchen entspannte sich ein wenig und setzte sich wieder.

»Aber hör mir zu«, fuhr Ricky fort. »Die Sache, die sie deinem Dad vorwerfen, ist wirklich schlimm. Es könnten eine Menge Menschen dabei zu Schaden kommen. Ich habe gedacht … Ich dachte, vielleicht …« Jetzt, wo er es aussprechen musste, klang sein Plan auf einmal lächerlich. Aber einen anderen Plan hatte er nicht, deshalb stieß er hervor: »Ich dachte, du könntest mir sagen, wie man am besten in das Haus deiner Eltern einbricht. Vielleicht kann ich ja irgendetwas finden.«

Izzy sah sich nervös um und starrte ihn dann an. »Wenn mein Dad dich in die Finger bekommt …«, flüsterte sie.

»Ich weiß«, antwortete Ricky leise. »Also, wenn du das nicht tun willst …«

»Könnte er ins Gefängnis kommen?«, fragte Izzy plötzlich energisch.

Ricky dachte einen Augenblick darüber nach. »Ja«, sagte er. »Ich glaube schon. Dann könntest du wieder zu deiner Mutter ziehen.«

Doch Izzy schüttelte den Kopf. »Auf keinen Fall. Sie ist genauso schlimm. Sie hat zugelassen, dass er mir das antut.« Entschlossen sah sie ihn an. »Rings um das Haus gibt es Überwachungskameras«, begann sie. »Vorne, hinten, überall. Dad glaubt, dass er das ganze Haus überwacht, aber es gibt einen toten Winkel. Man kann vom Ende des Gartens bis zur Hintertür kommen, ohne gesehen zu werden, wenn man den Weg kennt. Und ... *und* ...«, fiel es ihr plötzlich aufgeregt ein, »...als ich gegangen bin, habe ich einen Schlüssel in den Schnee geworfen. Wahrscheinlich liegt er noch dort.«

»Kannst du mir den Weg beschreiben?«

Izzy nickte. »Natürlich. Vom Gartentor aus geht man zehn Schritte, bis man zu einem Vogelbad kommt, dann ...« Plötzlich verstummte sie. »Es ist zu schwer zu beschreiben. Ich könnte den Weg mit geschlossenen Augen gehen, aber nur, weil ich ihn seit frühester Kindheit kenne. Es war eine Art Spiel.«

Enttäuscht nickte Ricky. Er sah aus dem Fenster auf die Shaftsbury Avenue. Die Busse fuhren vorbei und der Radfahrer mit der schwarzen Daunenjacke bastelte immer noch an seinem Rad herum. Es hatte wieder angefangen zu schneien.

Schnee.

Er hatte eine Idee.

»Ich muss dich um einen Gefallen bitten«, sagte er zu Izzy.

Jacob Cole, MP, saß allein in seinem Büro. Es war schon sehr spät und er war sehr müde. Doch sie hatten immer noch nicht angerufen. Er starrte das Telefon auf seinem Schreibtisch an und wartete angespannt auf das Klingeln. Doch es kam keins.

Er sah auf die Uhr. Es war ein Uhr morgens. Wie lange musste er noch darauf warten, dass diese verdammten Russen endlich Kontakt mit ihm aufnahmen?

Er seufzte schwer, stand auf und trat ans Fenster. Von seinem Büro sah man über den dunklen, tief verschneiten Garten. Er fragte sich, wo seine Tochter bei diesem Wetter wohl war. Es war ihre eigene Schuld, wenn das dumme Mädchen fror. Nach allem, was er für sie getan hatte.

Wieder setzte er sich an den Schreibtisch und starrte das Telefon an. Vielleicht war der Akku leer? Er stellte es aufs Ladegerät – auf keinen Fall durfte er diesen Anruf verpassen …

Izzy war von Rickys Vorschlag entsetzt. Er wusste, dass er schnell reden musste, um sie zu überzeugen.

»Du musst das Haus nicht betreten, versprochen. Und wenn etwas schiefgeht, dann helfe ich dir, zu fliehen.«

Izzy schloss die Augen. »Okay«, sagte sie schnell, als fürchte sie, sie könnte ihre Meinung sonst ändern. »Okay, wann machen wir es?«

»Würde es dir jetzt gleich passen?«

»Jetzt?«

»Es ist wichtig, Izzy. Ich habe das Gefühl, als dürften wir nicht viel Zeit verlieren.«

Fünfundvierzig Minuten später standen sie in einer engen, verlassenen Gasse mitten in Mayfair. Izzy zitterte, doch Ricky vermutete, dass es nichts mit der Kälte zu tun hatte. Fünf Meter rechts von ihnen befand sich ein schweres Tor, doch Izzy untersuchte die Mauer daneben.

»Ungefähr hier«, murmelte sie. Sie bückte sich und suchte im Schnee. Gleich darauf richtete sie sich auf und hielt Ricky einen Schlüssel entgegen. »Damit kommt man in die Küche«, erklärte sie. »Es gibt eine Alarmanlage, aber die ist nicht eingeschaltet, wenn sie zu Hause sind.« Sie sah zur Mauer hoch. »Von hier aus kann man es nicht sehen, aber oben ist Stacheldraht. Wir müssen vorsichtig sein.«

Ricky nickte. »Ich helfe dir hoch.«

Er stützte ihren Fuß, sodass sie leicht an der Mauer hinaufkam und ihre Beine hinüberschwingen konnte, um dem Stacheldraht zu entgehen. Für Ricky war es schwieriger, und er wünschte sich, dass zu Felix' Unterricht auch das Mauerklettern gehört hätte. Doch das hatte es nicht, also musste es so gehen. Er setzte seine

Kappe wieder verkehrt herum auf, damit sie ihm nicht im Weg war. Dann sprang er, so hoch er konnte, packte die schneebedeckte Mauer mit den Fingerspitzen und zog sich mit aller Kraft hoch. Als sein Kopf auf Höhe der Mauerkrone war, brannten seine Muskeln bereits. Doch er mühte sich weiter und ein paar Sekunden später konnte auch er seine Beine hinüberschwingen. Er versuchte, dem Stacheldraht auszuweichen, aber seine Jeans verfing sich darin und bekam einen weiteren Riss. Mit einem Plumps landete er neben Izzy.

Sie hatte sich in den Schnee geduckt und sah zum Haus hinüber, das groß und mächtig vor ihnen aufragte. Alle Lichter waren aus bis auf eines in der Mitte der Hausfront im ersten Stock. Das Fenster war breit und rechteckig, erstreckte sich vom Boden bis zur Decke und die Sonnenblenden waren beiseitegezogen, sodass sie dort eine Gestalt erkennen konnten, die in den Garten sah. Das Licht aus dem Zimmer schien auf den reinen, unberührten Schnee darunter, auf den die Gestalt einen länglichen Schatten warf.

Ricky stöhnte innerlich. Er hatte sich darauf verlassen, dass im Haus alle fest schliefen.

»Ist das dein Dad?«, fragte er.

Izzy nickte stumm. Sie zitterte immer noch. Er fasste nach ihrer Hand. »Er steht im Licht, wir im Dunkeln. Er kann uns nicht sehen, ja? Und sieh mal, es scheint kein Mond und es sind viele Wolken am Himmel. Wir sind so gut wie unsichtbar.«

Er war nicht ganz sicher, ob er das selbst glaubte, aber er musste auf jeden Fall Izzy überzeugen.

»Okay.« Izzy klang ein wenig heiser. »Sollen wir warten, bis er schlafen geht?«

Ricky überlegte. Das konnte bedeuten, dass sie die ganze Nacht warten mussten. Sie würden erfrieren, wenn sie die ganze Zeit hier hocken blieben. Außerdem könnte Izzy ihre Meinung möglicherweise ändern.

»Nein, wir müssen es jetzt durchziehen. Wer ist sonst wahrscheinlich noch im Haus?«

»Nur meine Mum«, antwortete Izzy. »Sie schläft aber, da bin ich sicher.« Sie blickte zu Boden. »Sie nimmt immer Schlaftabletten ...«

»Und es gibt kein ... wie sagt man ... Personal?«, unterbrach er sie.

Izzy schüttelte den Kopf. »Nachts nicht.«

»Okay. Wo ist das Schlafzimmer deiner Eltern?«

»Sie schlafen getrennt. Ihres ist im zweiten Stock gleich oben an der Treppe. Siehst du das Gaubenfenster? Das ist es. Ihr Ankleidezimmer ist gegenüber.«

»Und in welchem Zimmer ist dein Dad jetzt?«

»In seinem Büro. Er schläft im Zimmer nebenan.« Unvermittelt sah sie ihn scharf an. »Hast du so etwas schon mal gemacht? Du klingst, als wüsstest du, was du tust.« Sie schluckte. »Mein Dad ... Er plant etwas wirklich Schreckliches, nicht wahr?«

Er blinzelte, antwortete aber nicht. In seinem Kopf hörte er Felix' Stimme. *Du hast mir nun bereits mehr-*

mals bewiesen, dass du die Fähigkeiten für diese Arbeit in hohem Maße mitbringst. Deine Einstellung ist eine andere Sache, aber daran können wir arbeiten.

»Bist du sicher, dass es in diesem Teil des Gartens keine Überwachungskameras gibt?«, fragte er stattdessen.

»Definitiv.«

»Und man kann zur Küche kommen, ohne gesehen zu werden?«

Sie nickte.

Sie warteten eine Weile. Ricky behielt die Gestalt am Fenster im Auge. Ein paar Minuten lang verharrte Izzys Vater noch reglos, dann drehte er sich weg und ging ins Zimmer zurück. Das Licht blieb an, doch er spürte, wie sich Izzy entspannte.

»Bist du bereit?«

Wieder nickte sie.

»Dann los. Und sorg dafür, dass du deutliche Spuren im Schnee hinterlässt.«

Izzy schluckte schwer.

»Und du bist hier?«

»Die ganze Zeit.«

Sie lief zehn Schritte an der Mauer entlang und wandte sich dann nach rechts in den Garten. Ricky behielt sie im Auge, als sie um einen kleinen Gemüsegarten herumging. Mit dem anderen Auge achtete er auf das Fenster, und er glaubte, dahinter Bewegungen erkennen zu können, einen Schatten, der auf und ab ging – doch der Platz am Fenster blieb leer.

Jetzt schlich sich Izzy an einer alten Schaukel vorbei zu einem Blumenbeet. Dann war sie am Haus angekommen und lief vorsichtig zur Küchentür, wo sie stehen blieb. Von dort aus blickte sie zu Ricky zurück, konnte ihn aber offensichtlich nicht sehen. Dann drehte sie um und folgte exakt ihren Spuren zurück, wobei sie sich ab und zu umsah, ob ihr Vater wieder aufgetaucht war.

Das passierte, als sie gerade an der Schaukel war.

Izzy erstarrte. Ricky ebenfalls.

Jacob Cole starrte eine gefühlte Ewigkeit in den Garten. Ricky beobachtete ihn mit scharfen Augen. Es schien fast, als würde er den Garten absuchen.

Hatte er Izzy gesehen? Glaubte er, dass jemand eingedrungen war? Würde er die Spuren im Schnee sehen? Gott sei Dank verhüllten die Wolken den Mond …

Cole verschwand wieder in der Tiefe des Zimmers, und Izzy lief weiter, dieses Mal schneller. Offensichtlich war sie in Panik. Als sie Ricky erreicht hatte, ging ihr Atem schnell und keuchend.

»Glaubst du, er hat mich gesehen?«

Ricky sah wieder zum Fenster hoch, wo sich der Schatten drinnen weiterbewegte.

»Nein«, flüsterte er. »Ich glaube nicht. Ab jetzt kann ich übernehmen, wenn du lieber gehen willst«, bot er ihr an.

Sie sah zur Mauer hoch und dann wieder zum Fenster ihres Vaters. Ricky erwartete, dass sie gehen wollte, doch sie schüttelte den Kopf.

»Ich bleibe hier, nur für den Fall …«

»Okay. Aber wenn es so aussieht, als würde etwas schieflaufen, dann warte nicht darauf, dass dich dein Dad erwischt. Verschwinde.«

»Ricky?«

»Was ist?«

»Was suchst du eigentlich genau? Ich meine, ich weiß, du willst Beweise dafür finden, dass mein Dad etwas Illegales tut, aber wie sollen die aussehen?«

Die Frage hatte Ricky auch schon beschäftigt, und er beantwortete sie so ehrlich, wie er konnte. »Ich habe keine Ahnung. Ich hoffe, ich erkenne es, wenn ich es sehe.«

Er fragte sich, warum er das eigentlich allein tat, ohne Felix' Hilfe. Doch ein rascher Blick auf Izzy mit ihrer unglaublichen Ähnlichkeit mit seiner Schwester erinnerte ihn wieder daran. Er tat es für sie, nicht für Felix und seine Leute.

Ohne eine Antwort abzuwarten, richtete er seine Mütze so aus, dass sein Gesicht vom Schirm verborgen wurde, ging los und folgte den Spuren, die Izzy im Schnee hinterlassen hatte. Er bewegte sich mit Bedacht und achtete darauf, genau in ihren Spuren zu bleiben. Am Gemüsegarten vorbei … an der Schaukel vorbei … am Blumenbeet vorbei …

Stopp! Stehen bleiben! Da ist er!

Da war er wieder und sah aus dem Fenster. Von hier aus konnte Ricky ihn besser erkennen. Das schmale, verkniffene, unfreundliche Gesicht. Die forschenden Augen. Eine Minute lang blieb er stocksteif stehen, bis Jacob Cole wieder vom Fenster verschwand.

Weiter folgte er Izzys Spuren und setzte seine Füße sorgsam in die Abdrücke, die sie im Schnee hinterlassen hatte. Dann stand er vor der Küchentür.

Er sah sich um. Zu seiner Erleichterung stellte er fest, dass man Izzy am Ende des Gartens nicht sehen konnte. Doch wieder bemerkte er Jacob Coles Schatten auf dem Schnee, eingerahmt von dem hellen Lichtfleck, der durch das Fenster fiel. Er hatte das Gefühl, dass Cole nervös war – daher das Auf- und Ablaufen und das Aus-dem-Fenster-Starren. Aber aus welchem Grund?

Er nahm den Schlüssel, den Izzy aus dem Schnee gefischt hatte, und steckte ihn ins Schlüsselloch. Die Tür ging ganz leicht auf. Ricky betrat die Küche und schloss leise die Tür hinter sich.

Er war drinnen.

Ein Dieb in der Nacht

Das ist doch verrückt. Was machst du hier eigentlich?

Herumschnüffeln.

Wenn sie dich schnappen, bedeutet das: Polizei. Felix wird dir nicht helfen. Du bist abgehauen, und er weiß nicht mal, was du tust.

Dann sollte ich lieber dafür sorgen, dass man mich nicht schnappt.

Ricky wartete, bis sich seine Augen an die Dunkelheit der Küche gewöhnt hatten. Er roch das, was hier zuletzt zubereitet worden war, und merkte plötzlich, wie hungrig er war. Im McDonalds hatte er Izzy das meiste Essen überlassen – sie hatte es dringender gebraucht als er.

Konzentrier dich auf den Job! Du bist hier, um belastendes Material gegen Jacob Cole zu finden, nicht um etwas aus der Speisekammer zu mopsen.

Gerade wollte er die Küchentür hinter sich abschließen, als ihm Felix' Worte wieder in den Sinn kamen: *Du brauchst immer einen Fluchtweg.* Also ließ er sie unverschlossen und schlich auf Zehenspitzen durch die Küche. Er registrierte, wie Schnee von seinen Schuhen und der Hose fiel, doch der schmolz auf dem beheizten Fußboden sofort zu kleinen Pfützen.

Plötzlich knackte es laut.

Wie erstarrt blieb er stehen und sein Herz hämmerte.

Das ist ein altes Haus. Da hört man solche Geräusche nachts schon mal.

Ricky schnappte nach Luft und schlich weiter auf die Tür in der gegenüberliegenden Wand der Küche zu. Leise öffnete er sie und blickte in eine eichengetäfelte Eingangshalle mit einem großen Weihnachtsbaum. Die Lichter blinkten, und Ricky verspürte einen Stich in der Brust, als er sich an die Weihnachtsfeste aus seiner Vergangenheit erinnerte, mit seinen Eltern. Doch diese Zeit war lang vorbei. Unter dem Baum lagen noch Geschenke – die von Izzy, vermutete Ricky. Er fragte sich, wie lange sie dort wohl noch liegen bleiben würden.

Von der Halle aus führte eine gewundene Treppe nach oben und eine weitere Tür in einen dunklen Raum. Ricky schlich sich am Baum vorbei in dieses dunkle Zimmer.

Knack!

Wieder erstarrte er.

Nur das …

Ja, ich weiß, es ist nur das Haus.

Er befand sich in einem großen Wohnzimmer. Sofas, Kamin. Die Vorhänge waren zugezogen, doch es lag offenbar zur Straße hin, denn plötzlich wurde es durch die Lichter eines vorbeifahrenden Autos ein wenig erhellt. Sie ließen Rickys Schatten über die Wand huschen, verschwanden aber schnell wieder.

Rechts vom Kamin stand ein Schreibtisch. Ricky schlich darauf zu und untersuchte mithilfe der Würfelmethode, die Felix ihm beigebracht hatte, schnell alle Schubladen. Außer Briefpapier, einem Tintenfass und ein paar Büroklammern fand er nichts. Noch einmal durchsuchte er das Zimmer auf etwas, wo sich belastende Dokumente befinden konnten, doch da er nichts fand, ging er leise wieder hinaus.

Am Fuß der Treppe sah er nach oben und lauschte angestrengt. Sollte er hinaufgehen? Jacob Cole war noch wach. Je näher Ricky dem Raum mit dem Licht kam, desto größer war die Gefahr, erwischt zu werden … Er holte erneut tief Luft und schlich nach oben.

Im ersten Stock konnte er Licht unter der Tür von Jacob Coles Arbeitszimmer hervorscheinen sehen. Es war die dritte Tür rechts – eine von vielen, die von dem langen Gang abgingen. Im Flur selbst stand ein elegantes altes Sofa mit geschwungenen Beinen und gegenüber eine kleine Marmorstatue auf einem Sockel. Neben ihm führte die Treppe weiter in das nächste Stockwerk, wo Izzys Mutter schlief. Er überlegte, ob er hinaufgehen und das Haus von oben nach unten durchsuchen sollte. Eigentlich wusste er, dass, falls es etwas Belastendes gegen Jacob Cole gab, er es in seinem Arbeitszimmer finden würde. Doch dann erinnerte er sich daran, was Felix ihm gesagt hatte, als er den kleinen Schlüssel in der Wohnung nicht gefunden hatte. *Unsinn, wenn du überall gesucht hättest, hättest du ihn gefunden.*

Du musst überall suchen.

Leise schlich er die Treppe weiter hinauf.

Der Flur im zweiten Stock war kleiner als der im ersten, und Ricky erkannte, dass das hier der ausgebaute Dachboden war. In der Luft hing ein leichter Hauch von Parfum, und er registrierte nur zwei Türen, von denen eine ein Stück offen stand. Er ging zu ihr und spähte in den dunklen Raum. Er konnte ein Bett erkennen und hörte schweren Atem – es musste das Zimmer von Izzys Mutter sein. Wie groß waren die Chancen, dort belastendes Material zu finden? Gering, entschied er. Und in jemands Zimmer herumzusuchen, während derjenige schlief, war unglaublich riskant.

Er wich zurück und trat zur zweiten Tür, die leise quietschte, als er sie öffnete. Er schlüpfte hinein und verharrte still, um zu warten, ob das Geräusch jemanden geweckt hatte.

Stille.

Er spähte ins Halbdunkel. An einer Wand stand ein Frisiertisch mit Spiegel. Ein dicker, flauschiger Teppich. Zu beiden Seiten Kleiderständer. Und von hier kam auch der Parfumgeruch.

Das Ankleidezimmer von Izzys Mum?

Sieht so aus.

Du solltest wieder runtergehen. Hier sind nur Kleider und Schmuck.

Schmuck. Rickys Blick heftete sich auf die Frisierkommode. Leise schlich er darauf zu. Mehrere Schmuckkästchen standen darauf.

Alte Angewohnheit, was?

Ricky ignorierte die Stimme in seinem Kopf, wählte das größte Schmuckkästchen und löste die Schließe. Es öffnete sich wie eine Ziehharmonika und präsentierte drei Fächer, in denen jeweils Halsketten lagen. Ricky sprangen fast die Augen aus dem Kopf. Der Schmuck allein in dieser Schachtel musste Hunderttausende von Pfund wert sein.

Er würde nur ein Stück nehmen, entschied er. Wenn alles weg war, würde man auf einen Einbruch schließen, während man den Verlust eines einzelnen Stücks auch auf andere Art und Weise erklären konnte. Vielleicht wurde es nicht einmal bemerkt.

Dann hat sich Felix also geirrt. Du bist doch nur ein gemeiner Dieb.

Ricky wählte eine elegante Kette mit Diamanten. Ihm blieb keine Zeit, sie zu bewundern, er stopfte sie einfach in seinen Rucksack und schloss das Schmuckkästchen wieder. Kurz darauf schlich er aus dem Ankleidezimmer zurück auf den Gang. Immer noch konnte er den schweren Atem von Izzys Mum hören. Offensichtlich hatte er sie nicht gestört. Doch er entschied, dass er hier oben seine Zeit verschwendete. Wenn er etwas Nützliches finden wollte, musste er in Jacob Coles Büro im ersten Stock gelangen.

Das Dumme war nur, dass dort auch Jacob Cole war.

Von seinem Posten aus an der Treppe konnte er immer noch Licht durch den Spalt unter der Bürotür fallen sehen.

Nun, er würde eben warten müssen, bis Cole ins Bett ging, sich dann leise ins Arbeitszimmer schleichen und es gründlich durchsuchen.

Er spähte den Gang entlang und suchte nach einem möglichen Versteck. Vielleicht hinter dem eleganten Sofa? Oder sollte er sich in eines der anderen Zimmer schleichen. Vielleicht sollte er …

Plötzlich erstarrte er.

Cole hatte auf einmal das Licht ausgeschaltet und Ricky hörte Schritte zur Tür kommen. Leichtfüßig sprintete er an der Bürotür vorbei und kauerte sich hinter das Sofa. Er spähte über den Rand der Armlehne hinweg und verfolgte, wie die Tür aufging und Jacob Cole auf den Gang trat.

Mit angehaltenem Atem beobachtete er die Silhouette von Izzys Dad. Er hatte die Tür noch nicht hinter sich geschlossen, sondern stand nur ganz still im Gang.

Dann schaute er nach links zur Treppe.

Hat er etwas gehört? Vermutet er einen Eindringling?

Dann schaute Cole nach rechts, in Rickys Richtung.

Wenn du dich jetzt bewegst, auch nur das winzigste bisschen, wird er dich entdecken.

Ausnahmsweise widersprach er der Stimme in seinem Kopf nicht, sondern konzentrierte sich darauf, sich absolut ruhig zu verhalten.

Jacob Cole starrte eine gefühlte Ewigkeit in seine Richtung, obwohl Ricky klar war, dass es in Wirklichkeit höchstens ein paar Sekunden waren, bis er sich umdrehte und die Bürotür schloss. Mit einem satten Klang fiel sie ins Schloss. Dann schritt Jacob Cole ein paar Meter weiter zu seinem eigenen Schlafzimmer, ging hinein und schloss sich ein. Durch den Spalt unter der Tür fiel ein schmaler Lichtstreifen.

Ricky rührte sich ganze fünf Minuten lang nicht. Seine Handflächen waren schweißfeucht und am liebsten wäre er so schnell wie möglich zurück in die Küche gerannt und hinausgelaufen. Doch tief in ihm drin wusste er, dass er zumindest versuchen würde, das Büro zu durchsuchen, und das bedeutete, dass er noch ein wenig länger ausharren musste. Also wartete er, bis das Licht unter Coles Tür erlosch, bevor er aufstand und – ganz leise – zur Bürotür schlich.

Behutsam drückte er die Klinke hinunter.

Verschlossen.

Ricky fluchte innerlich.

Was ist das für ein Schloss?

Er berührte das Schlüsselloch unter der Klinke. Es war ein Zylinderschloss. Das bedeutete, dass er sein Werkzeug benutzen konnte.

Leise nahm er den Rucksack ab, holte die Pickpistole heraus und setzte ihn dann wieder auf. Er warf einen Blick auf Coles Schlafzimmer und lauschte angestrengt auf irgendwelche Geräusche. Doch da war nichts.

Ganz langsam, um keine unnötigen Geräusche zu verursachen, steckte er die Klinge der Pickpistole in das Schloss. Das Klicken, mit dem er den Abzug drückte, hallte ihm unnatürlich laut in den Ohren und ließ seine Hände noch feuchter werden.

Mach schnell auf, sonst weckst du ihn noch!

Ich mach ja schon, so schnell ich kann …

Dreißig Sekunden später hatte er die Tür geöffnet. Nicht zum ersten Mal in dieser Nacht war er dankbar für die Ausbildung, die er bei Felix erhalten hatte. Mit einem letzten Blick zum Schlafzimmer schlüpfte er in das Büro, und nachdem er sich vergewissert hatte, dass er die Tür von innen leicht wieder öffnen konnte, drückte er sie hinter sich zu.

Dank der großen, bodentiefen Fenster und des hellen Schnees draußen konnte Ricky, auch ohne Licht anzumachen, alles ganz gut erkennen. Er ließ sich einen Moment Zeit, um die Einrichtung des Raums zu begutachten. Auf einer Seite stand ein großer Schreibtisch mit einem Ledersessel dahinter und zwei weit weniger bequemen Stühlen davor. An den Wänden standen Bücherregale und ein riesiger antiker Globus thronte auf einem Sockel in einer Ecke. Er schlich zum Fenster, dessen vertikale Sonnenblenden weit offen standen, und spähte in den Garten. Von Izzy an der Mauer war nichts zu sehen, und auch die Fußspuren im Schnee konnte er nicht entdecken, worüber er sehr erleichtert war.

Er wandte seine Aufmerksamkeit wieder dem Schreibtisch zu. Er sah sehr ordentlich aus. Ricky trat um die beiden Stühle herum und betrachtete einen silbernen Rahmen auf einer Seite des Schreibtischs. Eigentlich hatte er ein Bild von Izzy erwartet, aber nein: Es zeigte Cole lächelnd neben dem Premierminister. Ein Lächeln, das einem einen Schauer über den Rücken jagte. Neben dem Foto lag ein Notizblock und ein Kugelschreiber. Ricky blätterte in dem Notizblock, doch Cole hatte nichts darauf notiert.

Mitten auf dem Tisch lag Coles Handy, das in einem Ladegerät steckte. Mit ein wenig zittrigen Fingern griff Ricky danach. Doch bevor er es berührte, hielt er inne und merkte sich den genauen Winkel, in dem es auf dem Tisch lag. Es wäre nachlässig, wenn er es nehmen und in einer anderen Position zurücklegen würde.

Dann nahm er es. Es war ein wenig warm, was vermuten ließ, dass Cole es eben noch benutzt hatte, entweder um zu telefonieren oder um im Internet zu surfen.

Auf diesem Handy könnten wichtige Informationen sein. Kürzlich gewählte Nummern, Webseiten, die er besucht hat.

Er wischte über den Schirm, woraufhin das Telefon ihn um einen Code bat. Er hatte keine Ahnung, welcher das sein könnte. Ricky erlaubte sich ein müdes Lächeln. Er hatte doch nicht wirklich geglaubt, dass es so einfach werden würde …

Er legte das Handy wieder an seinen Platz, ließ sich auf dem bequemen Ledersessel nieder und wandte seine Aufmerksamkeit den Schubladen zu.

Auf jeder Seite gab es vier davon. Nur die oberste auf der rechten Seite war verschlossen. Die anderen waren alle unverschlossen, daher zog Ricky sie leise nacheinander auf und durchsuchte ihren Inhalt. Doch wie bei dem Schreibtisch im Erdgeschoss enthielten sie nichts von Interesse – Büromaterial, alte Passbilder und zwei Schubladen waren vollkommen leer.

Ricky wandte seine Aufmerksamkeit der verschlossenen Schublade zu und fuhr mit dem Zeigefinger über das kleine Sicherheitsschloss. Bei dieser Art von Schloss nutzte ihm die Pickpistole nichts. Wenn er wissen wollte, was in der Schublade war, musste er den Schlüssel dazu finden.

Lächelnd erinnerte er sich an die allererste Lektion, die er von Felix erhalten hatte.

Konnte sich der Schlüssel zur Schublade irgendwo in diesem Raum befinden? Fast instinktiv sah er sich um und begann, den Raum in Würfel zu unterteilen. Wie lange, fragte er sich, würde er wohl brauchen, um ihn zu durchsuchen? Eine Stunde? Vielleicht etwas länger?

Plötzlich zuckte er zusammen. Im Gang draußen ging eine Tür und er hörte Schritte. Unter der Tür erschien ein schmaler Lichtstreifen.

Cole ist aufgestanden!

Einen Sekundenbruchteil lang war Ricky wie paralysiert. Erst als er den Schatten von Füßen an der Tür vorbeigehen sah, erlangte er wieder die Kontrolle über seinen Körper.

Wahrscheinlich geht er nur aufs Klo. Er kommt nicht mehr hier rein.

Du solltest dich trotzdem verstecken. Vorsichtshalber.

Krampfhaft sah Ricky sich im Raum um und suchte nach einem Versteck. Doch es gab keines. Keine Vorhänge, hinter denen er verschwinden konnte, keine großen Möbelstücke – abgesehen von dem Schreibtisch, an dem er saß …

Einen Moment lang verspürte er Panik. Panik, die sich noch vervielfachte, als eine Sekunde später das Handy auf dem Tisch anfing zu klingeln.

Es war laut. Sehr laut. Es klingelte nicht nur, sondern vibrierte und surrte auch auf der harten Oberfläche des Schreibtischs. Der Bildschirm leuchtete auf und erhellte das ganze Zimmer. *Unbekannter Anrufer,* stand dort. Jedes Mal, wenn es klingelte, rutschte es einen halben Zentimeter weiter über den Tisch.

Versteck dich! SCHNELL!

Plötzlich war das Klingeln nicht mehr das einzige Geräusch, das ihn in Panik versetzte. Sobald es begonnen hatte, waren auf dem Flur laute Schritte erklungen. Schnelle Schritte. Und dann klapperte es, als jemand einen Schlüssel ins Schloss schob.

Ricky hatte keine andere Wahl. Während das Handy weiterklingelte und jemand – wahrscheinlich Cole –

versuchte, hereinzukommen, ließ er sich auf den Boden gleiten und kroch unter den Schreibtisch. Dort kauerte er sich so klein wie möglich zusammen. Wenn Cole unter den Tisch sah, würde er ihn sofort entdecken. Nur wenn er auf etwas anderes konzentriert war, hatte er vielleicht eine Chance …

Die Tür ging auf. Das plötzlich aufflammende Licht brannte in Rickys Augen, während das Telefon weiterklingelte. Durch die geblendeten Augen sah er verschwommen Beine auf den Schreibtisch zugehen, nein, rennen. Ihr Besitzer trug einen Morgenmantel und Pantoffeln, doch Ricky sah knotige Knöchel und dünne Schienbeine.

Aus einem Meter Entfernung warf sich der Besitzer der Beine förmlich auf das Handy und stieß dabei mit großem Getöse die beiden Stühle beiseite. Ricky hielt den Atem an, als das Klingeln aufhörte und eine männliche Stimme sagte: »Hallo? Hallo? Ja, hier ist Cole. Sie sind spät dran. Sie hätten schon vor zwei Stunden anrufen sollen.«

Ricky wagte nicht, sich zu rühren. Cole stand direkt vor dem Tisch, kaum dreißig Zentimeter von ihm entfernt. Lautlos flehte er ihn an, sich nicht zu bewegen oder auf und ab zu laufen. Je weiter er sich vom Schreibtisch entfernte und in den Raum trat, desto leichter würde er Ricky entdecken. Und wenn er sich vorbeugte, um die umgestürzten Stühle aufzustellen, würde er ihn direkt ansehen.

Der Schweiß lief Ricky über den verkrampften Körper. Er wünschte sich, er hätte die Kette nicht gestohlen, doch diesen Gedanken verdrängte er, während er dem Gespräch lauschte, das über ihm geführt wurde.

»Morgen, sagen Sie? Ja, morgen kann ich es einrichten.«

Was kann er morgen einrichten?

»Sie wollen hierherkommen? Sind Sie verrückt, Dmitri? Das ist völlig unangebracht. Wenn Sie jemand sieht …«

Dmitri. Das war doch der Name, den Izzy erwähnt hatte.

»Auf keinen Fall«, fuhr Cole fort. »Wir werden uns an einem Ort *meiner* Wahl treffen, nicht Ihrer.« Es entstand eine Pause, während er einen Moment überlegte. »In der Nähe der Kilburn High Road gibt es ein Café, das Happy Valley. Da bin ich morgen früh um Punkt neun Uhr. Dort wird der Austausch stattfinden. Sehen Sie zu, dass Sie das Geld dabeihaben, Dmitri, denn ich lasse nicht mit mir spaßen!«

Ricky konnte die Stimme am anderen Ende schwach hören, doch sie verstummte, als Cole auflegte. Dann klapperte es, als er das Handy wieder auf den Tisch fallen ließ.

Rickys Lungen brannten, weil er den Atem angehalten hatte. Ganz vorsichtig atmete er aus. Und wieder ein. In seinen eigenen Ohren klang jeder Atemzug wie ein Sturm. Den Blick hielt er fest auf Jacob Coles

Unterschenkel gerichtet. Der Mann rührte sich nicht. Ricky stellte sich vor, wie er auf das Handy starrte und über das Gespräch nachdachte, das er soeben geführt hatte. Auch Ricky wunderte sich darüber. Wer war dieser Dmitri? Warum wollte Cole nicht, dass er zu ihm kam? Was würden sie im Happy Valley Café austauschen? Wofür sollte das Geld sein?

Wieder klangen ihm Felix' Worte im Gedächtnis: *Es gibt Terroristen oder Angehörige von Schurkenstaaten, die für die Ortungscodes der Atom-U-Boote jede Menge Geld zahlen würden. Und dieses Geld zahlen sie nur, wenn sie auch dazu bereit sind, diese Informationen entsprechend zu nutzen …*

Verschwinde! Bitte verschwinde!

Jacob Cole blieb eine volle Minute vor seinem Schreibtisch stehen. Dann ging er ohne Vorwarnung um den Schreibtisch herum und setzte sich in den Ledersessel.

Ricky wich seinen Beinen aus, die jetzt nur ein paar Zentimeter vor ihm unter dem Tisch standen. Dann hörte er das Geräusch eines Schlüssels im Schloss. Eine Schublade ging auf. Papier raschelte.

Es vergingen dreißig Sekunden, dann schloss sich die Schublade wieder und das Schloss rastete ein.

Hat er die Papiere wieder in die Schublade gelegt?

Was spielt das für eine Rolle? Wir haben nicht gehört, dass er einen Schlüssel gesucht hat. Das bedeutet, dass er ihn bei sich hat. Diese Schublade kriegen wir nie auf.

Während dieses Gespräch in Rickys Kopf stattfand, stand Cole auf, umrundete den Schreibtisch und ging auf die Tür zu.

Er geht!

Ricky erlaubte sich einen weiteren erleichterten Atemzug.

Doch die Erleichterung hielt nicht lange an.

Auf halbem Weg zur Tür blieb Cole plötzlich stehen.

Er drehte sich um.

Ricky konnte ihn jetzt von der Taille ab abwärts sehen. Doch konnte Cole auch ihn sehen?

Es vergingen zehn Sekunden, die ihm vorkamen wie zehn Stunden.

»Da ist nichts«, murmelte Cole schließlich leise, drehte sich weg und erreichte die Tür. Als er sie öffnete, schaltete er das Licht aus. Dann verließ er den Raum und ließ das Schloss hinter sich zuschnappen.

NI

Ricky überlief es heiß und kalt, als ihm klar wurde, wie kurz davor er gewesen war, entdeckt zu werden. Doch während er noch unter Coles Schreibtisch im Dunkeln hockte, stellte er auch fest, dass er jetzt eine Spur hatte.

Und was machen wir? Rufen wir Felix an und sagen es ihm?

Auf keinen Fall. Mit Felix bin ich fertig. Er wollte Izzy zu ihrem Vater zurückschicken, erinnerst du dich? Wenn wir irgendwelchen Dreck über Jacob Cole zutage fördern wollen, dann müssen wir das selbst in die Hand nehmen. Sonst wird Felix sie nur wieder nach Hause zurückschicken wollen.

Doch das Wichtigste zuerst. Er musste hier weg. In der Dunkelheit zusammengekauert wartete er weitere zehn Minuten. Erst als im Haus alles wieder vollkommen still war, wagte er sich unter dem Tisch hervor. Das Handy lag noch da. Vielleicht sollte er es stehlen? Nein. Wenn er das tat, würde Cole wissen, dass jemand da gewesen war. Ricky wusste zwar nicht genau, was er als Nächstes tun sollte, aber eines war klar: Wenn Cole vermutete, dass er belauscht worden war, würde alles viel schwieriger werden. Er versuchte es noch einmal mit der obersten Schublade, nur um sicherzugehen. Kein Glück. Sie war wieder abgeschlossen.

Also schlich er auf Zehenspitzen zur Tür und lauschte angestrengt daran, bevor er sie aufmachte. Der Flur war dunkel und leer. Leise ging er zur Treppe, wobei er dem Drang widerstehen musste, zu rennen, um so schnell wie möglich aus dem Haus zu kommen. Bei jeder knarrenden Bodendiele zuckte er zusammen. In der Halle überlegte er kurz, ob er Izzy nicht ein paar der kleineren Geschenke mitbringen sollte, die unter dem Baum lagen. Schließlich hatte sie kein großartiges Weihnachtsfest gehabt. Aber nein, mit dem Diebstahl des Schmucks von Izzys Mum war er bereits ein zu großes Risiko eingegangen und wünschte sich eigentlich, dass er es nicht getan hätte. Aber jetzt war es zu spät, um ihn zurückzubringen. Sein vordringliches Ziel war es, aus dem Haus zu kommen.

Die Küche kam ihm kälter vor als bei seiner Ankunft. Aber vielleicht bildete er sich das nur ein. Er lief zur Hintertür, trat hinaus und verschloss sie hinter sich wieder sorgfältig, bevor er den Spuren durch den Garten folgte, wobei er sich voll darauf konzentrierte, nicht von Izzys Spuren abzuweichen. Zwei Minuten später war er wieder bei ihr.

Sie war völlig durchgefroren und zitterte. Ihre Lippen waren blau. Auf ihrer Mütze und ihrer Kleidung lag eine dünne Schneeschicht. Doch sie schaffte es, ihn zu fragen: »Und? Hast du etwas gefunden?«

»Vielleicht. Alles in Ordnung mit dir?«

Sie nickte schwach, doch Ricky war klar, dass sie ins Warme musste, und zwar schnell. Er half ihr, wieder über die Mauer zu klettern. In der Gasse nahm er ihre Hand. Er zwang sie, zu rennen, mehr um sie aufzuwärmen, als dass es notwendig gewesen wäre. Sie liefen die Park Lane entlang und dann zum Marble Arch hinauf. Im Schatten des steinernen Bogens zupfte Izzy ihn am Ärmel, damit er stehen blieb. Er sah sie an und stellte fest, dass sie weinte.

»Kann ich nicht einfach wieder zu Hunter zurück?«

Ricky schüttelte grimmig den Kopf. »Ich habe den Eindruck, dass er es überhaupt nicht mag, wenn man nicht das macht, was er sagt. Aber es wäre sowieso nur eine Frage der Zeit gewesen, bevor er dich mit den anderen zusammen auf die Straße geschickt hätte. Und so willst du sicher nicht enden.«

»Wo soll ich denn hin?«, flüsterte sie. »Ich habe kein Geld … Das hat Hunter mir alles weggenommen …«

Ricky runzelte die Stirn. Sie hatte recht. Hunter war ein Mistkerl, aber zumindest hatte sie bei ihm ein Dach über dem Kopf gehabt und war vor der Kälte geschützt gewesen. Einen Augenblick überlegte er, ob er sie in die Wohnung bringen sollte, in der er die letzten Monate gewohnt hatte. Er könnte sich mit Felix versöhnen. Aber nein. Felix hätte keine Bedenken gehabt, Izzy wieder zu ihrem Dad zurückzuschicken, und Ricky hatte ihr versprochen, dass das nicht passieren würde.

Aber wo sollte sie hin? Es gab natürlich Obdachlosenheime in London. Aber wenn sie da auftauchte, würde man Fragen stellen und die Behörden kontaktieren. Und es gab natürlich noch andere Banden von Trash-Kids in der Hauptstadt, aber denen wollte er sie genauso wenig überlassen. Früher oder später würde sie wieder Hunter oder jemand anderes wie ihm in die Hände fallen.

»Ich gehe nicht nach Hause zurück«, flüsterte sie, als wäre das Rickys nächster Vorschlag.

»Ich weiß«, sagte Ricky leise. »Das verstehe ich.« Aber im Grunde fragte er sich, ob sie ihre Meinung nicht ändern würde, wenn ihr Vater aus dem Weg wäre …

Das Problem war nur wie immer das Geld. Ricky würde ihr gern geben, was er entbehren konnte. Nur würde das nicht reichen, um ihr für längere Zeit eine Unterkunft zu besorgen. Selbst wenn sie einen Ort finden würde, an dem eine Minderjährige unbehelligt wohnen konnte. Aber zunächst mussten sie ins Warme und Ricky brauchte Zeit zum Überlegen. Wieder nahm er ihre Hand.

»Komm mit«, sagte er.

Am Ende der Edgware Road winkte er einem Nachtbus. Er war ziemlich voll – sie schafften es noch, Sitzplätze ganz hinten zu finden. Zumindest war es hier warm. Nach fünf Minuten hörte Izzy auf, zu zittern. Sie wischte das Kondenswasser von der Scheibe und starrte hinaus in die dunklen Londoner Straßen.

»Öffentliche Verkehrsmittel sind gut«, erklärte Ricky. Er sprach leise, damit ihn die anderen Fahrgäste nicht hörten – nicht dass jemand auf sie geachtet hätte. »Man kann sich ein Tagesticket kaufen. Das ist viel billiger, als in irgendeinem schäbigen Gasthaus zu hocken. In der U-Bahn oder einem Bus ist es warm. Niemand stellt dir Fragen und es ist sicherer als auf der Straße.«

Er zog aus seiner hinteren Tasche drei Zwanziger heraus – das war fast sein ganzes Geld. Zwei davon reichte er Izzy.

»Wir bleiben in den Nachtbussen, bis die U-Bahn aufmacht«, schlug er vor. »Dann holen wir uns was zum Frühstücken und du kannst dir ein Tagesticket kaufen. Wir treffen uns mittags am Ticketschalter von Piccadilly Circus, wenn ich es schaffe. Gegenüber dem Ausgang zur Regent Street ist ein Zeitungskiosk.«

»Was soll das heißen, wenn du es schaffst?«

Ricky sah sie ernst an. »Ich muss noch was erledigen. Ich weiß nicht, wie es ausgehen wird. Wenn ich unser Treffen verpasse, komm am folgenden Tag zur gleichen Zeit an denselben Ort. Du hast genug Geld für Essen und Tickets, um es auch über die nächste Nacht zu schaffen. Geh nur nicht zurück zu Hunter, ja? Oh, und steck einen Teil des Gelds in deinen Schuh. Da ist es vor Taschendieben sicher.«

Sie sah ihn unsicher an, nickte aber und starrte dann wieder aus dem Fenster. Ricky schloss die Augen und gönnte sich ein paar Minuten Schlaf. In einigen Stunden hatte er eine Verabredung im Happy Valley Café und da musste er seine fünf Sinne beisammen haben.

Du könntest die Kurzwahl 1 wählen. Ruf Felix an! Er könnte das übernehmen.

Auf keinen Fall. Was ist, wenn es bei diesem Treffen um etwas völlig Harmloses geht? Dann würde ich ziemlich dumm dastehen.

Stolz, Ricky?

Schon möglich.

Doch Ricky war sich selbst gegenüber ehrlich genug, um sich einzugestehen, dass es mehr war als das. Er tat es für Izzy, nicht für Felix. Vielleicht auch für sich selbst. Denn wenn er Izzy allein retten konnte, dann würde er sich vielleicht – nur vielleicht – nicht mehr ganz so schuldig fühlen wegen Madeleine …

Jacob Cole war wie gewöhnlich bei Sonnenaufgang aufgewacht. Normalerweise zog er ein frisch gebügeltes Hemd, eine dezente Krawatte und einen gut sitzenden Anzug an. In Westminster fiel er in dieser Kleidung nicht sonderlich auf.

Heute nicht. Sein Treffen um neun Uhr würde in einer Gegend stattfinden, wo ein gut geschnittener Anzug unerwünschte Aufmerksamkeit erregen würde. Er war sogar ein wenig besorgt, dass die Jeans, die er nur selten trug, ein Designer-Etikett trug. Er entschied sich, das Hemd nicht in die Hose zu stecken – was er normalerweise ganz und gar nicht leiden konnte –, um es zu verdecken.

Um acht Uhr verließ er seinen Ankleideraum und warf einen Blick die Treppe hinauf nach oben, wo seine Frau noch schlief. Diese Tabletten würden dafür sorgen, dass sie bis mindestens zehn Uhr bewusstlos war, und dann wäre dieser Deal abgeschlossen. Cole wurde ein wenig aufgeregt. Nur noch zwei Stunden, dann hätte er mehr Geld, als er je ausgeben könnte.

Er betrat sein Büro. Doch bevor er die Papiere aus dem Schreibtisch nahm, stellte er sich einen Augenblick an das große Fenster und beobachtete, wie sich der Schnee dicht über den Garten senkte. Er erinnerte sich an Izzy als Kleinkind, die durch den Garten rannte und vor Vergnügen quietschte, wenn sie das Wasser aus dem Rasensprenger traf. Er verzog die Lippen. Wann war aus dem hübschen kleinen Mädchen nur so ein undankbares Gör geworden?

Plötzlich runzelte er die Stirn. Er glaubte, Spuren im Schnee erkennen zu können. Sie schienen von der Küchentür zu kommen und vorbei am Gemüsegarten bis zur Gartenmauer zu führen. Der Schnee hatte sie fast völlig zugedeckt, doch sie waren da. Er vermutete, dass ein Fuchs seinen Weg in den Garten gefunden hatte, und nahm sich vor, mit den Gärtnern darüber zu sprechen. Es musste doch eine Möglichkeit geben, diese verdammten Biester zu fangen und zu töten.

Er wandte sich ab und trat zu seinem Schreibtisch. Sein Handy lag noch dort und war jetzt vollständig aufgeladen. Er stöpselte es aus und steckte es ein. Dann sperrte er die oberste Schreibtischschublade auf. Die kostbaren Papiere lagen noch darin. Er nahm sie heraus, sah sie kurz ein letztes Mal durch und legte sie in einen Aktenkoffer, der an der gegenüberliegenden Wand des Zimmers gelehnt hatte. Er stellte die Ziffern am Zahlenschloss des Koffers ein – 839 463 – und schloss ihn sicher ab.

Bevor er ging, warf er noch einen Blick aus dem Fenster. Irgendetwas an diesem Fuchs beunruhigte ihn. Die Spur vom Ende des Gartens zur Küche verlief sehr gewunden. Wenn es tatsächlich ein Fuchs gewesen war, hätte er doch einen direkteren Weg genommen, oder?

Plötzlich verspürte Cole einen Schauer. Irgendetwas stimmte da nicht.

Er packte den Aktenkoffer, verließ das Zimmer und eilte die Treppe hinunter, immer zwei Stufen auf einmal nehmend. Dann lief er am Weihnachtsbaum vorbei in die Küche und von da aus in den Überwachungsraum.

Dort befanden sich drei Bildschirme, die alle deutliche Bilder vom Außenbereich des Hauses zeigten. Im Augenblick waren es Aufnahmen in Echtzeit, aber Cole wusste, wie man mit dem System umging. Wenn er früher vermutet hatte, dass seine alberne Tochter sich aus dem Haus schlich, hatte er sich die Aufnahmen der ganzen Nacht angesehen. Bei höchster Geschwindigkeit dauerte das bei jeder Kamera fünf Minuten. Sicher, es war ihm nie wirklich geglückt, Izzy zu erwischen, aber man konnte ja nicht vorsichtig genug sein …

Mit ein paar Knopfdrücken an der kleinen Tastatur ließ er die Aufnahmen rückwärts laufen. Der erste Bildschirm zeigte die Aufnahmen der Kamera an der Vorderseite des Hauses. Während er sie gespannt anschaute, bemerkte er eine Katze, die um 1:30 Uhr rückwärts durch den Bildausschnitt huschte. Eine Stunde zuvor war der große Garten ungefähr fünf Minuten lang ein wenig heller erschienen – auch wenn es bei Höchstgeschwindigkeit nur ein paar Sekunden waren. Er vermutete, dass auf der Straße ein Auto angehalten hatte und die Scheinwerfer eingeschaltet gewesen waren. Abgesehen davon hatte diese Kamera nichts zu bieten.

Er richtete seine Aufmerksamkeit auf den zweiten Bildschirm. Dieser zeigte die eine Hälfte des hinteren Gartens. Weitere fünf Minuten lang sah er zu, wie die Zeitanzeige rückwärts lief. Doch in dem konstanten Schneegestöber konnte er nichts erkennen, außer dass der schneebedeckte Boden etwas heller wurde, zu der Zeit, als er am Fenster gestanden und hinausgesehen hatte. Er konnte sogar seinen eigenen Schatten erkennen, der aus dem Fenster auf den Schnee fiel. Aber sonst nichts.

Kamera Nummer drei überwachte die andere Hälfte des hinteren Gartens. Cole betrachtete die Aufnahmen weniger aufmerksam. Vielleicht hatte er sich geirrt. Vielleicht gab es eine völlig logische Erklärung für die Spuren im Schnee. Wahrscheinlich war er nur aufgeregt wegen dem, was heute passieren sollte …

Plötzlich sog er scharf die Luft ein. Er hatte etwas entdeckt.

Hätte er zu diesem Zeitpunkt geblinzelt, wäre es ihm wahrscheinlich nicht aufgefallen. Es war nur ein kurzes Flackern am Bildrand. Er hielt die Aufnahme an und spielte sie dann Bild für Bild vor.

Es war ein Mensch. Er wusste es, obwohl er kein Gesicht erkennen konnte. Er sah nur den Kopf der Person, der für kaum eine Sekunde in die Erfassung der Kamera geraten war. Als er die Aufnahme anhielt, erkannte er, dass es im Garten tote Winkel geben musste, Stellen, an die die Kameras nicht reichten. Er grinste höhnisch – das würde die Sicherheitsfirma, die die Kameras installiert hatte, einiges kosten. Doch diesen Gedanken verdrängte er, während er das Bild anstarrte. Er konnte nur erkennen, dass der Eindringling eine Baseballkappe trug. Der Schirm verbarg sein – oder ihr – Gesicht. Auf dem Schirm konnte er nur ein *N* und ein *I* ausmachen.

Eine volle Minute lang starrte er das Bild an, ohne sich zu rühren. Was sollte er davon halten? Wer war dieser Eindringling? Er kniff die Augen zusammen.

»Izzy«, murmelte er leise. Denn wenn es in seinem Garten tote Winkel gab, wer könnte das dann besser wissen als sie? Sie war schließlich ein verlogenes, berechnendes kleines Biest. Zweifellos war sie ins Haus eingebrochen, um nach Geld zu suchen. Oder hatte einen ihrer kriminellen Freunde dazu überredet. Es war lächerlich, dass sie geglaubt hatte, sie würde ohne seine Großzügigkeit auskommen. Das klappte nicht.

Später würde er diese Aufnahmen der Polizei zeigen. Die hatten bislang herzlich wenig getan, um seine Tochter zu finden. Er freute sich richtig darauf, ihnen unter die Nase zu reiben, dass er in ein paar Minuten mehr zu ihren Nachforschungen beigetragen hatte als sie in mehreren Tagen. Und er war erleichtert, dass dieser Eindringling nichts mit seinem Geschäft mit Dmitri zu tun hatte. Wie auch? Es war nur ein Kind.

Mit einem Tastendruck kehrten die Monitore wieder zur Echtzeit zurück. Cole stand auf, strich sich die Kleidung glatt und ging zur Haustür. Damit würde er sich beschäftigen, wenn er zurück war. Dann hatte er den Aktenkoffer an die Russen ausgeliefert und war ein sehr, sehr reicher Mann.

Happy Valley

Ricky verfolgte, wie sich Izzy ein Tagesticket am Schalter beim Piccadilly Circus kaufte. Besorgt warf sie einen Blick über die Schulter zurück, als sie durch die Schranke zur U-Bahn ging. Dann verschwand sie in der Menge der Pendler.

Ricky sah auf die Uhr. Es war Viertel nach acht. Er unterdrückte ein Gähnen. Die Nacht war lang gewesen. Er hatte Izzy in den Nachtbussen Gesellschaft geleistet, während sie versuchten, im Warmen zu bleiben. Aber jetzt musste er hellwach sein. Er hatte noch fünfundvierzig Minuten, um rechtzeitig zu Jacob Coles Treffen um neun im Café Happy Valley zu sein.

Er schaffte es, in der vollen U-Bahn einen Sitzplatz zu ergattern. Während sie Richtung Kilburn zockelte, zog er sich die Baseballkappe tief ins Gesicht, schloss die Augen und versuchte, sich einen Plan zu überlegen. Er wusste, dass Jacob Cole sich mit dem Russen Dmitri treffen wollte. Er vermutete, dass noch mehr Russen dabei sein würden, und Cole würde ihnen die Nuklearcodes übergeben. Zumindest musste Ricky davon ein gutes Foto schießen: einen Beweis, dass Cole sein Land verriet. Und wenn möglich musste er die Dokumente in die Hände bekommen, bevor die Russen sie kriegten.

Kein Druck also. Hast du nicht zu Felix gesagt, das sei ein Erwachsenenproblem?

Ist es ja auch. Ich tue es für Izzy.

Für Izzy? Oder für Madeleine?

Ricky runzelte die Stirn. Es gefiel ihm nicht, welche Richtung die Unterhaltung in seinem Kopf nahm. Aber er wusste, dass er es tun musste. Er musste Felix beweisen, wozu er fähig war. Und jetzt, wo er wusste, was auf dem Spiel stand, konnte er nicht einfach davor weglaufen.

Er verließ den Bahnhof Kilburn High Road und stapfte durch den nassen Schneematsch. An der Schranke standen zwei Kontrolleure. Er ging auf sie zu und fragte sie nach dem Café Happy Valley. Einer von ihnen schüttelte den Kopf, aber der andere nickte. »Gleich hier raus, bieg bei der Drogerie ab und dann in die zweite links.«

Ricky bedankte sich, doch sie unterhielten sich bereits weiter.

Hier waren die Straßen nicht so voll wie im Zentrum. Er drehte den Schirm seiner Baseballkappe nach hinten und stapfte durch den matschigen Schnee auf die Drogerie zu.

Doch zwanzig Meter vom Bahnhof entfernt blieb er plötzlich stehen.

Langsam drehte er sich um.

Folgte ihm jemand? Es fühlte sich so an. Er suchte seine Umgebung ab, konnte aber nichts entdecken außer Fußgängern, die eilig an ihm vorbeigingen, die Köpfe gesenkt. Und weil er besser als die meisten wusste, dass jemand, der einen verfolgte, nicht unbedingt hinter einem sein musste, drehte er sich wieder um und sah nach vorn. Doch auch da entdeckte er nichts Verdächtiges.

Du bist nur nervös. Niemand verfolgt dich. Niemand weiß, wo du bist …

Bei der Drogerie bog er rechts ab. In dieser Nebenstraße waren nur noch wenige Menschen unterwegs. Und als er an die zweite Ecke kam und sich nach links wandte, war niemand mehr zu sehen. Dreißig Meter weiter lag das Café Happy Valley.

Er holte tief Luft. Dann ging er darauf zu.

Es hatte eine große Glasfront, an die in gelben Buchstaben um eine orange Sonne die Worte *Happy Valley* geklebt waren. Durch die Scheibe sah Ricky, dass nicht viel Betrieb herrschte. Nur zwei andere Gäste saßen dort – ihre farbbespritzte Kleidung ließ auf Handwerker schließen. Er erinnerte sich, dass heute der 27. Dezember war. Die meisten Leute hatten wohl noch Weihnachtsferien.

Die schwere Glastür quietschte ein wenig, als Ricky sie aufzog. Drinnen sah das Happy Valley genauso aus wie jedes andere schäbige Café. Er zählte acht Tische mit je vier roten Plastikstühlen. Auf jedem Tisch standen eine rote Flasche Ketchup, ein Salzstreuer und eine

Flasche Essig. In dem Versuch, das Café etwas freundlicher zu gestalten, hatte jemand eine schwere Glasvase voller Kunstblumen auf jeden Tisch gestellt. Doch das Glas war schmierig und die Blumen verstaubt, was das Café nur noch schäbiger aussehen ließ.

Die weißen Fliesen auf dem Boden waren abgetreten und gebrochen. Es roch nach Fett und Pulverkaffee. Vor Ricky, gegenüber der Tür, befand sich eine Küchendurchreiche. Von hinter dem Tresen lächelte ihn ein Mann mit einer blau-weiß-gestreiften Schürze einladend an, als er eintrat. Es schien ein lustiger Kerl zu sein, er war eher fett und hatte ein freundliches Gesicht. Sein Lächeln wirkte irgendwie deplatziert, doch Ricky musste unwillkürlich zurücklächeln. Hinter der Durchreiche dudelte laut ein Radio – Ricky hörte die Erkennungsmelodie eines Senders, dann folgte ein Popsong, den er nicht kannte.

Die Handwerker saßen direkt an der Durchreiche. Ansonsten konnte Ricky sich seinen Platz aussuchen, daher nahm er einen Tisch an der Tür. Von dort konnte er notfalls schnell verschwinden. Und wenn er sich mit dem Rücken zur Glasfront setzte, überblickte er das ganze Café. Egal, wo sich Cole und die Russen hinsetzten, er würde sie sehen.

Er versuchte, sich möglichst unauffällig zu verhalten, als er sich setzte. Doch tatsächlich ließ er den Blick durch den Raum gleiten auf der Suche nach Überwachungskameras. Er fand keine und verstand plötzlich, warum Jacob Cole diesen Ort gewählt hatte. Kaum jemand war da. Niemand würde erwarten, ihn hier zu sehen. Und falls jemand fragte, konnte er es einfach abstreiten. Was sollte er, ein wichtiger Politiker, an so einem Ort?

Mit einem Jungen, der ihn heimlich mit dem Handy aufnahm, würde er nicht rechnen. Ricky legte sein Handy auf den Tisch und las dann die verschmierte Speisekarte mit den Fettflecken. Zwei Minuten später kam der Mann hinter dem Tresen vor, um seine Bestellung aufzunehmen.

»Ein Schinkensandwich und einen Tee, bitte«, bestellte er, korrigierte sich dann aber: »Ach, machen Sie ein vollständiges englisches Frühstück daraus.«

Der Mann schmunzelte. »Siehst aus, als könntest du es vertragen, Junge«, meinte er.

Ricky nickte, aber in Wahrheit bedeutete eine größere Mahlzeit, dass es länger dauerte, sie zuzubereiten und sie zu vertilgen. Er wollte keine Aufmerksamkeit dadurch erregen, dass er in einem Café saß, ohne etwas zu essen.

Er sah auf die Uhr. 8:55 Uhr. Jeden Moment mussten Cole und die Russen hereinkommen.

Dreißig Sekunden später kam sein Tee.

Und dreißig Sekunden danach ging die Tür auf.

Jacob Cole hatte die Stirn gerunzelt. Nachdem er das Café mit einem ledernen Aktenkoffer in der Hand betreten hatte, blieb er einen Augenblick stehen und sah sich um. Ricky stellte fest, dass er den Jungen, der keine zwei Meter von ihm entfernt saß, kaum beachtete. Einen Augenblick lang blieb Coles Blick auf den Handwerkern an der Durchreiche hängen und der Anblick ihrer schmutzigen Kleidung entlockte ihm ein verächtliches Grinsen. Dann setzte er sich in die hinterste Ecke, stellte den Aktenkoffer auf den Stuhl neben sich und nahm die Speisekarte zur Hand. Doch Ricky sah, dass er sie nicht las. Er blickte sich über den Rand der fettigen Karte nur im Raum um.

Ricky nahm sein Handy und tat, als suche er etwas im Internet. Tatsächlich öffnete er die Kamera-App und schaltete auf Video-Modus. Wenn er sie in einem Winkel von knapp fünfundvierzig Grad von der Durchreiche ausrichtete, hatte er Cole genau im Blickfeld.

Aus der Durchreiche erklang ein Song, den er kannte, als sein Frühstück kam. Die Handwerker waren mit ihrem fertig, standen auf und gingen. Jetzt waren nur noch Ricky, Cole und der Mann hinter dem Tresen da, der ihm sein englisches Frühstück brachte.

»Hau ordentlich rein, Kleiner«, sagte er.

Sobald der Teller vor ihm stand, lehnte Ricky sein Handy im richtigen Winkel gegen die Teetasse, sodass er Cole und jeden, der bei ihm am Tisch saß, aufnehmen konnte. Dann schaltete er den Bildschirm aus, damit niemand, der das Café betrat, erkennen konnte, was er vorhatte, bevor er sich seinem Frühstück widmete.

Er kaute gerade an seinem Toast und Cole hatte extrem unwirsch einen Kaffee bestellt, als die Tür erneut aufging. Zwei Männer traten ein. Sie waren beide sehr breitschultrig – Ricky dachte sofort, dass er sich auf keinen Fall mit einem von ihnen anlegen wollte. Einer hatte rabenschwarzes, recht strubbeliges Haar. Der andere war blond und hatte einen sehr kurzen Haarschnitt. Wie Cole hatte auch er einen Aktenkoffer dabei, doch sah er wesentlich robuster aus als der des Politikers. Er war aus Metall und wirkte ziemlich schwer.

Keiner von ihnen lächelte, als sie sich im Raum umsahen. Und wie Cole schienen sie Ricky, der sich konzentriert mit seinem gebratenen Speck befasste, kaum zu bemerken.

Die beiden Russen – Ricky war sofort klar, dass sie es sein mussten – schienen das ganze Café auszufüllen, als sie zu Jacob Coles Tisch gingen. Izzys Dad mit seinem schmalen, verkniffenen Gesicht wirkte im Vergleich zu ihnen winzig. Er breitete die Hände aus, um anzudeuten, dass sie sich setzen sollten. Während sie es taten, schaltete Ricky seine Kamera ein und drückte auf *Aufnahme*. Dann beschäftigte er sich weiter mit seinem Frühstück und betrachtete auf dem kleinen Bildschirm verstohlen, was vor sich ging, während er sich angestrengt bemühte, jedes Wort ihrer gedämpften Konversation zu verstehen.

Der Blonde sprach zuerst. Mit russischem Akzent. »Ihr Koffer enthält …«

»Ja, Dmitri«, unterbrach Cole ihn. »Er enthält die Zeitpläne.«

Die Russen schmunzelten über Coles verschlüsselte Ausdrucksweise. Sie schienen weit weniger nervös zu sein als er. Der Schwarzhaarige sah über die Schulter und schrie »Kaffee!« in den Raum. Ricky bemerkte den Anflug von Verärgerung auf dem Gesicht des freundlichen Manns hinter dem Tresen. Cole hatte mittlerweile den Aktenkoffer auf den Tisch zwischen sich und Dmitri gelegt.

»Machen Sie ihn auf«, verlangte Dmitri.

»Sobald ich mein Geld habe.«

Dmitri lächelte und nahm einen Speicherstick aus der Innentasche seines Jacketts. »Das Geld wurde auf ein nicht zurückverfolgbares Konto in der Schweiz überwiesen. Die erforderlichen Bankdaten und alle sicherheitsrelevanten Informationen dazu finden Sie hier.«

Cole betrachtete den Speicherstick misstrauisch und nahm ihn mit offensichtlichem Widerwillen entgegen. Ricky hatte den Eindruck, dass er eigentlich Bargeld erwartet hatte.

»Und jetzt machen Sie den Aktenkoffer auf«, verlangte Dmitri.

Cole sah ihn ausdruckslos an, stellte dann den Zahlencode am Schloss seines Aktenkoffers ein und machte ihn auf. Die Akte, die er dem Russen reichte, war sehr dünn, doch Dmitri behandelte sie, als sei sie das Kostbarste auf der Welt.

»Papier?«, fragte er. »Wie altmodisch.«

»Papier ist heutzutage sicherer als elektronische Daten«, verkündete Cole und sah den Stick bedeutungsvoll an. Als er seine Tasche schloss und auf den Boden stellte, legte Dmitri seinen Koffer auf den Tisch, machte ihn auf und legte die Mappe hinein.

»Sie werden feststellen, dass sich in dem Ordner noch etwas anderes befindet, was Ihre Leute nützlich finden könnten. Dort, wo das herkommt, ist noch weit mehr, aber dazu müssen wir natürlich über einen angemessenen Preis verhandeln.«

»Sie sind ein gieriger Mensch«, bemerkte Dmitri, aber es klang nicht, als meine er es als Beleidigung.

»Ich will nur, dass gute Arbeit auch gut bezahlt wird«, entgegnete Cole stirnrunzelnd. »Sagen Sie Ihren Leuten, dass diese neuen Informationen sehr teuer werden. Aber sie sind es wert.«

Der Mann brachte den Kaffee. Er versperrte Ricky die Sicht auf Cole und die Russen, aber das spielte keine Rolle. Ricky war der Meinung, dass er genug gesehen hatte. Er schaltete sein Handy aus. Der Mann ging zur Durchreiche zurück, und Ricky legte das Geld auf den Tisch, um sein nur halb gegessenes Frühstück zu bezahlen. Er wollte so schnell wie möglich hier raus.

Doch etwas hielt ihn zurück.

Dort auf dem Tisch lag der Aktenkoffer. Niemand hielt ihn fest. Wenn er schnell genug war, dachte Ricky, dann konnte er ihn sich greifen.

Du bist doch verrückt.

Vielleicht nicht. Dieser Aktenkoffer ist der entscheidende Beweis. Wenn ich das Video und den Koffer habe, dann wird Cole für lange Zeit hinter Gitter wandern …

Er konnte nicht lang und gründlich darüber nachdenken. Wenn er den Koffer haben wollte, dann musste er jetzt handeln.

Fast instinktiv drehte er die Nike-Baseballkappe so, dass der Schirm nun nach vorn stand und sein Gesicht etwas mehr verbarg.

Großer Fehler.

Ricky schob den Stuhl zurück, stand auf und steckte sein Handy ein. Entfernung zum Koffer: vier Meter.

Drei davon hatte er hinter sich gebracht, als Cole aufsah.

Ricky wurde augenblicklich klar, dass etwas nicht stimmte. Cole sah nicht auf sein Gesicht, sondern auf die Baseballkappe, und Ricky erkannte, dass er leise »N und I« vor sich hin murmelte.

»Schnappt den Jungen!«, zischte er.

Für einen so großen Mann bewegte sich Dmitri unglaublich schnell. Noch bevor Ricky einen Schritt zurück machen konnte, hatte der Russe ihn am Handgelenk gepackt. Ricky keuchte vor Schmerz auf, während Cole aufstand und ihm die Kappe vom Kopf riss. Er starrte die Buchstaben darauf an und dann Ricky.

»Was gibt es für ein Problem?«, fragte Dmitri.

»Dieser Junge ist gestern in mein Haus eingebrochen. Es ist wohl kaum ein Zufall, dass er jetzt hier ist.«

Die nächsten Sekunden würde Ricky sein Leben lang nicht vergessen, egal, wie lange das auch sein mochte. Der lustige Mann kam hinter dem Tresen hervor zu ihnen und fragte wütend: »Was ist hier los? Was wollen Sie von dem jungen Mann? Lassen Sie ihn gefälligst los!«

»Halten Sie sich da raus!«, knurrte Dmitri.

»Nein, tue ich nicht. Das hier ist mein Laden und er ist nur ein Junge. Nehmen Sie Ihre dreckigen Pfoten …«

Er brachte seinen Satz nie zu Ende. Der dunkelhaarige Russe hatte sich zu ihm umgewandt und Ricky bemerkte die Pistole in seiner Hand. Ohne zu zögern hob der Russe sie und richtete sie auf den Mann.

»Nein!«, schrie er.

Doch es war zu spät.

Der Russe schoss.

Der Schuss war sehr leise, aber seine Wirkung tödlich. Die Kugel traf den Mann in die Stirn, und ein Teil seines Schädels, so groß wie Rickys Faust, sprang heraus. Eine groteske blutige Masse verteilte sich über mehrere Tische und der Mann brach zusammen.

Auf einmal herrschte eine schreckliche Stille. Ricky spürte, wie er erstarrte.

»Gregoriev, Sie Idiot!«, stieß Cole hervor. »Sie … Sie Idiot!«

Doch Gregoriev sah Cole nicht an, sondern richtete seine Waffe auf Ricky. Der Lauf war nur einen halben

Meter von seinem Gesicht entfernt und Ricky konnte förmlich die Wärme des Metalls spüren …

Doch Cole stieß die Waffe des Russen beiseite. »Um Himmels willen!«, zischte er. Dann sah er Ricky wutentbrannt an. Dmitri packte sein Handgelenk noch fester, und Ricky wusste, dass er nur Sekunden Zeit hatte, um zu handeln. Ansonsten standen die Chancen, dass er sich zu dem toten Mann am Boden gesellte, sehr gut.

Denk daran, was Felix gesagt hat: Wenn du mit jemandem kämpfst, vergiss den ganzen komplizierten Kram. Schnapp dir etwas sehr Schweres und zieh es deinem Gegner über die Rübe.

Ricky hatte keine Ahnung, ob das, was er tat, dumm war oder mutig. Wahrscheinlich ein bisschen von beidem. Mit dem freien Arm schnappte er sich die schmierige Glasvase vom Nachbartisch und schmetterte sie Dmitri mit einer weit ausholenden Bewegung kräftig an den Kopf.

Die Vase zerbrach. Dmitri brüllte vor Schmerz und Zorn auf. An seiner Stirn klaffte ein blutender Riss. Er ließ Rickys Handgelenk los und tastete nach der Wunde. Ricky hielt immer noch das Unterteil der Vase in der Hand, das nun scharfe Zacken hatte. Er wusste, dass er nur eine Chance bekommen würde, hier herauszukommen. Während also der zweite Russe dabei war, seine Pistole auf ihn zu richten, warf er mit dem Glas nach ihm, sodass dieser schützend beide Hände hob.

Raus hier! RAUS HIER!

Cole wirkte blass und entsetzt. Seine Augen quollen vor, und Ricky merkte, dass er den Aktenkoffer vom Tisch nehmen wollte. Er wusste zwar, dass es eine Dummheit war, aber er kam ihm zuvor und schnappte sich den Koffer.

Dann wandte er sich um und rannte los.

Vielleicht hätte er es geschafft, wenn die schmutzigen weißen Fliesen des Cafés nicht mit so viel Blut bedeckt gewesen wären. Der tote Wirt hatte entsetzlich geblutet und lag in einer klebrigen roten Pfütze. Als Ricky hineintrat, rutschte er aus. Vergebens versuchte er, sein Gleichgewicht wiederzuerlangen. Immer noch den Koffer in der Hand stürzte er zu Boden und blieb mit den Beinen über dem Körper des Toten liegen. Er spürte, wie das Handy in seiner Tasche knackte, aber er hatte zu viel Angst, um darüber nachzudenken, ob er vielleicht die Videoaufnahmen verloren hatte. Im Augenblick bedeutete das nur eines: Er konnte niemanden zu Hilfe rufen.

Krank vor Angst rappelte er sich wieder hoch. Doch es war zu spät. Die beiden kräftigen Russen standen bereits über ihm. Ihnen war es egal, ob das Blut des toten Manns an ihren Schuhen klebte. Dmitris eigenes Gesicht war von dem Schlag mit der Vase blutverschmiert. Sein Kollege stand mit blitzenden Augen neben ihm. Beide hatten jetzt Pistolen in der Hand und beide zielten damit auf Ricky.

Er konnte nicht entkommen. Also schloss er die Augen und wartete auf den Schuss, der sein Leben beenden würde.

Auf jeden Fall gab es einen lauten Knall. Doch es war kein Schuss und Ricky war nicht tot. Jedenfalls noch nicht.

Dann schien auf einmal alles wie in Zeitlupe abzulaufen. Ricky hörte ein ohrenbetäubendes Krachen und öffnete die Augen, gerade als die ganze Glasfront des Cafés zersplitterte. Mit lautem Klirren fielen Millionen von Splittern wie ein eisiger Glasregen zu Boden.

Im gleichen Augenblick sah er eine Gestalt draußen vor dem Café stehen. Es war ein Junge in seinem Alter. Er sah Ricky absurd ähnlich, hatte eine Baseballkappe verkehrt herum auf, trug Jeans, eine schwarze Daunenjacke, einen roten Schal und schwarze Turnschuhe. In diesem Moment erkannte Ricky ihn. Er hatte ihn schon zwei Mal gesehen. Einmal in dem Café in der Frith Street und später am gleichen Abend, wie er vor dem McDonalds in der Shaftesbury Avenue sein Fahrrad reparierte. Er sah Ricky durchdringend an und schrie nur ein einziges Wort: *»Lauf!«*

Das ließ sich Ricky nicht zweimal sagen. Die Explosion hatte die beiden Russen gezwungen, ein paar Schritte zurückzuweichen und die Arme schützend über den Kopf zu heben, sodass ihre Waffen nicht länger auf ihn gerichtet waren. Er sprang auf, drückte den Koffer fest an sich und rannte zum Ausgang. Seine Schuhe knirschten über die Glassplitter und er rannte zu dem fremden Jungen, der zum Ende der Straße deutete.

»Da entlang!«, rief er. *»Los!«*

Ricky hatte gelegentlich einen Traum, in dem er, so schnell er auch rannte, nie sein Ziel erreichen konnte. Genau so fühlte es sich jetzt an. Es waren nur fünfzig Meter bis zum Ende der Straße, doch er hatte das Gefühl, als würde er nie dort ankommen.

»Wir laufen zu dicht nebeneinander!«, rief der Junge. »So sind wir ein leichtes Ziel. Wir müssen mehr Abstand halten.«

Dieser Hinweis klang so sehr nach Felix, dass Ricky den Jungen von der Seite ansah, um sich zu vergewissern, dass er sich nicht getäuscht hatte.

»Wer bist du?«, schrie Ricky.

Doch der Junge hatte keine Zeit, zu antworten. Ein Schuss knallte, und eine Kugel pfiff so dicht über Rickys Kopf hinweg, dass er den Luftzug spüren konnte. Sie waren nur noch zehn Meter vom Ende der Straße entfernt.

»Nach rechts!«, rief der Junge.

Sie liefen nach rechts. Schweiß rann Ricky über den Rücken. Atemlos bogen sie um die Ecke. Der Junge packte ihn am Arm.

»Gib mir den Koffer«, sagte er.

»Auf keinen Fall«, weigerte sich Ricky. Er hatte keine Ahnung, wer der Junge war, und würde seine hart erkämpften Beweise sicher nicht einem Fremden geben.

Der Junge widersprach nicht. Stattdessen schlug er Ricky auf die Schulter. Es war eine seltsam freundliche Geste angesichts dessen, was passiert war. Aber da es bei Weitem nicht das Seltsamste war, was an diesem Tag geschehen war, ignorierte er es.

»Dann lauf weiter«, sagte der Junge. »Ich halte sie auf, solange ich kann.«

»Wer bist du?«, fragte Ricky erneut, dieses Mal drängender.

Der Junge hatte sich schon abgewandt. »Ich bin Zak«, rief er. »Und jetzt lauf!«

Es blieb keine Zeit für Widerspruch. Wer auch immer dieser Junge war, er wusste offenbar, was er tat. Und Ricky hatte keine Lust, diesen Russen noch einmal zu begegnen. An ihm klebte immer noch der Angstschweiß, der ihm ausgebrochen war, als sie diesen Mann im Café erschossen hatten. Er sah an sich herunter und bemerkte das Blut auf seiner Hose. Es ließ ihn schaudern, doch er hatte keine Zeit, zimperlich zu sein.

Er packte den Koffer fester und holte tief Luft.

Und dann rannte er los.

Allerseelen

Jacob Cole bebte vor Zorn und Furcht.

Er hatte noch nie jemanden sterben sehen. Es war nicht wie im Kino. Er würde nie vergessen, wie dem Mann der halbe Kopf weggeflogen war. Das – noch mehr als die Furcht vor der Polizei – veranlasste ihn, hinter den Russen herzurennen, als sie die Verfolgung der beiden Jungen aufnahmen.

Cole war vielleicht schlank, aber fit war er nicht. Schon am Ende der Straße spürte er ein heftiges Brennen in der Brust. Keuchend blieb er stehen und sah auf die belebtere Straße hinaus. Dmitri und Gregoriev diskutierten auf Russisch. Glücklicherweise hatten sie jetzt, wo mehr Leute unterwegs waren, ihre Waffen weggesteckt. Sie sahen sich nach rechts und links um, um diese verdammten Kinder zu finden, die drohten, alles zunichtezumachen.

»Da!«, bemerkte Cole scharf.

Er hatte den zweiten Jungen gesehen, der vor dem zerborstenen Fenster aufgetaucht war. Er befand sich auf der anderen Straßenseite, fünfzehn Meter von ihnen entfernt, und rannte auf die Drogerie an der Straßenecke zu.

»Was ist mit dem anderen?«, rief Dmitri.

Mit dem blutigen Gesicht sah er furchterregend aus, und Cole ahnte, dass er nichts Gutes mit dem Jungen mit der Nike-Kappe vorhatte. Aber sie durften sich jetzt nicht ablenken lassen. Der Koffer war das Wichtigste. Wenn jemand herausfand, was er verkauft hatte, würde das nicht nur das Ende seiner Karriere bedeuten. Es wäre auch das Ende seines Lebens in Freiheit.

»Sie waren offensichtlich zusammen, Sie Idiot!«, schrie Cole. »Wenn Sie den einen haben, kriegen Sie auch den anderen. Also los! Ihm nach!«

Die Russen stürzten über die Straße und zwangen ein schwarzes Taxi zu einem hektischen Ausweichmanöver, um sie nicht zu überfahren. Cole folgte ihnen vorsichtiger. Doch als er auf der anderen Straßenseite angekommen war, war der Junge verschwunden. Immer noch keuchend folgte er den Russen die Straße entlang bis zur nächsten Kreuzung. Dort erhaschte Cole gerade noch einen Blick auf den Jungen auf der anderen Straßenseite. Er schien ihnen zuzulächeln. Dann kam ein Bus und verbarg ihn vor ihren Blicken.

Als er vorbei war, war der Junge verschwunden.

Cole spürte, wie sein Blut kochte. Er wollte jemanden schlagen. Er drehte sich im Kreis und suchte nach den Jungen, doch keiner der beiden war zu sehen. Es war, als hätten sie sich in Luft aufgelöst.

»Sie haben sie verloren!«, warf er den Russen vor.

Ein Fußgänger sah ihn verwundert an, doch das bemerkte er kaum.

»Suchen Sie sie!«

Doch die beiden Russen rührten sich nicht von der Stelle. Sie wechselten bedeutungsvolle grimmige Blicke und nickten einander dann zu.

»Worauf warten Sie?«, schrie Cole und ignorierte es, dass noch mehr Passanten auf ihn aufmerksam wurden und ihm aus dem Weg gingen. *»Ich habe gesagt, Sie sollen …«*

Ein brutaler Schlag in den Magen ließ ihn verstummen. Dmitri war ein starker Mann mit einer großen Faust, die ihm alle Luft aus den Lungen trieb. Cole krümmte sich vor Schmerz zusammen und keuchte verzweifelt, schnappte nach Luft. Der Russe zog ihn über die Straße, während er spuckte und hustete. Gregoriev ging direkt rechts hinter ihm.

»Gehen Sie weiter, wenn Sie nicht enden wollen wie der Kerl im Café«, riet Dmitri ihm leise.

Plötzlich vernahm Cole Polizeisirenen und sah blaue Lichter auf sich zukommen. Es war nicht schwer, zu erraten, wohin sie fuhren, und einen winzigen Augenblick überlegte er, ob er sie rufen sollte. Vielleicht konnte er die Aufmerksamkeit der heranfahrenden Polizeifahrzeuge erregen. Doch dann dachte er wieder an den toten Kellner, der blutend im Café lag. Er musste von hier weg, bevor die Polizei auf die Idee kam, dass er etwas mit der Sache zu tun haben könnte.

Also stolperte er den Gehweg entlang. Dmitri hielt ihn immer noch am Arm fest und Gregoriev schritt drohend hinter ihm her. Dreißig Meter weiter bogen sie nach links ab und blieben vor einem schwarzen Minibus stehen. Cole erblickte sein Spiegelbild in den verdunkelten Scheiben, das ihn hager und verschreckt anstarrte. Es piepte, als Gregoriev eine Fernbedienung drückte, um das Fahrzeug aufzuschließen. Dann glitt die Seitentür auf und Cole wurde grob hineingestoßen.

Gleich darauf knallte die Tür zu, und ein Klicken verriet Cole, dass sie verriegelt wurde. Dmitri saß neben ihm. In der Hand hielt er seine Pistole, die er Cole hart in die Rippen stieß.

Gregoriev setzte sich hinters Steuer.

»Sie verstehen doch, dass ich Sie erschießen werde, wenn Sie zu fliehen versuchen, oder?«, fragte Dmitri.

Cole hatte zu viel Angst, um zu widersprechen, daher nickte er nur heftig. Er fürchtete, sich übergeben zu müssen.

Dmitri sah Gregoriev an. »Weißt du, wohin du musst?«

Gregoriev nickte. Aus dem Handschuhfach nahm er ein kleines Gerät, das aussah wie ein Navi, und steckte es in eine Halterung am Armaturenbrett. Dann schaltete er es ein. Nach dreißig Sekunden startete das Programm, und Cole erblickte eine Karte mit zwei Punkten darauf, einem roten und einem blauen. Der blaue Punkt bewegte sich, der rote stand still.

»Los!«, bellte Dmitri.

Gregoriev drehte den Schlüssel im Zündschloss und der Motor heulte auf. Mit quietschenden Reifen fuhr der Minibus los. Während der Fahrt bohrte sich der Lauf von Dmitris Waffe noch härter in Coles Rippen.

Und der MP erkannte plötzlich, dass er einen schrecklichen Fehler gemacht hatte …

Ricky rannte blindlings drauflos. Sein Kopf schwirrte vor Fragen. Wer war der merkwürdige Junge, der ihn gerade gerettet hatte? Bestimmt arbeitete er für Felix. Worum handelte es sich bei den zusätzlichen Informationen, die Cole den Russen gegeben hatte? Und wo waren die Männer jetzt?

Was sollte er tun?

Keine dieser Fragen konnte er beantworten. Sein einziger Plan war es, zu rennen. Er versuchte, einen klaren Kopf zu bekommen, doch die Leiche im Café Happy Valley wollte ihm nicht aus dem Sinn gehen. Jedes Mal, wenn er an dieses schreckliche Bild dachte, wurde ihm schlecht. *Es war seine Schuld.* Wenn man ihn nicht erkannt hätte, wäre der Kellner nicht mit hineingezogen worden. Er könnte noch leben. Das konnte er nur wiedergutmachen, indem er dafür sorgte, dass der Tod dieses Mannes nicht umsonst gewesen war – dass die Informationen, die er jetzt hatte, die richtigen Leute bekamen. Felix.

Aber sein Handy war kaputt. Er konnte seinen Mentor nicht erreichen. Im Moment konnte er also nichts tun, als schneller zu rennen und den Koffer fester in seiner immer verschwitzteren Hand zu halten.

Läden, Wohnhäuser und Kreuzungen flogen an ihm vorbei. Ricky hatte keine Ahnung, wo er war. Er rannte an einem Kinderspielplatz vorbei, auf dem Mütter mit ihren Kindern einen Schneemann bauten. Dann kam der Parkplatz eines Supermarkts. Er blieb in einer feuchten, muffigen Unterführung mit graffitibeschmierten Wänden kurz stehen, um nach Luft zu schnappen. Doch schon nach ein paar tiefen Atemzügen hörte er Felix' Stimme fast wie einen Peitschenschlag, der ihn warnte. Seine Verfolger bräuchten nur von beiden Seiten in die Unterführung zu kommen, dann säße er in der Falle. Und wenn ihn jemand mit dem Koffer sah, würde man wahrscheinlich annehmen, dass er gestohlen war. Und dass es sich vielleicht lohnte, ihn ihm abzunehmen …

Also lief er weiter.

Mehrmals rutschte er im Schnee beinahe aus. Seine Schuhe und Hosenbeine waren bereits klatschnass, doch er lief immer weiter. Er konnte an nichts anderes denken, als daran, so viel Abstand wie möglich zwischen sich und diese grauenvollen mörderischen Russen zu bringen. Und Cole. Den grässlichen, feigen, verräterischen Cole. Ricky verstand gut, warum Izzy nie wieder nach Hause wollte.

Izzy. Er stellte sich vor, wie sie in der U-Bahn saß und darauf wartete, dass es Mittag wurde. Er stellte sich vor, wie die Polizei sie fand und sie zwang, wieder zu ihrem Vater zurückzukehren, der sie misshandelte. Und dann tauchte das Bild seiner toten Schwester Madeleine vor seinem inneren Auge auf.

Du weißt, dass du deine Schwester nicht zurückbekommst, wenn du Izzy Cole rettest.

Der Gedanke ließ Ricky seine Anstrengungen nur noch verdoppeln. Cole und die Russen durften den Inhalt dieses Koffers nicht wiederbekommen. Sie durften Ricky nicht erwischen und ihn davon abhalten, sie zur Strecke zu bringen …

Fünfundzwanzig Minuten lief er, dann war seine Energie aufgebraucht. Ganz plötzlich blieb er stehen und krümmte sich keuchend und nach Atem ringend zusammen. Erst nach dreißig Sekunden schaute er sich um.

Er stand vor einer alten Kirche, deren Mauern von der Luftverschmutzung geschwärzt waren. Sie stand an einer belebten Straße, doch es gab nur wenige Fußgänger. Dennoch hatte Ricky das Gefühl, aufzufallen. Auf einem Schild am Zaun vor dem Eingang stand: »Kirche von Allerseelen, Harlesden.«

Bleib nicht mitten auf dem Gehweg stehen, wo dich jeder sehen kann! Versteck dich!

Es war ein guter Rat, den ihm die Stimme in seinem Kopf gab. Rickys Blick fiel auf die schwere Holztür der Kirche. Er ging darauf zu und zog am Griff. Zu seiner eigenen Überraschung war sie unverschlossen. Er trat ein. Seine Pflegeeltern hatten ihm Kirchen zwar verleidet, aber diese hier sah aus wie eine ganz normale Kirche, nicht wie die, in die sie ihn geschleift hatten.

Drinnen war es noch einige Grade kälter. Ricky blieb in der Tür stehen, um zu sehen, ob jemand da war. Doch der Raum schien verlassen. Durch die Buntglasfenster hinter dem Altar schien hell die Wintersonne, und das Licht blendete ihn etwas, sodass er in einen dunkleren Nebengang trat.

Du brauchst einen Fluchtweg.

Er sah sich in der Kirche um. Hinter dem Altar befand sich eine Tür, die einen Spalt offen stand. Sollte sich am Eingang eine Bedrohung zeigen, konnte er dort hinaus flüchten.

Er setzte sich neben ein Regal mit Gebetsbüchern und legte den Koffer auf seine Knie. Er hatte nicht gesehen, dass Dmitri ihn abgeschlossen hatte. Daher war er nicht überrascht, als er sich öffnen ließ.

Mit zitternden Händen nahm er die Mappe heraus.

Plötzlich zuckte er zusammen. Irgendwo in der Kirche erklang ein feines, hohes Pfeifen. Wie eine elektrische Störung, aber sehr, sehr leise. Schnell sah er sich um, ob jemand da war. Doch die Kirche schien leer zu sein. Woher kam dann das Geräusch? Vielleicht vom Altar?

Vielleicht bildete er es sich aber auch nur ein. Das Geräusch war sehr schwach, und wenn er sich darauf konzentrierte, schien es zu verstummen.

Er wandte seine Aufmerksamkeit wieder dem Ordner zu. Mit immer noch zitternden Händen schlug er ihn auf.

Aufgespürt

Es lagen nur fünf Seiten darin. Die erste trug die Überschrift:

Sicherheitsstufe 1
Nukleare Abschreckung Trident
Positionscodes

Der Rest der Seite enthielt Zahlenreihen, die Ricky nichts sagten. Doch er wusste, dass dieses Blatt Papier in den falschen Händen eine Katastrophe auslösen konnte.

Hast du schon mal den Begriff »nuklearer Winter« gehört?, hörte er Felix fragen. Er schauderte. Es war beängstigend, sich vorzustellen, dass ein so kleines Stück Papier solchen Schrecken anrichten konnte. Automatisch begann er, sich die Codes einzuprägen.

Er legte das Blatt beiseite und sah sich das nächste Dokument in der Mappe an, das völlig anders aussah. Oben war das Passbild eines Manns mit offenem, freundlichem Gesicht und dunklen, strubbeligen Haaren angeheftet. Sein Name lautete dem Dokument zufolge Alistair Bishop. Doch dort stand auch, dass er noch weitere Namen hatte: James Marshall, Raymond Carrick, Thomas Parker …

Ricky erinnerte sich an seine erste Begegnung mit Felix. Was hatte er gesagt? *Namen. Bei manchen Gelegenheiten ist einer besser als der andere.*

Damals war Ricky davon ausgegangen, dass jemand mit vielen verschiedenen Namen ein Krimineller sein musste. Jetzt schien es wahrscheinlicher, dass er Teil dieser geheimen Welt war. Wie Felix. Wie Zak, der Junge, der ihn gerade gerettet hatte.

Wie Ricky selbst.

Er las weiter. Im ersten Abschnitt stand genau, wer Alistair Bishop war:

Bishop ist zurzeit der Korrespondent der Times *in Moskau. Das ist seine Tarnung. Er ist MI6-Agent mit ausgezeichnetem Zugang zu mehreren hochrangigen russischen Ministern. In den vergangenen zwölf Monaten hat er große Mengen an als geheim eingestuften Informationen überbracht, die der MI6 für äußerst relevant erachtet.*

Ricky blinzelte. Er wusste nicht viel über die Welt der Geheimdienste, aber so viel war ihm klar: Wenn jemand wie Dmitri herausfand, dass dieser Mann ein britischer Spion war, würde das ein ziemlich böses Ende für ihn nehmen.

Er sah sich die anderen Dokumente an. Sie enthielten Angaben zu noch drei weiteren britischen Agenten. Es waren ein Russe mit einem hohen militärischen Rang in der Marine, eine Hilfsarbeiterin in der Ukraine und ein Englischlehrer an einer Schule für Kinder von reichen und einflussreichen Russen in St. Petersburg.

Du weißt schon, was das ist, oder? Cole verkauft Informationen über britische Agenten, die undercover im Ausland arbeiten. Wenn Dmitri und sein Freund diese Informationen in die Finger bekommen, sind diese Menschen so gut wie tot.

Und Cole hat gesagt, dort, wo das herkommt, ist noch weit mehr …

Ricky verzog angewidert das Gesicht.

Unvermittelt zuckte er zusammen. Das hohe Pfeifen hatte wieder eingesetzt. Vielleicht war es auch die ganze Zeit über da gewesen, er hatte es nur ausgeblendet. Er sah sich erneut um, doch es war definitiv niemand in der Kirche. Woher kam es dann?

Mach dir keine Sorgen. Da ist nichts. Du musst dir überlegen, was du jetzt tun willst.

Er betrachtete die Dokumente in seinen Händen. Vielleicht sollte er sie gleich vernichten. So könnten die Russen sie nie in die Hände bekommen. Aber etwas hielt ihn zurück. Wenn er diese Unterlagen vernichtete, vernichtete er damit auch handfeste Beweise gegen Cole. Er dachte an Izzy, die so viel Angst vor ihrem gewalttätigen Vater hatte, dass sie nie wieder nach Hause wollte.

Wieder verzog er das Gesicht. Er würde Cole nicht davonkommen lassen. Auf keinen Fall.

Er legte die Blätter zurück in den Metallkoffer und ließ ihn zuschnappen.

Plötzlich runzelte er die Stirn. Das Pfeifen hatte aufgehört.

Mit einem Mal schlug erneut die Angst ihre Krallen in seinen Bauch. Langsam machte er den Koffer wieder auf. Das Pfeifen war wieder da.

Ricky hatte das Gefühl, sich in Zeitlupe zu bewegen. Er nahm die Mappe aus dem Koffer und legte sie auf die Bank neben sich. Dann untersuchte er den Koffer genauer.

Er brauchte nur zehn Sekunden, um festzustellen, dass der Koffer einen falschen Boden hatte. Er steckte die Finger in die Ecken und löste ihn.

Beim Anblick dessen, was sich darunter verbarg, stockte ihm der Atem. Es waren jede Menge lose Drähte: braune, blaue und gelbe. Sie waren an einen Schaltkreis und eine kleine Zelle mit zwei AA-Batterien angeschlossen. Einen entsetzlichen Moment lang fürchtete Ricky, dass er es mit einer Bombe zu tun hatte. Doch dann sah er einen kleinen auf die Schalttafel aufgeschweißten Chip, auf dem in schmalen weißen Buchstaben stand: GPS.

Ricky berührte das Gewirr aus Drähten. Das Pfeifen hörte auf. Es hatte sich wohl irgendeine Verbindung gelöst. Sonst hätte er nie erfahren, dass der Koffer offensichtlich ein Ortungsgerät enthielt.

Und wenn es ein Ortungsgerät gab, dann bedeutete das, dass ihn jemand ortete.

Die Russen.

Nimm die Batterien raus! Schnell! Schalte es aus!

Noch während ihm dieser Gedanke im Kopf herumwirbelte, hörte er draußen Reifen quietschen, und er spürte, wie ihm das Adrenalin in die Adern schoss.

Sie sind hier! Sie haben dich gefunden!

Mit auf einmal zittrigen Fingern fummelte er die Batterien heraus, steckte sie in die Tasche und setzte den falschen Boden wieder ein. Dann knallte er den Koffer zu und nahm die Aktenmappe. Er setzte den Rucksack ab und steckte die Dokumente hinein. Dabei berührte er den Schmuck, den er am Abend zuvor aus Izzys Haus gestohlen hatte, doch im Augenblick interessierten ihn die Diamanten wenig. Er warf sich den Rucksack wieder über die Schulter, nahm den Koffer und rannte den Gang entlang.

Leg den Aktenkoffer auf den Altar. Wenn sie ihn sehen, werden sie anhalten, um hineinzusehen. Das verschafft dir ein wenig extra Zeit.

Ricky tat, was ihm die Stimme in seinem Kopf riet. Schon als er den Koffer auf den Altar legte, hörte er draußen Stimmen. Sie riefen etwas auf Russisch. Er war noch keine zwei Schritte hinter dem Altar, als die schwere Kirchentür aufging und Dmitri und Gregoriev erschienen. Sie warfen nur einen Blick auf Ricky, dann rannten sie ihm nach. Ihre schweren Stiefel knallten hart auf den steinernen Fußboden der Kirche.

Ricky sprintete zu der Tür hinter dem Altar und schlüpfte hindurch. Sie führte in eine dunkle, enge Sakristei, und zu seinem Entsetzen gab es keine weitere Tür nach draußen, nur ein kleines Fenster, das sich nicht öffnen ließ. Milchglasscheibe, Holzrahmen mit abblätternder Farbe. Ricky wirbelte herum und überprüfte die Tür. Es gab innen einen Riegel, was bedeutete, dass er sich in der Sakristei einschließen konnte. Schnell schob er den Riegel vor und das gerade noch rechtzeitig. Eine Sekunde später hörte er, wie eine Faust schwer gegen die Tür hämmerte.

Doch jetzt saß er hier fest, schwitzend und panisch …

Denk nach. Denk nach!

Ricky sah sich rasch in der Sakristei um. An einer Wand hingen ein paar Priestergewänder und an der gegenüberliegenden stand ein weiteres Regal mit Gebetsbüchern.

Er musste die Dokumente verstecken. Es war nur eine Frage der Zeit, bis die Russen hier eindrangen. Minuten, wenn er Glück hatte. Wahrscheinlich eher Sekunden. Schnell trat er an das Regal und nahm ein Buch heraus, schlug es auf und riss einen Haufen Seiten aus der Mitte …

Es hämmerte heftig gegen die Tür, die bedrohlich in ihrem Rahmen bebte. Ricky stellte sich vor, wie sich Dmitri oder sein Kumpan dagegenwarf.

Sie wird nicht halten!

Ricky setzte den Rucksack ab, holte die Dokumente heraus, faltete sie zwei Mal und steckte sie in die Lücke, die er im Gebetsbuch geschaffen hatte. Wieder krachte es heftig. Der eiserne Riegel bebte.

Du hast keine dreißig Sekunden mehr!

Einen Augenblick lang zögerte Ricky. Dann griff er ein weiteres Mal in den Rucksack und holte den Schmuck von Izzys Mutter heraus. Er legte ihn zusammen mit den Papieren in das Gebetsbuch und stellte es vorsichtig zurück ins Regal. Er überzeugte sich kurz davon, dass das beschädigte Buch nicht anders aussah als die anderen. Dann nahm er die zerrissenen Seiten und steckte sie in die Tasche der staubigsten, offenbar am wenigsten gebrauchten Soutane, die er finden konnte. In der Tasche war ein Stift. Instinktiv nahm Ricky ihn an sich.

Bamm!

Der dritte Aufprall wurde von einem alarmierenden Knirschen begleitet. Noch zwei oder drei Schläge, dann wären die Russen hier.

Ricky nahm ein weiteres Gebetsbuch aus einem anderen Regal und wandte seine Aufmerksamkeit dem Fenster zu.

Es lag etwa zwei Meter über dem Boden und war ungefähr einen Quadratmeter groß. Ricky würde wohl hindurchklettern können, aber dazu musste er zuerst die Scheibe einschlagen. Er schob den Tisch an die Wand und stellte den schweren Stuhl darauf.

Bamm!

Mit einem Blick über die Schulter sah Ricky, dass der Riegel im Türrahmen zu splittern begann. Er sprang auf den Tisch, packte den Stuhl und schwang ihn mit den Beinen zuerst gegen das Fenster.

Das Glas hielt.

Wieder schlug er zu.

Nichts.

Bamm!

Der Riegel brach aus der Tür und sie öffnete sich bereits ein paar Zentimeter.

Nur noch ein Schlag!

Zum dritten Mal schwang Ricky den Stuhl gegen die Scheibe, mit aller Kraft, die sein erschöpfter Körper noch aufbringen konnte.

Endlich gab sie nach.

Zum zweiten Mal an diesem Tag hörte Ricky das Splittern von Glas. Er warf den Stuhl Richtung Tür als ein weiteres Hindernis, das die Russen aufhalten sollte. Im Fensterrahmen steckten scharfe Glasscherben, die er mit dem Ärmel beiseitestieß. Er zuckte zusammen, als ihm eine davon in den Handrücken schnitt. Es begann sofort ziemlich übel zu bluten, aber dagegen konnte er im Moment nichts unternehmen. Mit dem Buch und dem Stift in der Hand warf er sich praktisch durch das Fenster und landete draußen hart auf dem Boden.

Er jaulte auf, als seine Knie und Knöchel zusammengestaucht wurden, und brach zusammen.

Nur ein Stück entfernt sah er ein Paar Füße.

Er blickte auf.

Jacob Cole sah auf ihn herunter.

Coles Gesicht war wutverzerrt. In seinen Augen leuchtete ein irrer Funke, sein graues Haar war zerzaust und an seinem Hals pulsierte eine Ader. Drohend machte er einen Schritt auf Ricky zu.

Zwei Schritte.

Ein lautes Krachen drang durch das offene Fenster nach draußen, was ihm sagte, dass die Russen in die Sakristei eingedrungen waren. Er sah sich um. Er befand sich in einer kopfsteingepflasterten Gasse am Ende der Kirche. Hoch über ihm war das Buntglasfenster, das er bereits von innen gesehen hatte. Der einzige Ausweg führte durch diese Gasse, was bedeutete, dass er an Cole vorbeimusste.

Er packte fest den Stift mit der unverletzten Hand und das Gebetbuch mit der blutenden. Dann stand er auf.

Cole sah ihn höhnisch an. »Ich gebe heute keine Autogramme«, sagte er. »Und ich glaube wirklich, dass es ein wenig zu spät ist für Gebete, meinst du nicht auch, du dummer kleiner Junge?«

Ricky sah auf das Buch hinunter. »Nein, finde ich nicht«, entgegnete er.

Schnell sprang er vor und hieb Cole den harten Buchrücken gegen den Hals. Cole gab ein seltsam gurgelndes Geräusch von sich und stolperte unsicher. Doch Ricky war noch nicht mit ihm fertig. Er holte kräftig aus und stieß ihm den Stift mit voller Wucht in den Oberschenkel, sodass er durch die Hose und tief ins Fleisch fuhr.

Cole heulte vor Schmerz.

Ricky ließ den Stift stecken und sprang auf.

»Das ist für Izzy!«, schrie er, schlug Cole dann hart mit der Handfläche ins Gesicht und stieß ihn aus dem Weg. Dann sah er zurück. Dmitri kletterte bereits aus dem Fenster.

Renn!

Die Stimme in seinem Kopf war lauter als je zuvor.

Renn! Renn! Renn!

Ricky sprintete durch die Gasse. Er wusste, dass er irgendwelche letzten Kraftreserven mobilisieren musste, und irgendwie gelang es ihm auch. Das Blut, das ihm über die Hand lief, während er förmlich über das Pflaster flog, ignorierte er. Das Ende der Gasse war dreißig Meter entfernt. Als er sich umdrehte, sah er Dmitri genauso weit entfernt hinter sich. Die Wunde in seinem Gesicht, die Ricky ihm beigebracht hatte, sah schlimmer aus als zuvor. Er rannte ihm nicht nach, sondern zog seine Waffe und spannte den Hahn.

Ricky lief noch schneller. Zwanzig Meter bis zur Ecke. Seine Haut prickelte. Der Schuss kam unvermeidlich. Wieder sah er die grässliche tödliche Wunde vor sich, die die Russen dem Mann im Café zugefügt hatten.

Lauf Schlangenlinien! Dann kann er nicht so gut zielen!

Er begann, im Zickzack zu rennen. Fünfzehn Meter bis zur Ecke.

Peng!

Er sah genau, wo die Kugel einschlug. Links von ihm in die Mauer. Sie prallte vor ihm in einem schrägen

Winkel ab und eine Explosion von Ziegelstaub flog durch die Luft. Ein paar Stückchen prallten ihm ins Gesicht und er zuckte zusammen. Doch er lief weiter im schnellen Zickzack, um so viel Abstand wie möglich zwischen sich und den Schützen zu bringen.

Noch zehn Meter bis zur Ecke.

Seine Muskeln brannten.

Fünf Meter.

Pass auf!

Plötzlich war das Ende der Gasse versperrt. Dort war Gregoriev aufgetaucht. Sein massiger Körper schien die ganze Breite der Gasse auszufüllen. Er hielt den Metallkoffer ausgestreckt vor sich. Ricky versuchte zwar, ihm auszuweichen, doch er wusste zweifelsfrei, dass er es nicht schaffen würde.

Zwei Sekunden später knallte er gegen den Koffer, als würde er gegen eine Wand laufen. Alle Luft wich ihm aus den Lungen. Er schrie vor Schmerz auf, als ihn der Russe an seiner verletzten Hand packte. Dann legte der Mann seine andere riesige Pranke um Rickys Hals und drückte so fest zu, dass ihm die Knie einknickten.

Er wehrte und wand sich, um loszukommen, doch es nutzte nichts. Der Russe hielt ihn fest wie in einem Schraubstock.

Und dann waren die anderen da – Dmitri und Cole. Ricky bekam ohne Vorwarnung einen schweren Tritt in den Bauch und aus seiner Kehle drang ein eklig würgendes Geräusch.

Dann hörte er Coles dünne, gemeine Stimme: »Was machen wir jetzt mit ihm?«

Wieder bekam er einen Tritt in den Magen. Ricky sah Sterne.

Mit tiefem, zornigem Grollen verkündete Dmitri: »Zuerst werden wir mal herausfinden, wer ihn auf uns angesetzt hat. Und dann holen wir uns wieder, wofür wir bezahlt haben.«

»Was dann?«, wollte Cole wissen.

»Dann«, sagte der Russe, »bringen wir ihn um.«

Blendgranate

Ricky hatte noch nie in seinem Leben solche Angst gehabt.

Die beiden Russen hatten ihn auf beiden Seiten fest im Griff. Sie hielten ihn an den Ellbogen. Ricky wehrte sich heftig, als sie ihn an der Kirche vorbeizerrten. Cole humpelte neben ihnen her. Er hatte den Stift aus dem Bein gezogen, doch ihm stand immer noch die Wut ins Gesicht geschrieben.

Ricky zermarterte sich das Gehirn, ob Felix ihm etwas beigebracht hatte, was ihm in dieser Situation helfen konnte. Doch die Flucht vor zwei brutalen Schurken, die darauf aus waren, ihn umzubringen, hatte nicht auf seinem Trainingsprogramm gestanden. Also tat er das Einzige, was ihm einfiel: Er schrie.

»Hilfe! Helft mir!«

»Bring ihn zum Schweigen!«, verlangte Dmitri.

Einen Sekundenbruchteil später landete eine schwere Faust hart in seinem Magen. Keuchend und hustend krümmte er sich zusammen. Das würde er nicht noch einmal versuchen.

Sie kamen um eine Ecke und erreichten wieder die Vorderseite der Kirche. Dort parkte ein schwarzer

Minibus, zu dem ihn die Russen zerrten. Gleich darauf hatten sie ihn hineingestoßen. Dmitri hielt ihn hinten fest und drückte ihm den Lauf der Pistole in die Seite. Cole und Gregoriev stiegen vorn ein. Mit quietschenden Reifen fuhr der Minibus los. Keiner sagte ein Wort. Ricky lief der Schweiß fast ebenso in Strömen über den Körper wie das Blut aus der Wunde an seiner Hand. Einerseits wollte er sich weiter wehren, andererseits wusste er, dass Dmitri nichts lieber tun würde, als ihm eine Kugel in die Eingeweide zu verpassen.

Während der Fahrt kamen die einzigen Geräusche von Cole. Offenbar schmerzte ihn sein Bein und er murmelte vor sich hin – ein unangenehmes leises Zischen wie von einer verwundeten Schlange. Ricky bekam kaum mit, wohin sie fuhren. Aus den Augenwinkeln registrierte er eine belebte graue Hochstraße und ein Schild zur M1. Er erblickte ein großes gelbes Lagerhaus und stellte fest, dass sie sich in einem nüchternen Industriegebiet befanden.

Vor einer grauen Lagerhalle bremste der Minibus scharf ab. Die Einfahrt wurde von einem großen weißen Gitter versperrt. Dmitri drückte auf den Knopf einer kleinen Fernbedienung, woraufhin es sich automatisch öffnete. Sobald der Wagen in die Lagerhalle gefahren war, schloss es sich wieder.

Drinnen war es stockdunkel.

Als Dmitri Ricky aus dem Auto zog, hallte der Knall der zuschlagenden Tür gute fünf Sekunden lang nach, was ihm sagte, dass es ein großes Gebäude war. Er spürte, wie er gewaltsam in die Knie gezwungen wurde. Die beiden Russen unterhielten sich kurz in ihrer Muttersprache und dann wurde eine helle Neonleuchte über ihnen eingeschaltet. Gleichzeitig erklang ein extrem leises elektrisches Summen, das er gerade noch wahrnahm.

Die Lagerhalle war tatsächlich riesig. Steinfußboden, Metallstreben an der Decke. Ricky sah sich nach einem Fluchtweg um. Am hinteren Ende befand sich ein Notausgang, der jedoch mit Vorhängeschlössern gesichert war. Aber falls er darauf zulaufen sollte, würden sie ihn sowieso erschießen, bevor er auch nur zehn Schritte weit gekommen war.

Abgesehen davon und von dem großen Tor schien es keinen weiteren Ausgang zu geben.

Dmitri beugte sich über ihn und hielt ihm die Pistole an den Kopf – allerdings nicht nah genug, dass Ricky danach hätte greifen können. Ihm fiel auf, dass Dmitri so etwas wohl schon öfter gemacht hatte.

Mit Schritten, die in der großen Halle donnernd widerhallten, trat Gregoriev zu ihnen. Ricky fühlte, wie seine Pranken ihn abtasteten. Er fand Rickys Handy, warf es zu Boden und stampfte es mit seinem Absatz in Stücke.

Der Videobeweis! Er ist weg!

Doch Ricky hatte ernstere Probleme als die vernichteten Aufnahmen.

»Gib mir die Dokumente!«, verlangte Dmitri.

»Die habe ich nicht«, stieß Ricky hervor. Er klang heiser. Nach den Tritten, die er eingesteckt hatte, fiel ihm das Sprechen schwer.

Falsche Antwort. Dmitris Knie knallte ihm seitlich ins Gesicht. Er spürte, wie sein Wangenknochen brach und ihm Blut aus der Nase schoss.

»GIB MIR DIE DOKUMENTE!«

»Ich … habe … sie … nicht …«, keuchte Ricky.

Dmitri brüllte einen Befehl und Gregoriev riss Ricky brutal den Rucksack von den Schultern. Während Ricky sich schmerzverzerrt am Boden wand, leerte der Russe den Inhalt des Rucksacks aus.

Zwei Dinge fielen heraus. Zuerst das Foto von Ricky und seinen Eltern, dessen Rahmen mit der Ecke auf den harten Boden prallte. Ihm folgte Madeleines Brief, der neben dem Bild zu Boden flatterte. Der Russe nahm ihn und riss den Brief aus dem Umschlag, um nachzusehen, ob Ricky die Papiere dort versteckt hatte. Als er sah, dass es nur ein Brief war, knüllte er ihn zusammen und warf ihn weg.

»Nein!«, versuchte Ricky zu schreien, doch seine Stimme war heiser und schwach.

Plötzlich war Cole bei ihm und hockte sich mit wutverzerrtem Gesicht neben ihn. Auf seiner Hose war ein Blutfleck an der Stelle, wo ihm der Kugelschreiber ins Bein gedrungen war. »Was hast du mit den Papieren gemacht, du kleiner …«

Doch Dmitri stieß Cole hart beiseite, bückte sich und riss Ricky an den Schultern hoch. Dann zerrte er ihn zum Auto und presste ihm das Gesicht gegen den Lack. Trotz seines schweren russischen Akzents sprach er ausgezeichnet Englisch, und er tat es langsam und sehr deutlich, damit Ricky auch jedes einzelne Wort verstand.

»Jetzt hör mir zu: Du wirst mir sagen, wo diese Dokumente sind. Entweder tust du es freiwillig oder wir werden dich dazu bringen. Aber glaub mir, wenn wir es auf unsere Art machen, dann wirst du mich noch anflehen, mir sagen zu dürfen, wo sie sind. Und dann wirst du mich anflehen, dich zu töten. Also stelle ich dir diese Frage nur noch ein einziges Mal. Wo sind die Dokumente?«

Während die Frage in der Luft schwebte, überlegte Ricky fieberhaft. Er versuchte, den Schmerz in seinem geschundenen und blutenden Körper auszublenden. Klar zu denken. Das Richtige zu tun.

Doch es war unmöglich.

Die Welt um ihn herum drehte sich im Kreis. Sein ganzer Körper bestand nur noch aus Schmerz und Angst. Er registrierte, wie Izzys Vater ihn wütend anstarrte. Doch plötzlich veränderte sich Coles Gesicht und er sah Izzy selbst.

Er wusste, dass es nicht Izzy war. Er wusste, dass ihm sein Gehirn einen Streich spielte. Aber Izzys Bild lächelte ihm aufmunternd zu. Und dieses Lächeln gab ihm wieder etwas Kraft.

Er hörte sich selbst sagen: »Ich weiß nicht, wo sie sind …«

Ein scharfer Schmerz durchzuckte ihn, als Dmitri ihm auf den gebrochenen Wagenknochen schlug. Er hörte sich aufheulen und die Welt drehte sich auf einmal doppelt so schnell. Übelkeit stieg in ihm auf. Er sah dorthin, wo er eben Izzy Cole gesehen hatte.

Doch sie hatte sich verändert …

Es war nur eine leichte Veränderung, weil sich Izzy und Madeleine so ähnlich sahen. Aber in all dem Wirbel, dem Schmerz und der Angst konnte Ricky das Gesicht seiner Schwester so deutlich sehen, als würde sie tatsächlich dort stehen.

Er wusste, dass es nur eine Erscheinung war, doch sie verlieh ihm in gewisser Weise Kraft. Es wäre so einfach, aufzugeben. Aber die Folgen wären fatal. Die Trident-Codes würden in die falschen Hände geraten. Vier britische Agenten wären so gut wie tot. Und Jacob Cole würde ungestraft davonkommen und weiterhin jeden schikanieren und schlagen, wie es ihm gefiel.

Was würde seine Schwester von ihm halten, wenn er das zuließe? Wenn er nur an sich dachte, obwohl so viel Wichtigeres auf dem Spiel stand?

Dann hatte Felix also doch recht. »Vielleicht überraschst du dich eines Tages noch selbst …«

Und dann hörte die Welt auf einmal auf, sich zu drehen. Cole wurde wieder zu Cole. Alles war klar. Ricky sah Dmitri direkt in die Augen.

»Sie können mich auch gleich umbringen«, stieß er hervor, »denn ich werde Ihnen nicht sagen, wo sie sind.«

Einen Moment lang sah Ricky einen leisen Zweifel in Dmitris Augen aufflackern, doch gleich darauf war er verschwunden. Dmitri packte ihn an den Haaren, zerrte seinen Kopf herum und drückte ihn zu Boden. Er spürte einen schweren Stiefel im Kreuz und hörte ein Geräusch, das er mittlerweile kannte: Das dumpfe Klicken, mit dem Gregoriev den Hahn seiner Waffe spannte.

»Warte!«

Das war Dmitri, der Englisch redete – und zwar, wie Ricky erkannte, nicht damit Ricky ihn verstand, sondern Cole.

»Was ist das da auf seinem Rücken?«

Ricky hatte keine Ahnung, wovon er redete. Auf seinem Rücken war nichts, nicht einmal mehr sein Rucksack, denn der lag jetzt mehrere Meter weit weg auf dem Boden.

Dmitri beugte sich über ihn und er spürte die Hand des Russen auf seiner linken Schulter.

Da fiel ihm etwas ein. Der Junge, der ihn im Café Happy Valley gerettet hatte – Zak hieß er doch? –, hatte ihm freundschaftlich auf die linke Schulter geklopft, bevor sie sich getrennt hatten. Ricky war es ein wenig merkwürdig vorgekommen, aber vielleicht …

Er sah auf. Dmitri hielt etwas in der Hand, ein ganz kleines Gerät. Ricky hätte es für eine dieser kleinen, runden Batterien gehalten, hätte nicht ein kleiner, hakenartiger Draht unten herausgeschaut. Dmitri hielt es höher und betrachtete es wie einen kostbaren Edelstein.

Dann sagte er: »Da versucht uns jemand zu orten! Raus hier! *Raus!*«

Doch es war zu spät. Eine halbe Sekunde später ging das Neonlicht aus und das elektrische Summen verstummte.

Es war stockdunkel.

Schritte erklangen. Ricky vermutete, dass Cole und einer der Russen im Dunkeln zum Auto rannten. Denn der zweite Russe – wahrscheinlich Dmitri – packte ihn am Genick und zerrte ihn brutal hoch …

Plötzlich erschütterte eine Explosion das Lagerhaus. Sie schien nicht vom Tor zu kommen, durch das er mit den Russen hereingekommen war, sondern von der verschlossenen Tür auf der gegenüberliegenden Seite. Zufällig sah er in diese Richtung. Ein gelber Blitz zuckte, als die Tür nach innen flog. Mitten in diesem Blitz erkannte er die Silhouette einer Person. Er wusste nicht, ob es ein Mann oder eine Frau war, jung oder alt, eines aber konnte er in dem kurzen Augenblick erkennen: Der Neuankömmling war bewaffnet. Rickys ungeschultem Auge schien es, als hielte er ein Sturmgewehr.

Dann wurden er und Dmitri von der Wucht der Explosion von den Füßen gerissen. Der Russe musste ihn loslassen, als eine Wolke von Staub und Schutt auf sie herunterregnete. Ricky rollte sich von seinem Entführer weg und zuckte zusammen, als seine blutende Hand gegen etwas Scharfes auf dem Boden stieß. In den paar Sekunden, seit das Licht ausgegangen war, hatten sich seine Augen bereits ein wenig an die Dunkelheit gewöhnt. Er konnte Dmitri erkennen, der am Boden kniete, die Waffe hob und zielte.

Es war eine weitere Entscheidung, die entweder sehr mutig oder sehr dumm war. Ricky warf sich auf den Russen und prallte hart gegen ihn, sodass er umgeworfen wurde, bevor er abdrücken konnte.

Im gleichen Augenblick erklang von der Tür her die Stimme einer Frau.

»Blendgranate!«, schrie sie.

Plötzlich gab es eine zweite Explosion – ein lautes Krachen, das die Luft zerriss und sich wie Nadeln in Rickys Trommelfell bohrte. Sie wurde von einem blendend grellen Blitz begleitet, als hätte ein wirklicher Blitz in die Lagerhalle eingeschlagen. Ricky war blind, taub und orientierungslos. Er rollte sich erneut von Dmitri weg, hielt sich den Kopf und versuchte, seine Sinne zu reaktivieren. Er musste hier fort, doch er war sich nicht einmal sicher, ob er aufstehen konnte …

Schritte. Mehr als eine Person stürmten in den Raum.

Ricky drehte sich der Kopf. Er musste aufstehen. Er musste weg hier …

»Bleib unten!«, rief eine Stimme, die Ricky erkannte. Sie gehörte dem Jungen, Zak.

Er presste sich auf den Boden, als zwei Schüsse fielen. Sie kamen aus unterschiedlichen Waffen – Ricky sah das Mündungsfeuer, als sie abgefeuert wurden. Und hinter jedem Mündungsblitz konnte er trotz seiner geblendeten Augen eine Gestalt erkennen.

Die beiden Russen begannen zu schreien. Sie waren getroffen. Ricky blieb liegen, während sich sein Seh- und Hörvermögen nach und nach erholte. Eine der Gestalten lief an ihm vorbei, und er glaubte, eine Art Helm zu erkennen. Er erinnerte sich daran, dass Felix ihm etwas von Nachtsichtgeräten erzählt hatte, mit denen man im Dunkeln sehen konnte. Diese Gestalten bewegten sich so sicher wie bei hellem Tageslicht. Das musste es sein, was sie aufhatten.

Wieder erklang die Stimme der Frau: »Cole! Auf den Boden und die Hände hinter den Kopf oder ich schieße!«

Cole winselte erbärmlich und ein Scharren war zu hören. Offenbar tat er genau, was sie wollte. Die Russen brüllten immer noch vor Schmerz und Ricky verspürte mehr als nur ein wenig Panik. Wer waren diese Leute? Freunde? Feinde? Keins von beiden?

»Was ist los?«, schrie er über das Chaos hinweg. »Was zum Teufel ist hier los?«

Das Licht ging wieder an und ließ ihn blinzeln.

Dann sah er sich um.

Wieder allein

Er hatte recht gehabt. Es waren drei Leute ins Lager gestürmt.

Der Erste war in Rickys Alter. Zuerst konnte er sein Gesicht nicht erkennen, weil er tatsächlich ein Nachtsichtgerät trug. Soweit Ricky sehen konnte, war er nicht bewaffnet, doch das schien ihn nicht zu stören. Er hielt Cole am Boden fest und hatte ihm einen Arm auf den Rücken gedreht. Mit einer einzigen geschickten Bewegung zog er einen weißen Kabelbinder aus der Tasche und fesselte Cole damit die Handgelenke fest auf dem Rücken. Dann richtete er sich auf und nahm das Nachtsichtgerät ab. Es war tatsächlich Zak.

Ricky richtete seine Aufmerksamkeit auf seine Begleiter. Es waren ein Mann und eine Frau. Auch sie nahmen ihre Nachtsichtgeräte jetzt ab. Den Mann hatte Ricky schon einmal gesehen, er war mit Zak zusammen in dem Café in der Frith Street gewesen. Er hatte blondes Haar und ein ernstes, geradezu grimmiges Gesicht. Er steckte gerade seine Pistole in ein Schulterhalfter. Die Frau hatte schulterlange blonde Haare. Auch sie kam ihm bekannt vor. War er ihr nicht begegnet, als er aus der Wohnung gestürmt war? Sie hatte offensichtlich das

Bedürfnis, ihre Waffe in der Hand zu behalten, als sie zu dem jammernden Dmitri hinüberging.

Dmitri und Gregoriev bluteten ziemlich schlimm an den Schultern. Sie waren offensichtlich exakt an der gleichen Stelle getroffen worden, und Ricky war klar, dass es Absicht gewesen war. Die Neuankömmlinge waren zweifellos Scharfschützen. Die übel aussehenden Wunden schienen die Frau wenig zu kümmern.

»Du wirst es schon überleben, Süßer«, meinte sie zu dem Russen. »Wie schade aber auch.« Dann wandte sie sich an Ricky und fragte ihn: »Tut es weh, Ricky?«

Er sah auf seine blutende Hand. »Es … es ist nichts«, brachte er hervor.

Sie kennt deinen Namen. Sie muss etwas mit Felix zu tun haben …

»Gut.«

In diesem Moment rutschte Dmitri über den Boden zu seiner Waffe und griff danach. Ricky wollte gerade *»Achtung!«* schreien, doch das war nicht nötig. Fast wie eine Balletttänzerin wirbelte die Frau herum und trat hart gegen Dmitris Handgelenk. Wieder schrie der Russe auf, doch niemand beachtete ihn. Die Frau hob die Pistole auf und nahm das Magazin heraus. Der blonde Mann tat das Gleiche mit Gregorievs Waffe. Dann fesselten sie den Russen ebenso die Hände auf dem Rücken, wie Zak es mit Cole getan hatte, ohne auf ihre Schmerzensschreie und die blutenden Schultern zu achten.

Währenddessen sah sich Ricky in der Lagerhalle um.

Wie ist das Licht aus- und angegangen?

Jemand muss am Sicherungskasten gestanden haben.

Das bedeutete, dass es eine vierte Person geben musste.

Ricky sah hinüber zu der aufgesprengten Tür, durch die Felix gerade hereinkam.

Felix registrierte die Szene der Verwüstung vor seinen Augen mit einer einzigen Kopfbewegung. Dann fiel sein Blick auf Ricky. Er hinkte zu seinem früheren Schüler und streckte die Hand aus, um ihm aufzuhelfen. Doch Ricky brauchte keine Hilfe und stand allein auf.

»Gute Arbeit, Coco«, sagte Felix leise.

Ricky betrachtete die Reste seines Handys, das Dmitri zertreten hatte.

»Ich hatte Aufnahmen davon, wie Cole den Russen den Code gegeben hat«, sagte er. »Aber ich fürchte, die gibt es nicht mehr.«

Felix trat zu dem kaputten Handy, sammelte die Einzelteile vorsichtig ein und ging zurück zu Ricky.

»Du würdest staunen, was man heutzutage noch alles aus einer beschädigten Festplatte herausbekommen kann. Ich denke, dass Jacob Cole für sehr lange Zeit hinter Gitter wandern wird. Dank dir!«

»Ich habe es für Izzy getan«, bemerkte Ricky.

»Du hast dabei jede erdenkliche Regel gebrochen. Aber trotzdem war es gute Arbeit.«

Ricky sah sich um. Die blonde Frau brachte die beiden Russen zum Minibus, wo Cole mit gesenktem Kopf auf die Knie gesunken war.

»Aber das nächste Mal«, fuhr Felix fort, »lässt du vielleicht jemanden wissen, was du vorhast. Das war etwas knapp.«

»Es wird kein nächstes Mal geben«, entgegnete Ricky. »Ich weiß nicht, ob es Ihnen aufgefallen ist, aber ich kann von Glück sagen, dass ich noch lebe. Was mehr ist, als man von dem Mann in dem Café behaupten kann, wo sie sich getroffen haben.« Bei dem Gedanken an diesen schrecklichen Augenblick begann er wieder zu zittern. »Sie haben ihn einfach erschossen«, erzählt er aufgeregt. »Sie haben ihm eine Pistole an den Kopf gesetzt und ihn einfach erschossen!«

»Ich weiß«, sagte Felix. »Und es tut mir leid, dass du das mit ansehen musstest. Aber vielleicht gibt es da draußen jemanden, dem du helfen kannst, nicht das gleiche Schicksal zu erleiden, wenn du deine Ausbildung vollendest.«

»Ich bin nur ein Kind«, zischte Ricky.

Felix schüttelte den Kopf. »Du bist schon lange kein Kind mehr, Ricky.«

Bevor Ricky etwas erwidern konnte, kam Zak zu ihnen herüber. Er hatte Rickys Rucksack, das Bild und den Brief aufgehoben.

»Deins?«, fragte er.

»Danke«, murmelte Ricky und nahm die Sachen an sich.

»Ich sehe, du hast Agent 21 schon kennengelernt«, meinte Felix.

Ricky blinzelte überrascht. Das war also der Kerl, von dem Felix gesprochen hatte?

»Klebst du jedem Ortungsgeräte an die Schulter, den du triffst?«, fragte er. Er wusste, dass er nicht gerade freundlich klang.

»Nur wenn ich befürchte, dass derjenige sterben könnte, wenn ich es nicht tue«, erwiderte Zak ruhig.

Er konnte nicht antworten, weil plötzlich draußen vor dem Lagerhaus Polizeisirenen ertönten. Ricky, Felix, Zak und seine beiden Begleiter sahen zum Tor.

»Um die kümmere ich mich«, erklärte Felix und wandte sich an Ricky. »Nun, dann heißt es wohl, Abschied nehmen.«

»Wahrscheinlich.«

»Ich muss dich noch um etwas bitten. Die Codes. Sind sie an einem sicheren Ort?«

Ricky nickte.

»Geh mit Agent 21. Gib sie ihm.«

Ricky hatte nichts dagegen, daher nickte er. Und ohne zurückzublicken ging er zur Tür, die gerade eben aufgesprengt worden war. Zak holte ihn ein und sie verließen gemeinsam das Lagerhaus.

Schweigend gingen sie um das Gebäude herum zur Vorderseite. Dort waren die Sirenen viel lauter zu hören und Ricky sah zwei Polizeiautos auf der Straße durch das Industriegebiet auf sie zurasen.

»Geh einfach weiter«, riet Zak ihm. »Kinder wie uns beachten die nie. Es ist, als wären wir unsichtbar.«

»Ja«, bemerkte Ricky bitter, »ich schätze, das macht uns so wertvoll.«

Zak lächelte leise, sagte aber nichts.

»Du bist mir gefolgt, nicht wahr? Ich habe gesehen, wie du vor dem McDonalds dein Fahrrad repariert hast.«

»Gut aufgepasst«, meinte Zak. »Den meisten wäre das nicht aufgefallen. Felix hat dich gut ausgebildet.«

»Ich bin sicher, das hört er gern.«

Wieder lächelte Zak, was Ricky nervös machte.

»Wer sind die andern beiden?«, fragte er. »Die Blonde und der Mann?«

»Das sind meine Schutzengel«, erklärte Zak. »Wie Felix deiner ist. Wir alle haben sie. Meine heißen Raf und Gabs. Dank ihnen lebe ich noch. Ich lerne von ihnen, so viel ich kann, weil ich festgestellt habe, dass ich dann länger lebe.« Er hielt inne. »Aber das heißt nicht, dass ich immer tun muss, was sie sagen. Wo gehen wir eigentlich hin?«

»Kirche Allerseelen, Harlesden«, erwiderte Ricky. Dann beschleunigte er seine Schritte, um anzudeuten, dass er sich nicht weiter unterhalten wollte.

Sie brauchten zehn Minuten, bis sie ein Taxi fanden, und dann noch weitere zehn Minuten, bis sie die Kirche erreichten, wo Cole und die Russen ihn geschnappt hatten. Sie war noch immer verlassen. Zusammen betraten sie sie durch den Vordereingang, und ihre Schritte hallten laut durchs Kirchenschiff, als sie den Mittelgang zum Altar entlanggingen und dann die Sakristei betraten, deren Tür weit offen stand. Die schmiedeeisernen Verzierungen und das Holz waren beschädigt, weil die Russen sie aufgebrochen hatten. Der Tisch stand noch am Fenster und der Stuhl lag auf dem Boden.

Zak sah sich schweigend um. Er schien beeindruckt.

Ricky trat an das Regal mit den Gebetsbüchern, nahm das Buch, das er manipuliert hatte, und sah erleichtert, dass die Dokumente ebenso noch da waren wie die Halskette, die er Izzys Mutter gestohlen hatte.

Er legte die Sachen auf den Tisch und sah nach, ob auch alle Dokumente da waren.

»Cole hat den Russen nicht nur die Codes verkauft, sondern auch noch etwas anderes«, erklärte er. »Er hat ihnen Angaben über britische Agenten in der ganzen Welt angeboten. Ich schätze, das wäre alles andere als gut gewesen.«

Zak betrachtete die Dokumente. »Da schätzt du wohl richtig«, sagte er leise. »Du hast heute eine Menge Menschenleben gerettet, Ricky. Wenn die Tarnung eines Agenten auffliegt, ohne dass er es weiß, schwebt er augenblicklich in Lebensgefahr. Das hätte ich sein können.« Er sah Ricky durchdringend an. »Oder du.«

Ricky konnte seinem Blick nicht lange standhalten. Er sah wieder auf den Tisch und nahm die Diamanthalskette.

»Schick«, fand Zak. »Willst du mir sagen, was das bedeutet?«

»Die habe ich aus Jacob Coles Haus gestohlen«, gestand Ricky und reckte das Kinn vor. »Ich schätze, du wirst mir gleich sagen, ich soll sie zurückgeben?«

»Ich werde dir überhaupt nicht sagen, was du tun sollst«, entgegnete Zak.

Sie schwiegen beide. Ricky lag eine Frage auf der Zunge, doch er hielt sie zurück.

Frag ihn.

Wozu? Es ist vorbei. Ich mache nicht mit bei ihnen. Es ist vorbei.

Du bist kindisch. Frag ihn einfach.

»Hat Felix dir erzählt, warum ich gegangen bin?«, fragte er schließlich.

Zak nickte. »Du wolltest nicht verraten, wo Izzy Cole ist.«

»Felix hätte es getan …«, erklärte Ricky hitzig. »Er hätte sie zurückgeschickt zu einem Vater, der sie schlägt. Das konnte ich nicht zulassen.«

»Und das hast du auch nicht«, sagte Zak ruhig. Damit nahm er Ricky sozusagen den Wind aus den Segeln. Schweigend standen sie einander gegenüber, bis Zak schließlich sagte: »Bei unserem Job bekommt man Befehle. Wie du sie ausführst, ist deine Sache. Mein Rat ist, auf deinen Schutzengel zu hören. Lern von ihm, so viel du kannst. Aber hör nicht auf, selbstständig zu denken, denn wenn du das tust …« Er brach ab und betrachtete vielsagend die Kette auf dem Tisch. »Du könntest ein hervorragender Agent sein, Ricky. Du könntest etwas bewirken in der Welt. Oder du kannst als Dieb weitermachen. Du hast die Wahl.«

»Du verstehst das nicht«, fuhr Ricky ihn an. »Wenn ich diese Kette verkaufe, würde mir das monatelang Sicherheit bieten. Ich wäre sicher vor Erwachsenen. Sicher vor der Straße. Sicher vor all dem hier …« Er holte mit dem Arm aus, um auf die Sakristei und das kaputte Fenster zu deuten.

»Ich verstehe das besser, als du glaubst«, erwiderte Zak. Er nahm die Dokumente und steckte sie in seine Jacke. »Ich dachte, du seist okay. Vielleicht habe ich mich ja getäuscht.« Er ging zur Tür, blieb dann aber noch einmal stehen und drehte sich um. »Ich frage mich, was deine Eltern dazu sagen würden.«

»Meine Eltern sind tot«, fuhr Ricky ihn an.

Zak lächelte traurig. »Meine auch. Ich habe mich entschieden, erwachsen zu werden, nachdem sie gestorben waren. Wofür hast du dich entschieden?« Ohne eine Antwort abzuwarten, verließ er leise die verwüstete Sakristei und verschwand in der Kirche.

Ricky lauschte seinen Schritten, die sich entfernten und verklangen. Dann nahm er die Kette und steckte sie in die Tasche. Und weil er beschlossen hatte, Agent 21 nicht noch einmal begegnen zu wollen, kletterte er durch das kaputte Fenster hinaus.

Er war wieder allein.

Etwas Gutes und Intelligentes

Mittag.

Izzy Cole kam aus der U-Bahn-Station am Piccadilly Circus. Sie sah zu dem Zeitungsstand gegenüber dem Ausgang auf die Regent Street hinüber. Ihre scharfen Augen versuchten Ricky zu erkennen. Zuerst entdeckte sie ihn nicht. Um den Kiosk herum standen nur Erwachsene.

Doch halt! Wer war das? Da hatte ihr jemand den Rücken zugewandt und er sah aus wie ein Junge. Er gab dem Verkäufer Geld für eine Zeitung. Schnell ging Izzy auf ihn zu. Doch als er sich umdrehte, blieb sie stehen. Es war nicht Ricky. Der Junge verschwand in der Menge. Und obwohl so viele Menschen unterwegs waren, kam sich Izzy auf einmal sehr einsam vor.

Fünf Minuten vergingen. Zehn. Keine Spur von ihm. Izzy erinnerte sich daran, was Ricky gesagt hatte: *Wenn wir uns verpassen, treffen wir uns am nächsten Tag zur gleichen Zeit am selben Ort.*

Sie kam sich dumm vor, dass sie ihm geglaubt hatte. Er hatte sie im Stich gelassen. Wahrscheinlich gewöhnte sie sich besser daran. Denn eines hatte sie bereits gelernt: Letztendlich lässt dich jeder im Stich.

Sie würde nicht wiederkommen am nächsten Tag. Auf keinen Fall. Sie hatte keine Lust mehr, sich auf andere zu verlassen. Sie war jetzt auf sich allein gestellt.

Sie wandte sich ab und ging weg, auch wenn sie nicht genau wusste, wohin sie gehen sollte. Sie wusste nur, dass sie nicht nach Hause wollte. Sie würde die Nacht wieder auf der Straße verbringen. Sie hatte kaum noch Geld, aber die einzige andere Möglichkeit war, zu Hunter zurückzukehren. Doch dann würde sie alles verlieren.

Im letzten Augenblick sah sie noch einmal zurück, weil ein winziger Teil von ihr hoffte, Ricky zu sehen – zu spät und außer Atem, aber zumindest da.

Doch er kam nicht, also ging sie.

Es war später Nachmittag.

Rickys Hand schmerzte. Er hatte sich in einer Drogerie Desinfektionsmittel und Verbände gekauft. In einer schmutzigen Gasse hatte er sich das Desinfektionsmittel über den Schnitt in seiner Hand gegossen und war von dem stechenden Schmerz zusammengezuckt. Dann hatte er den Schnitt fest verbunden, aber der weiße Verband sah jetzt schon schmutzig aus.

Er würde mehr Verbände brauchen, doch er hatte nicht mehr viel Geld – er besaß nur noch zehn Pfund. Und mit so einer Hand konnte er niemanden bestehlen, das war völlig ausgeschlossen. Viel zu unbeholfen. Man würde ihn sofort erwischen.

Er ging von der Holborn Station die Kingsway entlang. Es hatte wieder zu schneien begonnen und alle anderen Fußgänger hielten die Köpfe gesenkt und hatten die Hände in den Taschen vergraben. Ricky nicht. Er lief gegen den Strom, während ihm der Schnee auf Haare und Schultern fiel. Und obwohl seine gesunde Hand in der Tasche steckte, hatte er sie nicht dort, um sie zu wärmen, sondern um sich zu vergewissern, dass er die Kette noch besaß, die er von Mrs Cole gestohlen hatte – das Einzige von finanziellem Wert, was er hatte.

Nach dreihundert Metern bog er in die Chancery Lane ein. Dort waren weniger Leute, aber aus reiner Gewohnheit blieb er stehen und sah sich um. Doch er konnte keinen Verfolger bemerken. Kein Zak. Kein Felix. Niemand. Er war fast sicher, dass er allein und unbeobachtet war. Doch das hatte er schon früher geglaubt, sagte er sich.

Zweihundert Meter ging er die Chancery Lane weiter, dann überquerte er die Straße und bog nach links in eine Nebenstraße ab. Gleich darauf stand er vor einer Tür. Auf einem hölzernen Schild stand: »F.S. Randolph, Juwelier«. Randolph, das war der Name, den Tommy ihm genannt hatte, und der bereit war, gestohlenen Schmuck zu kaufen.

Dann hast du also den Hehler gefunden?

Es hat keinen Sinn, die Kette zu behalten. Sie steht mir nicht.

Er zog die Tür auf und trat ein. Vor ihm lag eine staubige, feuchte Treppe, die knarrte, als Ricky sie hinaufging. Im ersten Stock fand er eine halb offene Tür. Als er hineinging, war da ein hölzerner Tresen von etwa drei Metern Länge, auf dem eine Messingglocke stand. Hinter dem Tresen saßen vier alte Männer auf sehr niedrigen Hockern an Tischen, sodass ihre Köpfe nur wenige Zentimeter über die Tischplatten ragten. Sie hatten alle Augengläser an je einem Auge und betrachteten Edelsteine und andere wertvolle Objekte. Keiner von ihnen zuckte auch nur zusammen, als Ricky die Glocke betätigte, geschweige denn, dass sich jemand zu ihm umdrehte.

Stattdessen tauchte ein kleiner, mürrischer alter Mann aus einem Raum links vom Tresen auf. Er erinnerte Ricky an Hunter, nur dass er älter war. Der Mann musterte Ricky von oben bis unten, als sehe er etwas sehr Unerfreuliches.

»Was willst du, Junge?«

»Sind Sie Randolph?«

»Ich habe gefragt, was du willst.«

Ricky nahm die Kette aus der Tasche und legte sie auf den Tisch. Hätte er das Gesicht des Mannes nicht sorgfältig beobachtet, wäre ihm sicher entgangen, dass er leicht die Augen aufriss. Das sagte Ricky, dass das Schmuckstück tatsächlich wertvoll war.

Der alte Mann wollte danach greifen, doch Ricky war schneller und nahm die Kette wieder an sich.

»Sind Sie Randolph?«

Der alte Mann nickte.

»Ich will diese Kette verkaufen.«

Randolph zuckte mit den Achseln. »Das ist Modeschmuck, mein Junge. Ich gebe dir fünfzig Pfund dafür.«

Ohne ein Wort zu sagen, steckte Ricky die Kette wieder ein und wandte sich zur Tür.

»Na gut, Junge«, sagte Randolph schnell. »Tausend, nimm sie oder lass es.«

Ricky ging weiter.

»Zehntausend, mein letztes Angebot.«

Ricky blieb stehen, drehte sich um und kam zum Tresen zurück.

»Bar?«, fragte er.

»Bar.«

Er wartete, bis Randolph ein dickes Bündel Geldscheine unter dem Tresen hervorgeholt hatte, den Finger anleckte und zehntausend Pfund in verknitterten, schmutzigen Zwanzigern abgezählt hatte. Ricky zählte sie sorgfältig nach, nachdem sie auf dem Tisch gelandet waren, überrascht, wie klein der Stapel für so eine große Summe doch war. Randolph steckte das Geld in einen Umschlag, den Ricky in der Innentasche seiner Jacke verstaute, dann reichte er Randolph die Kette.

Ohne ein weiteres Wort nickte Ricky kurz und lief wieder die Treppe hinunter auf die verschneite Straße.

Er fühlte sich unbehaglich, eine so große Geldsumme

mit sich herumzutragen. Das war alles, was er hatte. Es zu verlieren, wäre katastrophal.

Izzy Cole verbrachte den Rest des Tages auf ein und demselben Sitzplatz in einem Zug der Circle Line und gab es irgendwann auf, zu zählen, wie oft sie London umrundet hatte. Sie hatte genug damit zu tun, warm zu bleiben und nicht an die kommende Nacht zu denken.

Um 23:30 Uhr endete der Zug in der Edgware Road und Izzy schlurfte aus der Station auf die dunkle, unwirtliche Straße hinaus. Es war so kalt wie nie zuvor. So kalt, dass sie sogar ganz kurz darüber nachdachte, wieder nach Hause zu gehen. Aber diese Idee verwarf sie schnell wieder. Dort warteten die Monster.

Sie stapfte die Edgware Road entlang. Um sich warm zu halten, ging sie schnell. Bald erreichte sie Marble Arch, wo sie nach links in die Oxford Street einbog. Die Weihnachtsbeleuchtung erstrahlte noch hell und überall fuhren Nachtbusse. Sie wählte irgendeinen davon, zahlte für eine Fahrt bis zur Endhaltestelle und setzte sich ganz nach hinten. Dort saß sie neben einem Mann mittleren Alters mit schütterem Haar, der leicht nach Alkohol roch. Er las eine Frühausgabe der morgigen Zeitung und Izzy warf einen Seitenblick darauf.

Plötzlich erstarrte sie.

Auf der Titelseite prangte ein Bild von ihrem Vater.

Ihr Blut schien auf einmal schneller zu pulsieren, als sie den Absatz unter dem Foto las.

Der bekannte Tory-Politiker Jacob Cole wurde heute wegen Terrorismus in sechs Fällen verhaftet. Es ist nicht bekannt, ob der tödliche Schuss auf einen Mann im Café Happy Valley mit der Festnahme in Verbindung steht, doch mehrere Augenzeugen berichten, Cole gestern Morgen in dieser Gegend gesehen zu haben …

Izzy riss den Blick von der Seite los. Sie konnte nicht weiterlesen. Übelkeit befiel sie und ihr Kopf schien in zwei Hälften zu springen. In der einen Hälfte kochte die Neuigkeit über ihren Vater. Sechs Fälle von Terrorismus? Sie hatte gewusst, dass er ein schlechter Mensch war, aber was hatte er eigentlich wirklich getan? Die andere Hälfte versuchte die Tatsache zu verarbeiten, dass in diesem Café jemand erschossen worden war.

Könnte das Ricky gewesen sein? War er etwa tot? *War er deshalb nicht gekommen?*

Sie musste unbedingt morgen um zwölf Uhr noch einmal zum Treffpunkt gehen. Nur um sicher zu sein.

Sie wandte den Kopf ab und sah aus dem Fenster. Doch sie sah alles verschwommen, weil ihr Tränen in den Augen standen.

Bis zum Morgen war Izzy die Nachtbuslinie drei Mal gefahren. Jetzt war sie wieder am Trafalgar Square, hungrig und völlig erschöpft. Mit roten Augen und Blasen an den Füßen, schmerzenden Gliedern und übermüdet machte sie sich auf den Weg zum Piccadilly Circus.

Sie hatte kein Geld mehr für eine weitere Fahrt mit der U-Bahn. Sie würde einfach in der Station bleiben und warten.

Langsam schleppte sich der Morgen dahin. Wie benommen lief sie im Kreis im Bahnhof herum, ohne genau zu wissen, wie spät es war. Jedes Mal, wenn sie am Zeitungsstand vorbeikam, starrte ihr das Gesicht ihres Vaters entgegen. Bald vermischte es sich in ihrem Kopf mit Rickys Gesicht. Und irgendwo im Hinterkopf war auch das Gesicht ihrer Mutter, wie sie sie zuletzt gesehen hatte.

Du dummes Mädchen, hatte sie gesagt. *Du dummes, dummes Mädchen …*

Mittag. Der Vormittag war wie in Trance vergangen. Erschöpft vor Hunger und Müdigkeit blieb Izzy zehn Meter von dem Kiosk entfernt stehen. Es war wie am Tag zuvor. Nur dass heute alle Gesichter irgendwie verschwommen waren. Sie blinzelte und versuchte zu erkennen, ob einer von den Passanten Ricky war. Sie musterten sie erstaunt. Doch er war nicht darunter.

Fünf Minuten nach zwölf breitete sich eine furchtbare Übelkeit in ihrem Bauch aus.

Er war tot.

Sie war wirklich allein.

Tränen stiegen in ihr auf. Am liebsten wollte sie schreien. Weglaufen oder …

Plötzlich legte sich ihr eine Hand auf die Schulter.

Mit geballten Fäusten wirbelte Izzy herum, bereit, jemanden zu schlagen, um sich zu verteidigen. Denn genau das musste sie von jetzt an immer tun.

Ruhig sah Ricky sie an.

Er sah anders aus. Müde, ja. Er hatte dunkle Ringe unter den Augen und sein Gesicht war schmutzig. Doch da war noch etwas. Er wirkte älter. Als ob er an dem einen Tag, seit Izzy ihn zuletzt gesehen hatte, Dinge gesehen hätte, die sonst kaum jemand sah. Er runzelte ernst die Stirn und sah sie eindringlich an. Izzy fand, er wirke ein wenig furchterregend.

»Du … du lebst«, stieß sie hervor.

Er nickte schwach und hielt eine verbundene Hand hoch. »So eben.«

»Mein Vater?«

»Im Gefängnis. Für lange Zeit. Haben sie jedenfalls gesagt.«

»Wer sind *sie?«*

Ricky antwortete nicht.

»Und jetzt?«, fragte Izzy.

»Du könntest nach Hause gehen. Dein Dad ist nicht mehr dort.«

Izzy hätte am liebsten ausgespuckt. Sie hätte gedacht, dass zumindest Ricky sie besser verstehen müsste. Sie konnte nie wieder in dieses Haus zurückkehren, selbst wenn nur noch ihre Mutter da war. Sie trat einen Schritt zurück und sah sich nach rechts und links um, als ob sie weglaufen wollte.

»Es ist natürlich deine Entscheidung«, fuhr Ricky fort. »Ich werde dir nicht sagen, was du tun sollst.«

»Ich gehe nie wieder nach Hause«, erklärte Izzy. »Und wenn ich bei Hunter und den anderen leben muss …«

»Das musst du nicht«, unterbrach Ricky sie und zog einen braunen Umschlag aus der Tasche, den er ihr reichte.

Sie sah hinein und keuchte erschrocken. Er war voller Geldscheine.

»Wie viel?«, fragte sie leise.

»Zehntausend«, sagte er. »Es gehört alles dir. Finde einen sicheren Ort. Ein Zimmer oder ein Bed and Breakfast. Wenn du sparsam bist, reicht es wahrscheinlich, bis du sechzehn bist. Dann kannst du studieren oder so und ein neues Leben anfangen.«

Sie hielt den Umschlag fest in der Hand. »Woher hast du das?«, fragte sie.

Ricky schniefte, blieb ihr aber auch diese Antwort schuldig.

»Ich werde jetzt gehen«, verkündete er. »Aber wenn du Schwierigkeiten haben solltest, kannst du mich hier finden.«

Er gab ihr einen Zettel, auf den er die Adresse der Wohnung in den Docklands geschrieben hatte.

Er streckte ihr die Hand hin, die Izzy schüttelte. Dann schlang sie ihm die Arme um den Hals.

»Danke!«, flüsterte sie. »Für alles!«

Ricky sagte nichts. Als sie ihn losließ, nickte er ihr nur kurz zu. Dann wandte er sich um, ging weg und war gleich darauf in der Menge verschwunden.

Izzy Cole fragte sich, ob sie ihn je wiedersehen würde.

Eine Stunde später stand eine einsame kleine Gestalt auf dem Platz vor dem großen Wohnhaus in den Docklands, den Rucksack über der Schulter, und sah zum obersten Stockwerk hinauf. Es schneite wieder, dieses Mal so heftig, dass sich alle Fußgänger nach drinnen verkrochen hatten.

Ricky öffnete den Rucksack und zog den Brief seiner Schwester heraus. Während der Sturm um ihn herum wütete, faltete er ihn auf und las:

Lieber Ricky,
ich weiß, dass Du nicht verstehen wirst, was ich tun werde, aber bitte glaube mir, wenn ich sage, dass es so am besten ist. Die Leute, zu denen man mich geschickt hat, sind von der schlimmsten Sorte. Meine Arme und mein Rücken sind voller blauer Flecken, und ich ertrage es einfach nicht länger …
Sei mir bitte nicht böse. Und vergiss mich nicht. Du bist ein guter, kluger Junge, Ricky. Mach etwas Gutes und Intelligentes aus Deinem Leben. Es tut mir leid, dass ich nicht dasselbe konnte.
In Liebe
Madeleine

Der nasse Schnee verschmierte die Tinte auf dem Blatt. Ricky faltete den Brief zusammen und steckte ihn wieder in den Rucksack. Dann sah er erneut zum Penthouse hoch.

Dort brannte Licht. Es war jemand zu Hause.

Ricky schob den Rucksack höher auf die Schulter.

Bist du dir sicher?

Ganz sicher.

Er überquerte den Platz, trat ins Foyer und rief den Aufzug.

Es schien Ewigkeiten zu dauern, bis er oben war. Als die Türen sich mit einem Klingeln öffneten und er auf den Gang trat, sah er, dass die Wohnungstür offen stand. Er ging darauf zu, holte tief Luft und trat ein.

Felix stand am Fenster, drehte Ricky den Rücken zu und starrte in das dichte Schneetreiben.

Ricky ließ den Rucksack fallen. »Ich musste ein paar Dinge erledigen«, sagte er.

»Offensichtlich.«

Felix drehte sich um und machte einen Schritt auf Ricky zu. Als er die Prothese belastete, zuckte er leicht zusammen.

»Nun?«, fragt er.

»Ich bin dabei«, erklärte Ricky. »Bringen Sie mir alles bei.«

Auf Felix' Lippen zeigte sich ein leises Lächeln. Dann wandte er sich ab und sah wieder aus dem Fenster.

»Willkommen an Bord, Agent 22«, sagte er.

Chris Ryan

Agent 21

Band 1 –
Im Zeichen des Todes
320 Seiten,
ISBN 978-3-570-30835-6

Band 2 –
Reloaded
320 Seiten,
ISBN 978-3-570-30836-3

Band 3 –
Codebreaker
320 Seiten,
ISBN 978-3-570-30984-1

Band 4 –
Survival
ca. 320 Seiten,
ISNB 978-3-570-31021-2

Band 5 –
Undercover
ca. 320 Seiten,
ISBN 978-3-570-31070-0

30151_5

cbt

www.cbt-buecher.de